BASTEI
LÜBBE

ISAAC ASIMOV'S

# ROBOT CITY

**Band 1**

**Michael P. Kube-McDowell**

# DIE ODYSSEE

BASTEI LÜBBE

BASTEI-LÜBBE-TASCHENBUCH
Science Fiction Abenteuer

Band 23 079

Erste Auflage: Juni 1988


Deutsche Lizenzausgabe 1988
Bastei-Verlag Gustav H. Lübbe GmbH & Co.,
Bergisch Gladbach
Originaltitel: Odyssey
Ins Deutsche übertragen von Bernd Müller
Lektorat: Freddy Köpsell/Reinhard Rohn
Titelillustration: Goodwin
Umschlaggestaltung: Quadro Grafik, Bensberg
Druck und Verarbeitung: Clausen & Bosse, Leck
Printed in Germany
ISBN 3-404-23079-5

# Isaac Asimov:

# Meine Roboter

Meine erste Robotergeschichte, ›Robbie‹, schrieb ich im Mai 1939, als ich gerade neunzehn Jahre alt war.

Von anderen, bereits existierenden Robotergeschichten unterschied sie sich dadurch, daß ich entschlossen war, meine Roboter *nicht* zu Symbolen zu machen. Sie sollten *nicht* Symbole der anmaßenden Arroganz der Menschheit sein. Sie sollten *nicht* Beispiele menschlicher Bestrebungen sein, sich in den Bereich des Allmächtigen vorzuwagen. Sie sollten *nicht* der neue Turm von Babel sein, der bestraft werden muß.

Die Roboter sollten auch *nicht* symbolisch für Minderheiten stehen. Sie sollten *nicht* bemitleidenswerte, zu Unrecht verfolgte Gestalten sein, die es mir ermöglichten, äsopsche Erklärungen zu Juden, Schwarzen oder anderen benachteiligten Mitgliedern der Gesellschaft abzugeben. Natürlich war mir derartige Diskriminierung verhaßt, und ich brachte das in zahlreichen Geschichten und Aufsätzen zum Ausdruck — aber *nicht* in meinen Robotergeschichten.

Zu was habe ich also *dann* meine Roboter gemacht? — Ich habe sie zu technischen Hilfsmitteln gemacht. Zu Werkzeugen, zu Maschinen, die menschlichen Zwecken dienten. Und ich habe sie zu Objekten mit eingebauten Sicherheitsmechanismen gemacht. Mit anderen Worten, ich habe es so angelegt, daß ein Robot seinen Schöpfer *nicht* töten kann, und hatte somit, nachdem ich diesen stark überstrapazierten Handlungsstrang ausgeschaltet hatte, freie Hand, über andere, vernünftigere Konsequenzen nachzudenken.

Da ich 1939 mit dem Schreiben meiner Robotergeschichten begann, habe ich in diesem Zusammenhang die Computerisierung nicht thematisiert. Der elektronische Computer war damals noch nicht erfunden, und ich sah seine Existenz nicht voraus. Allerdings sah ich voraus, daß das Robotgehirn auf wie auch immer geartete Weise elektronisch sein mußte. Allerdings schien mir ›elektronisch‹ nicht futuristisch genug. Das Positron — ein subatomares Partikel wie das Elektron, jedoch mit entgegengesetzter Ladung — war erst seit vier Jahren entdeckt, als ich meine erste Robotergeschichte schrieb. Das hatte für Science Fiction genau den richtigen Klang, also verpaßte ich meinen Robotern ›Positronengehirne‹ und stellte mir vor, daß ihre Gedanken aus blitzschnellen Positronenströmen bestanden, die unmittelbar auftreten und wieder erlöschen. Die damals entstandenen Geschichten wurden daher die ›Positronenroboter-Serie‹ genannt, aber das bedeutete nicht mehr als das, als ich soeben in bezug auf die Verwendung von Positronen anstatt Elektronen geschildert habe.

Zunächst machte ich mir nicht die Mühe, die Sicherheitsmechanismen, die in meine Roboter eingebaut sein sollten, zu systematisieren oder in Worte zu fassen. Allerdings mußte ich, da ich ausschließen wollte, daß ein Robot seinen Schöpfer umbringt, von Anfang an betonen, daß Roboter Menschen keinen Schaden zufügen können; daß dies ein fest verankertes Konstruktionsmerkmal ihrer Positronengehirne ist.

Daher ließ ich in der ersten gedruckten Version von ›Robbie‹ (in der Septemberausgabe 1940 der *Super Science Stories* unter dem Titel *Strange Playfellow* erschienen) eine der Hauptpersonen folgendermaßen auf einen Robot eingehen: »Er kann nicht anders, als treu und fürsorglich und lieb zu sein. Er ist eine Maschine, ist so *gebaut.*«

Nach ›Robbie‹, der Geschichte, die von John Campbell, dem Herausgeber des Magazins *Astounding Science Fiction*, abgelehnt wurde, schrieb ich weitere Robotergeschichten, die Campbell annahm. Am 23. Dezember 1940 kam ich ihm mit der Idee eines gedankenlesenden Robots (später wurde daraus ›Lügner!‹), aber John war mit meinen Erklärungen, warum der Robot sich so und nicht anders verhielt, unzufrieden. Er wollte den Sicherheitsmechanismus präzise bestimmt haben, um uns in die Lage zu versetzen, den Robot zu verstehen. Gemeinsam arbeiteten wir aus, was als ›Die Drei Gesetze der Robotik‹ bekannt werden sollte. Das Konzept stammte von mir, denn es kam aus den Geschichten, die ich bereits geschrieben hatte, doch die tatsächliche Formulierung wurde (wenn ich mich recht erinnere) zum damaligen Zeitpunkt von uns beiden festgelegt.

Die drei Gesetze waren logisch und vernünftig. Da war

zum einen die Frage der Sicherheit, die ich vor allem im Sinn gehabt hatte, als ich Geschichten über *meine* Roboter zu schreiben begann. Darüber hinaus war ich mir der Tatsache bewußt, daß man auch ohne aktives Bemühen, dem anderen Schaden zuzufügen, in aller Stille und durch Nichtstun zulassen konnte, daß Schaden angerichtet wurde. Dabei dachte ich an Arthur Hugh Cloughs zynisches Gedicht *The Latest Decalog*, worin die Zehn Gebote als zutiefst machiavellistische Satire umgeschrieben werden. Am häufigsten wird daraus zitiert: »Du sollst nicht töten, doch laß auch nicht den Eifer walten, das Leben des Nächsten mit Macht zu erhalten.«

Aus diesem Grund bestand ich darauf, daß das Erste Gesetz (Sicherheit) zwei Teile haben mußte, und das kam dabei heraus:

1. Ein Robot darf keinen Menschen verletzen oder durch Untätigkeit zu Schaden kommen lassen.

Nachdem wir diese Hürde genommen hatten, mußten wir zum Zweiten Gesetz (Gehorsam) übergehen. Natürlich durfte, indem man dem Robot das Bedürfnis einbaute, Befehle zu befolgen, das übergreifende Interesse der Sicherheit nicht außer acht gelassen werden. Demnach mußte das Zweite Gesetz lauten:

2. Ein Robot muß den Befehlen eines Menschen gehorchen, es sei denn, solche Befehle stehen im Widerspruch zum Ersten Gesetz.

Und schließlich brauchten wir noch ein drittes Gesetz (Umsicht). Ein Robot war mit Sicherheit eine kostspielige Maschine und durfte nicht unnötig beschädigt oder zerstört werden. Natürlich durften dadurch weder Sicherheit noch Gehorsam eingeschränkt werden. Daher mußte das Dritte Gesetz folgendermaßen lauten:

3. Ein Robot muß seine eigene Existenz schützen, solange dieser Schutz nicht dem Ersten oder Zweiten Gesetz widerspricht.

Natürlich sind diese Gesetze in Worte gefaßt, was ein Mangel ist. Im Positronengehirn dagegen sind sie widerstreitende positronische Potentiale, die sich am besten in den Begriffen der höheren Mathematik beschreiben lassen (die, ich versichere es Ihnen, meinen Horizont weit übersteigt). Dennoch gibt es selbst dann offensichtliche Zweideutigkeiten. Was bedeutet ›Schaden‹ in bezug auf einen Menschen? Muß ein Robot Befehlen gehorchen, die ein Kind erteilt, ein Verrückter, ein Mensch mit bösen Absichten? Muß ein Robot die eigene teure und nützliche Existenz aufgeben, um geringfügigen Schaden von einem unbedeutenden Menschen fernzuhalten? Was ist geringfügig und was unwichtig?

Diese Zweideutigkeiten sind, was einen Autoren betrifft, durchaus keine Unzulänglichkeiten. Wären die Drei Gesetze perfekt und unzweideutig, gäbe es keinen Raum für Geschichten. Es sind die Ecken und Winkel eben jener Zweideutigkeiten, in denen man seine Handlungsabläufe ansiedeln kann. Sie sind das Fundament für *Robot City.*

In ›Lügner!‹, veröffentlicht im Mai 1941 in *Astounding Science Fiction*, habe ich die Drei Gesetze nicht im einzelnen aufgeführt. Das geschah erst in ›Herumtreiber‹, meiner nächsten Robotergeschichte, die in der Märzausgabe 1942 von *Astounding* erschien. In dieser Ausgabe lasse ich auf Seite 100, Zeile 7, eine der Personen sagen: »Nun paß mal auf! Fangen wir mit den drei Grundregeln der Robotik an«, und zitiere sie daraufhin. Hier taucht, soweit ich oder sonst irgend jemand feststellen konnte, zum ersten Mal das Wort ›Robotik‹ auf — das ich offenbar erfunden habe.

In den seither vergangenen vierzig Jahren, in deren Verlauf ich viele Geschichten und Romane über Roboter geschrieben habe, sah ich mich kein einziges Mal genötigt, die Drei Gesetze zu modifizieren. Aber als meine Roboter im Laufe der Zeit immer komplexer und vielseitiger wurden, hatte ich das Gefühl, sie müßten eigentlich nach Höherem streben. So kam es, daß ich in dem 1985 erschienenen Roman *Das galaktische Imperium* die Möglichkeit erörtert habe, ein entsprechend hochentwickelter Robot könne der Schadensverhütung im Interesse der gesamten Menschheit gegenüber der Schadensverhütung im Interesse eines einzelnen den Vorrang geben.

Ich habe diese Idee als ›Nullstes Gesetz der Robotik‹ bezeichnet, aber daran arbeite ich noch.

Die Erfindung der Drei Gesetze der Robotik war wohl mein bedeutendster Beitrag zur Science Fiction. Sie werden außerhalb des Genres weithin zitiert, und keine Geschichte der Robotik wäre ohne Erwähnung der Drei Gesetze komplett. 1985 veröffentlichte der Verlag John Wiley & Sons den umfangreichen Band *Handbook of Industrial Robotics*, herausgegeben von Shimon Y. Nof, und auf Wunsch des Herausgebers schrieb ich ein Vorwort, das sich mit den Drei Gesetzen befaßte.

Es wird heute davon ausgegangen, daß Science-Fiction-Autoren als Gesamtheit einen gemeinsamen Fonds von Ideen geschaffen haben, aus dem sich jeder Autor frei bedienen kann. Aus diesem Grund hatte ich nie etwas dagegen, wenn andere Autoren Roboter benutzt haben, die den Drei Gesetzen gehorchen. Im Gegenteil, ich war eher geschmeichelt, und ehrlich gesagt kann man sich in der modernen Science Fiction kaum einen Robot ohne diese Gesetze vorstellen.

Allerdings habe ich mich entschieden dagegen gewehrt, daß andere Autoren die Gesetze selbst zitieren. Meine Haltung dazu ist: Man soll die Gesetze als gegeben akzeptieren, anstatt sie herunterzubeten. Die Grundidee gehört der Allgemeinheit, die Formulierung gehört mir.

Aber ich werde älter. Ich kann nicht damit rechnen, sehr viel länger weiterzuleben, andererseits hoffe ich, daß dies einigen meiner Geistesprodukte gelingt. Und um ihnen zu einem möglichst langen Leben zu verhelfen, kann ich es mir wohl erlauben, meine Regeln ein wenig zu lockern und anderen zu gestatten, daß sie meine Gedanken aufgreifen und neu beleben. Immerhin hat sich auf dem Gebiet der Wissenschaft einiges getan, seit meine ersten Robotergeschichten veröffentlicht wurden, und auch das muß berücksichtigt werden.

Als Byron Preiss mit dem Vorschlag an mich herantrat, eine Romanreihe unter dem Überbegriff *Robot City* herauszubringen, in der es um ›asimovsche‹ Roboter und Ideen gehen sollte, war ich deshalb von dem Gedanken durchaus angetan. Byron sagte, ich solle als Berater fungieren, um sicherzustellen, daß das typisch ›asimovsche‹ an meinen Robotern erhalten bleibt, daß ich Fragen beantworten, Vorschläge machen, gegen Unpassendes mein Veto einlegen und sowohl die Grundidee für die Serie als auch Anregung für die Autoren liefern solle. (So geschah es, Byron und ich haben eine Serie von Frühstückssitzungen absolviert, bei denen er die Fragen stellte und ich — manchmal auch meine Frau Janet — ihm antwortete, was zu einigen recht interessanten Diskussionen führte.)

Außerdem sollte mein Name im Titel erscheinen, um dem Leser mitzuteilen, daß das Projekt gemeinsam mit mir entwickelt und mit meinem Wissen und meiner Mithilfe durchgeführt wurde. Es ist eine wahre Freude, daß talentierte junge Autoren ihre Intelligenz und Erfindungsgabe der Weiterentwicklung meiner Ideen widmen, jede/r auf ihre oder seine Weise.

Der erste Roman der Reihe, *Robot City Buch 1: Odyssee*, stammt von Michael P. Kube-McDowell, dem Autor von *Emprise*, und die Zusammenarbeit hat mir große Freude bereitet. Die Prosa ist ganz allein die von Michael; ich habe nichts davon geschrieben. Ich will mich damit nicht etwa von dem Roman distanzieren; vielmehr möchte ich sichergehen, daß Michael das volle Lob derer erhält, denen sein Stil gefällt. Wie angedeutet, besteht meine Rolle lediglich darin, die Konzeptionen der Robotik zu liefern, die von Byron und Michael gestellten Fragen zu beantworten (so gut ich kann), und Lösungen für Probleme vorzuschlagen, die sich aus den Drei Gesetzen ergeben. Tatsächlich wird Buch zwei der Reihe drei interessante neue Gesetze vorstellen, bei denen es um das Verhältnis zwischen Menschen und Robotern in einer robotischen Gesellschaft geht, ein Beziehungsgeflecht, das *Robot City* zugrunde liegt.

In beinahe einem halben Jahrhundert des Schreibens habe ich mir einen Namen gemacht, der bekannt und geachtet ist, und ich möchte ihn dazu verwenden, jungen Autoren den Weg für ihre Romane zu ebnen und durch die Herausgabe von Anthologien das Andenken an ältere Autoren zu erhalten. Schließlich habe ich der Science Fiction allgemein und besonders einer Reihe derer, die sich mit Science Fiction beschäftigen, vieles zu verdanken, und ich kann es ihnen am besten dadurch vergelten, daß ich für andere tue, was für mich getan wurde.

Lassen Sie mich betonen, daß ich hier zum ersten Mal anderen Zugang zur Welt meiner Roboter gewähre und ihnen gestatte, sich frei darin zu bewegen. Mit dem, was ich bisher davon zu Gesicht bekommen habe, bin ich höchst zufrieden, und ich bin gespannt auf das, was in den noch folgenden Büchern aus meinen Ideen und Konzepten entsteht. Diese Bücher sind (zwangsläufig) nicht genau das, was ich aus ihnen gemacht hätte, aber das ist auch gut so. Sollen doch ruhig andere Intellekte, andere Persönlichkeiten ans Werk gehen, meine Ideen zu erweitern, fortzuentwickeln und neu zu fassen.

Für Sie, den Leser, fängt das Abenteuer gerade erst an.

## Kapitel 1

## Erwachen

Der junge Mann, der in der Mitte der kleinen Kabine auf der Druckliege angeschnallt war, schien friedlich zu schlafen. Die Muskeln in seinem schmalen Gesicht waren entspannt, die Augen geschlossen. Sein Kopf war nach vorn gesunken, bis das Kinn auf dem blanken metallenen Halsring seines orangefarbenen Schutzanzugs ruhte. Mit seinen glatten Wangen und dem Bürstenschnitt des aschblonden Haars sah er noch jünger aus, als er war — jung genug, um selbst beim gleichgültigsten Türsteher einer verkommenen Raumhafenbar gewisse Zweifel aufkommen zu lassen.

Langsam kam er zu sich, als habe er zu wenig Schlaf gehabt und wolle nur ungern daraus erwachen. Doch als der Nebel wich, überkam ihn plötzlich das schreckliche Gefühl, in einen gähnenden Abgrund zu blicken.

Seine Augen öffneten sich ruckartig, und er stellte fest, daß er tatsächlich in die Tiefe blickte. Die Liege, auf der ihn sein Fünfpunktgurt festhielt, hatte sich vorwärts geneigt. Ohne den Gurt wäre er als verrenktes Häufchen auf dem winzigen Stück geneigter Bodenplatte aufgewacht, gegen die einfache Luke gepreßt, die sich ihm gegenüber befand.

Er hob den Kopf, und seine flinken Augen erfaßten rasch den Rest seiner Umgebung. Es gab wenig zu sehen. Er war in der winzigen Kabine allein. Wenn er sich losschnallte, würde ihm gerade genug Platz bleiben, um aufzustehen, vielleicht sogar, sich umzudrehen, zu ehrgeizigeren Unternehmungen jedoch nicht. In einer Nische des gerundeten Schotts rechts von ihm war ein Schutzhelm untergebracht. Im Schott zu Linken befand sich eine Ausgabevorrichtung samt Wasserrohr und Zufuhrschacht.

Nichts von dem, was er sah, war ihm begreiflich, daher fuhr er einfach fort, alles zu katalogisieren. Über ihm hing eine Art Kommandotafel von der Decke, auf der acht quadratische grüne Kontrollampen mit der Aufschrift ›P1‹, ›P2‹, ›F‹ und so weiter aufgereiht waren. Die Tafel befand sich in bequemer

Reichweite, nur daß es keine Schalter oder Instrumente zu geben schien, die er hätte bedienen können. In einer Ecke der Tafel war in stilisierten schwarzen Buchstaben das Wort MASSEY eingraviert.

Abgesehen vom leisen Geräusch seines Atems war es in der kleinen Kammer nahezu still. Von der Maschinerie, die den Raum hinter seinen Schultern und unter seinen Füßen ausfüllte, kam das Surren eines Impulsgebers und ein leises elektrisches Summen. Von draußen jedoch, jenseits der Wände, drang kein Laut herein.

Damit war sein spärlicher Katalog komplett und die Zeit gekommen, nach einer Erklärung Ausschau zu halten. Er stellte fest, daß seine Umgebung, obwohl er sie nicht wiedererkannte, ihn nicht überraschte. Aber da er sich nicht erinnern konnte, wo er eingeschlafen war, hatte er auch keine Erwartungen bezüglich seines Aufenthaltsortes beim Aufwachen.

Die schlichte Wahrheit war, daß er nicht wußte, wo er war. Oder warum er sich an diesem Ort befand. Er wußte nicht, wie lange er schon hier war, noch wie er hergekommen war.

Aber im Augenblick war das irgendwie egal, denn er erkannte — mit rasch anwachsender Bestürzung und Beunruhigung —, daß er außerdem nicht wußte, wer er war.

Er suchte sein Bewußtsein nach einem Hinweis auf seine Identität ab — nach einem bekannten Ort, einem vertrauten Gesicht, einer kostbaren Erinnerung. Er fand nichts. Es war, als versuche er, ein leeres Blatt Papier zu lesen. Er konnte sich an kein einziges Ereignis erinnern, ehe er die Augen geöffnet und sich hier vorgefunden hatte. Es war, als habe sein Leben in jenem Augenblick begonnen.

Nur wußte er, daß dem nicht so war. Er war kein weinendes Neugeborenes, sondern ein Mann — jedenfalls insoweit, als er die Bezeichnung für sich in Anspruch nehmen konnte, bis jemand Widerspruch einlegte. Er hatte existiert. Er hatte eine Identität gehabt und einen Platz in der Welt. Er hatte Freunde gehabt — Eltern — ein Zuhause. Er mußte all das gehabt haben und mehr.

Aber nun existierte es nicht mehr.

Dieses Gefühl war anders als bloßes Vergessen. *Wenn man*

*etwas vergißt, wird man zumindest das Gefühl nicht los, früher einmal alles gewußt zu haben —*

»Ist alles in Ordnung mit dir?« erkundigte sich eine angenehme Stimme. Sie durchbrach die Stille und veranlaßte ihn, unwillkürlich seine gesamte Muskulatur anzuspannen.

»Wer bist du?« wollte er wissen. »Wo bist du? Wo bin ich?«

»Ich bin Darla, deine Gefährtin. Bitte versuche, ruhig zu bleiben. Uns droht keine unmittelbare Gefahr.« Die Stimme, die aus der Kommandotafel vor ihm kam, war jetzt eindeutiger als weiblich zu erkennen. »Du befindest dich im Innern einer Rettungskapsel vom Typ G-85 der Massey Corporation. Massey ist führend im Bereich Raumrettungssysteme seit . . .«

Während Darla mit ihrem Werbetext fortfuhr, drehte er den Kopf hin und her und nahm erneut die Kabine in Augenschein. Das hätte ich wissen müssen, dachte er. Natürlich. Eine Rettungskapsel. Selbst der Name *Massey* war ihm vertraut. »Warum gibt es hier keine Bedienungsinstrumente?«

»Alle Kapseln der Serie G sind so konstruiert, daß sie unabhängig die aussichtsreichste Strategie bestimmen und entsprechend reagieren.«

Klar, dachte er. Man kann schließlich nicht wissen, wer in so eine Kapsel steigt, oder in was für einer Verfassung er sein wird. »Du bist kein Mensch. Was bist du dann? Ein Computerprogramm?«

»Ich bin eine Positronenpersönlichkeit«, erklärte Darla fröhlich. »Das Konzept der Gefährtin ist der einzigartige Beitrag der Massey Corporation zu einem humanen Rettungssystem.«

Ja. Jemand, mit dem er sich unterhalten konnte. Jemand, der ihm half, stundenlanges Warten zu überstehen, damit er nicht daran denken mußte, was es hieß, wenn man ihn nicht fand. Langsam bekam er ein klareres Bild. Alle Rettungskapseln waren hochgradig automatisiert. Diese hier war mehr. Sie war ein Robot — vermutlich therapeutisch geschult und beauftragt, ihn ruhig und bei Verstand zu halten.

Ein Robot . . .

Der Mensch hatte seine Kindheit. Ein Robot nicht. Menschen lernten, Roboter wurden programmiert. Ein Robot, dem jene Kernidentität fehlte, die vor seiner Aktivierung eingebaut werden mußte, mochte ›aufwachen‹ und feststellen, daß er ohne Erfahrung über Wissen verfügte, und sich fragen, wer und was er war . . .

Unvermittelt biß er sich auf die Unterlippe.

Wie empfindet ein Robot eine Sensorüberlastung? Als Schmerz?

Als er Blut schmeckte, entspannte er den Kiefer. Er gedachte, dem Ausgang seines kleinen Experiments erst einmal Glauben zu schenken. Er war ein Mensch. Irgendwie war das beunruhigend.

»Warum hast du dir Schaden zugefügt?« mischte sich Darla ein.

Er seufzte. »Ich wollte nur mal sehen, ob ich es kann. Weißt du, wer *ich* bin?«

»Dein Abzeichen weist dich als Derec aus.«

Er blickte an dem Halsring vorbei nach unten und entdeckte zum ersten Mal, daß die Klarsichthülle auf der rechten Brusttasche des Schutzanzuges einen Datenstreifen enthielt. Die rote Inschrift auf dem durchbrochenen schwarzweißen Codemuster lautete in der Tat DEREC.

Versuchsweise sprach er den Namen laut aus: »Derec.« Er war seiner Zunge weder vertraut noch fremd. Sein Ohr nahm ihn als Vornamen auf, obwohl es sich wahrscheinlich um einen Nachnamen handelte.

*Aber wenn ich Derec bin, warum sitzt dann der Schutzanzug so schlecht?* Taillenring und Brustteil hätten jemandem mit wesentlich breiterem Körperbau gepaßt. Und als er versuchte, die verkrampften Beine auszustrecken, stellte er fest, daß das Unterteil des Anzugs ein bis zwei Zentimeter zu kurz dafür war, ihm das bequem zu ermöglichen.

Früher war ich bestimmt kleiner — vielleicht war ich auch schwerer. Es könnte sich um meinen alten Anzug handeln — den ich nur im Notfall benutzt hätte. Oder die Kennmarke könnte mir gehören und der Anzug einem anderen.

»Kannst du die Daten auf dem Streifen ablesen?« fragte er hoffnungsvoll. »Da müßte ein Foto drinstecken — eine Registrierung als Bürger — ein Familienbuch. Dann wüßte ich's mit Sicherheit.«

»Tut mir leid. In der Kapsel gibt es keinen Datenleser, und meine optischen Sensoren können ein so feines Muster nicht auflösen.«

Stirnrunzelnd sagte er: »Dann werde ich mich wohl vorerst damit abfinden müssen, Derec zu sein.«

Schweigend ordnete er seine Gedanken. Daß er seinen Namen kannte — wenn es wirklich sein Name war —, trug nicht dazu bei, die Leere in ihm zu beseitigen. Es war, als habe er seinen inneren Kompaß verloren und damit die Fähigkeit, eigenständig zu handeln. Ihm blieb derzeit nichts anderes, als zu reagieren.

»Sämtliche lebenserhaltenden Systeme der Kapsel funktionieren einwandfrei«, verkündete Darla fröhlich. »Inzwischen dürften Rettungsschiffe hierher unterwegs sein.«

Ihre Worte erinnerten ihn daran, daß es kurzfristig ein wichtigeres Problem zu lösen gab als darüber nachzudenken, wer er war. Sein Überleben hatte Vorrang. Mit der Zeit würden ihm jene Dinge, über die er Bescheid wußte, vielleicht verraten, was er vergessen hatte.

Er befand sich in einer Rettungskapsel. Sein Bewußtsein klammerte sich an dieser Tatsache fest und begann darauf aufzubauen. Als er seine Position in den Gurten veränderte, bemerkte er, daß schon die leiseste Bewegung die Kapsel schaukeln ließ, und zwar trotz der Tatsache, daß ihre Masse kaum weniger als fünfhundert Kilogramm betragen konnte. Er streckte den einen Arm aus und ließ die Muskulatur erschlaffen. Es dauerte eine volle Sekunde, bis er wieder an seiner Seite herabhing.

*Höchstens ein Hundertstel G.* Ich sitze in einer Rettungskapsel auf der Oberfläche einer Welt mit niedriger Schwerkraft. Davor war ich in einem Sternenschiff, irgendwohin unterwegs, als irgend etwas vorgefallen ist. Vielleicht ist das der Grund, warum ich mich nicht erinnere, oder vielleicht hat der Aufprall bei der Landung . . .

Nirgendwo in der Kapsel gab es ein Fenster oder eine Sichtluke, nicht einmal ein verdecktes Guckloch. Aber wenn er schon nicht hinaussehen konnte, vielleicht konnte Darla es.

»Wo sind wir, Darla?« erkundigte er sich. »Wo hast du uns abgesetzt?«

»Willst du, daß ich dir unsere Umgebung zeige? Ich verfüge über ein Haftpaket.«

Derec kannte den Begriff, obwohl er sich fragte, wo er ihn gehört hatte. Ein Haftpaket war eine scheibenförmige Ansammlung von Sensoren, die über die Außenfläche eines Raumfahrzeugs mit glatter Hülle gleiten konnte — ein erschwinglicher, wenn auch störungsanfälliger Ersatz für einen vollständigen Satz von Sensoraufsätzen. »Laß sehen.«

Die Innenbeleuchtung wurde schwächer, und das mittlere Drittel des Schotts wurde zum Hintergrund für eine Bildprojektion oben aus der Kommandotafel. Derec blickte hinaus auf eine Landschaft aus Eis und Felsbrocken, die ihm ganz und gar nicht geheuer war. Der Horizont war zu nahe, zu stark gekrümmt. Es mußte sich um eine Verzerrung handeln, hervorgerufen durch die Kamera, oder um einen unechten Horizont, hervorgerufen durch einen Krater im Vordergrund.

»Nach rechts«, sagte er.

Aber es war überall das gleiche: ein Durcheinander von orangefarben angehauchten Eisbrocken mit vereinzelten grauen Felsen, das am Horizont in den Samtvorhang des Weltraums überging. Er konnte am Himmel keine klar erkennbaren Sterne ausmachen, aber das war vermutlich der beschränkten Auflösungsfähigkeit des Haftpacks zuzuschreiben, nicht etwa einer Atmosphäre. Die Schwerkraft des Planetoiden war zu gering, um auch nur die dichtesten Gase festzuhalten, und die gezackten Felsen ließen keine atmosphärische Verwitterung erkennen.

Genaugenommen sah das Ganze wie ein Überbleibsel aus, wie Abfall aus der Entstehung von Sternen und Planeten, eine vergessene Welt, die sich seit dem Tag, da sie geschaffen wurde, nicht verändert hatte. Eine kalte Welt war es, eine unfruchtbare, und aller Wahrscheinlichkeit nach auch eine verlassene.

Ehedem verlassen, korrigierte er sich. »Mond oder Asteroid?« fragte er Darla.

»Egal, wo wir sind, wir sind in Sicherheit«, sagte Darla treuherzig. »Wir müssen uns darauf verlassen, von den zuständigen Behörden aufgefunden und gerettet zu werden.«

Derec konnte jetzt schon vorhersehen, daß er dieser Art Ausflüchte rasch überdrüssig werden würde. »Wie soll ich mich darauf verlassen, wenn ich nicht mal weiß, wo wir sind und wie die Chancen stehen, daß wir gefunden werden? Ich weiß, daß diese Kapsel kein lebenserhaltendes System mit vollständiger Wiederaufbereitung hat. Das gibt's bei keiner Kapsel. Willst du das abstreiten?« Er wartete einen Moment auf eine Antwort, ehe er sich weiter vorwagte. »Wieviel Spielraum reicht nach Maßgabe der Massey Corporation aus? Zehn Tage? Zwei Wochen?«

»Derec, es ist lebenswichtig, die richtige Einstellung . . .«

»Spar dir das Therapeutengeschwätz, ja?« Derec seufzte. »Sieh mal, ich weiß, du versuchst nur, mich zu beschützen. Manche Leute kommen so besser mit ihrer Lage zurecht — nach dem Motto: was ich nicht weiß, und so weiter. Aber ich bin anders. Ich brauche Informationen. Ich muß wissen, was du weißt. Verstehst du? Oder willst du, daß ich anfange, in deinen Eingeweiden zu wühlen und selber danach zu suchen?«

Derec war verdutzt, als Darla keine Antwort gab. Langsam dämmerte ihm, daß er sie in ein Dilemma gestürzt hatte, mit dessen Auflösung ihr Positronengehirn Probleme hatte — aber so ein Dilemma durfte es eigentlich nicht geben. Darla war nach dem Zweiten Robotikgesetz verpflichtet, seine Fragen zu beantworten.

Das Zweite Gesetz lautete: »Ein Robot muß den Befehlen eines Menschen gehorchen, es sei denn, solche Befehle stehen im Widerspruch zum Ersten Gesetz.«

Eine Frage war ein Befehl — und Schweigen bedeutete Ungehorsam. Was nur dann sein konnte, wenn Darla, ihren übergeordneten Pflichten gemäß, dem Ersten Gesetz nachkam.

Das Erste Gesetz lautete: »Ein Robot darf keinen Menschen verletzen oder durch Untätigkeit zu Schaden kommen lassen.«

Darla mußte wissen, wie gering die Hoffnung auf Rettung war, selbst innerhalb eines Sternensystems, selbst im Bereich der Standardflugbahnen. Und Darla wußte außerdem, soweit ein Robot das überhaupt konnte, welchen Schaden diese Tatsache am emotionalen Gleichgewicht eines Menschen anrichten konnte. Der typische Überlebende, den schon die wie auch immer gearteten Umstände, unter denen er in die Rettungskapsel gelangt war, völlig verschreckt hatte, würde mit Verzweiflung reagieren, mit dem Verlust seines Lebenswillens.

Jetzt war ihm die Sache klar. Natürlich würde Darla versuchen, ihm die Konsequenzen seiner Wißbegierde zu ersparen — es sei denn, er konnte ihr beibringen, daß er anders war.

»Darla, ich gehöre nicht zu der Sorte, wie du sie zu erwarten gelernt hast«, sagte er freundlich. »Ich brauche etwas zu tun, Stoff zum Nachdenken. Ich kann nicht bloß dasitzen und warten. Ich kann mit schlechten Nachrichten umgehen, wenn es das ist, was du vor mir verbirgst. Was ich nicht ertragen kann, ist das Gefühl der Hilflosigkeit.«

Es hatte den Anschein, als sei sie doch auf seine Art von Psyche programmiert und habe nur überzeugt werden müssen, daß es ihm ernst war. »Ich verstehe, Derec. Natürlich will ich dir gerne sagen, was ich weiß.«

»Gut. Von welchem Schiff kommen wir?« fragte er. »Nirgendwo in der Kabine gibt es ein Schiffswappen oder Namensschild.«

»Dies ist eine Rettungskapsel vom Typ G-85 der Massey —«

»Das hast du mir schon erzählt. Von welchem Schiff?«

Darla schwieg einen Augenblick. »Massey-Rettungskapseln sind das gebräuchlichste Sicherheitssystem auf sechs der acht größten Raumschiffahrtslinien —«

»Du weißt es also nicht?«

»Meiner Zuordnungsoption wurden keine Daten eingegeben. Wie wär's mit einer Runde Schach?«

»Nein.« Derec grübelte einen Moment. »Demnach kannst du nichts anderes, als den Hersteller anzupreisen. Das heißt, daß wir vermutlich von einem Privatschiff gekommen sind — alle kommerziellen Frachter markieren nämlich ihre Ausrüstung.«

»Ich verfüge über keine Informationen auf diesem Gebiet.«

Derec gluckste. »O doch, ich glaube schon. Irgendwo in deinem System muß es einen Datenrecorder geben, der beim

Auswurf der Kapsel aktiviert wurde. Er müßte dir nicht nur sagen, von welchem Schiff wir gekommen sind und wohin es unterwegs war, sondern auch, was seither passiert ist. Es wird Zeit, daß wir mal feststellen, wie schlau du wirklich bist, Darla«, sagte er. »Wir müssen diesen Recorder finden und uns Zugang verschaffen.«

»Ich besitze keine Informationen über einen Recorder.«

»Glaub mir, es gibt ihn. Wenn nicht, gäbe es keine Möglichkeit, nach einem Schiffsunglück die Ursachen zu erforschen. Hast du Zugriff auf die Energieschiene der Kapsel?«

»Ja.«

»Sieh dich nach einer nicht unterbrechbaren Leitung um. Das ist es dann.«

»Einen Augenblick. Ja, es gibt zwei.«

»Wie sind sie beschriftet?«

»Meine Systemkarte bezeichnet sie als 1402 und 1632. Ich besitze keine weiteren Informationen.«

Derec griff wieder zum Wasserrohr. »Schon gut. Die eine wird der Recorder sein, und die andere ist vermutlich der Leitstrahler. Wir machen Fortschritte. Jetzt mußt du die Datenkanäle finden, die mit diesen Energiezuleitungen korrelieren. Die dürften uns verraten, was was ist.«

»Tut mir leid. Ich kann nicht.«

»Es muß sie geben. Der Recorder wird Daten aus einem Navigationsmodul aufnehmen, aus dem Lebenserhaltungssystem, vermutlich sogar Auszüge dieser Unterhaltung. Es muß einen ganzen Wust von Datenkanälen geben.«

»Tut mir leid, Derec. Ich bin außerstande, zu tun, was du verlangst.«

»Wieso?«

»Wenn ich einen diagnostischen Suchlauf in diesen Teil des Systems fahre, kann ich keine einzige Datenbahn ohne Kennsatz finden.«

»Kannst du mir dein Wartungsschema zeigen? Vielleicht finde ich was.«

Die Eislandschaft verschwand und wurde durch eine sehr detaillierte Projektion der logischen Schaltkreise der Rettungskapsel ersetzt. Bei näherem Hinsehen fand Derec rasch die Lösung. Ein intelligentes Datenraster — eine Maxwellschaltung — bewachte die Datenzufuhr zum Recorder. Die beiden Systeme waren praktisch isoliert. Ähnliche Sperren bestanden zwischen Darla und dem Inertialorter, dem Leitstrahl und dem lebenserhaltenden System.

*Reichlich merkwürdig,* dachte Derec. Es überraschte ihn nicht, daß es ein niederrangiges Autonomsystem zur Regulierung von Routinefunktionen gab. Das Eigenartige daran war, daß es Darla verwehrt sein sollte, irgendwelche Informationen daraus zu entnehmen.

Verängstigte Überlebende zu hätscheln verlangte Takt und Diskretion. Aber Roboter neigten stark zu beinahe schmerzhafter Ehrlichkeit. Vermutlich hatte es sich als zu schwierig erwiesen, eine Gefährtin darauf zu programmieren, daß sie ein fröhliches Gesicht machte und zugleich schreckliche Geheimnisse hütete. Lügen zu müssen führte in einem Positronengehirn nun einmal zu unvorhersehbaren Potentialschwankungen.

Und das Dritte Gesetz mußte auch noch bedacht werden. Das Dritte Gesetz lautete: »Ein Robot muß seine eigene Existenz schützen, solange dieser Schutz nicht dem Ersten oder Zweiten Gesetz widerspricht.«

Wie würde ein Robot seine Verantwortung für den Selbsterhalt gegen die zunehmende Wahrscheinlichkeit seiner Zerstörung aufwiegen? Es war, als seien die Konstrukteure zu dem Schluß gelangt, daß es Dinge gab, die Darla lieber nicht wissen sollte, und als hätten sie Sperren eingebaut, um zu verhindern, daß sie darauf kam. Sie hatten sie über sich selber im Ungewissen gelassen, ja sogar über die eigene Unwissenheit.

Hier gab es beunruhigende Parallelen zu Derecs Situation. *Ist mir etwa das gleiche passiert?* fragte er sich. Er hatte beinahe von Anfang an gehofft, daß sein Gedächtnisverlust die Folge jener unbekannten Katastrophe war, auf Grund derer er sich in der Rettungskapsel wiedergefunden hatte, vielleicht in Verbindung mit dem Schock einer harten Landung auf dieser Welt.

Nun mußte er sich die Frage stellen, ob eine derart selektive Amnesie Zufall sein konnte. Er hatte das Schema mühelos verstanden, aber er konnte sich nicht erinnern, wo oder warum er diese Fertigkeit erworben hatte. Offenbar hatte er eine technische Ausbildung hinter sich, eine Tatsache, die sich — falls er überlebte — als nützlicher Hinweis auf seine Identität erweisen mochte. Aber warum sollte er sich an den Unterricht, nicht aber an den Lehrer erinnern? Konnte sein Gehirn so sehr durcheinandergeraten sein?

Dagegen war das Verstehen des Schemas eine komplexe Aufgabe, die eindeutig erforderte, daß sein Denkvermögen und sein Gedächtnis intakt waren. Soweit er es beurteilen konnte, waren seine Gedankengänge vernünftig und klar Wenn er einen Schock oder eine Gehirnerschütterung hatte, wären dann nicht all seine Fähigkeiten davon betroffen?

Vielleicht war ihm ja nichts Derartiges passiert. Vielleicht hatte man es ihm, genau wie Darla, absichtlich angetan.

Derec verzog das Gesicht. Es war schon beunruhigend genug, auf die kahle Wand seiner Vergangenheit zu blicken, noch beunruhigender jedoch war der Gedanke, daß sich womöglich hinter dieser Wand der Grund verbarg, warum man sie errichtet hatte.

Inzwischen war Darla ungeduldig geworden. »Hast du etwas gefunden?« fragte sie mit besorgt klingender Stimme.

Blinzelnd sah Derec hinauf zur Anzeigetafel. »Der Recorder ist über eine Maxwellschaltung angeschlossen. Diese Schaltung läßt nichts zum Recorder durch, was sie nicht kennt, deshalb kannst du ihn im Suchlauf nicht entdecken. Und deshalb wird es uns nicht gelingen, ihn mit deiner Hilfe abzufragen. Allerdings muß es irgendwo einen Datenschlitz geben, vermutlich auf der Außenhülle . . .«

In diesem Augenblick ging ein Ruck durch die gesamte Kapsel, und sie schien zu treiben. Derec hatte das Gefühl, daß sie keine Berührung mehr mit der gefrorenen Oberfläche des Planetoiden hatte. »Was geht vor?« verlangte er zu wissen.

»Bewahre bitte die Ruhe«, sagte Darla.

»Was ist? Sind wir gefunden worden?«

»Ja. Ich glaube schon. Aber ich kann noch nicht feststellen, von wem.«

Derec verharrte einen Moment mit offenem Mund. »Schalt das Außenvideo wieder rein! Rasch!«

»Ich mache mir allmählich Sorgen um deinen Erregungszustand, Derec. Schließe bitte die Augen und hole mehrmals tief Luft.«

»Ich denke nicht daran«, sagte er wütend. »Ich will sehen, was vorgeht.«

Es folgte ein Augenblick des Zögerns, dann fügte Darla sich. »Na gut.«

Der Anblick, der sich Derec bot, ließ ihm den Atem in der Kehle stocken. Die Kameras des Haftpacks waren nicht mehr auf den Horizont, sondern auf den Boden gerichtet. Ein halbes Dutzend unterschiedlichster Maschinen hatte sich um die Kapsel versammelt. Die größte war mehr als mannshoch, die kleinste kaum so groß wie ein Schutzhelm. Die winzigen schwebten auf ebenso winzigen Raketenstrahlen aus weißem Gas, während die größeren auf Rädern oder Laufketten standen.

Außerdem konnte er ein Stück von einer Art Schlitten oder Tragfläche erkennen, die offenbar unter der Kapsel zentriert war. Und alle — die Maschinen, die Tragvorrichtung und die Kapsel — waren in Bewegung, strebten gemeinsam einem ungewissen Ziel entgegen, gleich einer seltsamen Eiswüstenkarawane.

»Was geht vor?« erkundigte er sich bei Darla. »Kannst du sie identifizieren? Haben sie mit uns Kontakt aufgenommen?«

»Bei dem Gestell unter uns scheint es sich um einen Ladeschlitten zu handeln. Über die anderen Mechanismen besitze ich keine Informationen.«

Derec griff nach seinem Helm und löste die Verriegelung, mit der er befestigt war. »Ich steige aus. Ich lasse nicht zu, daß man uns ohne jede Erklärung entführt.«

»Das Verlassen der Kapsel wäre zu gefährlich«, sagte Darla. »Außerdem verlierst du mindestens vier Stunden Sauerstoff, wenn du die Luke öffnest.«

»Das ist es wert, um festzustellen, was vorgeht.«

»Ich kann es nicht zulassen, Derec.«

»Das hast du nicht zu entscheiden«, sagte er und griff mit der freien Hand nach der Ausklinkvorrichtung des Gurts.

»Tut mir leid, Derec. Das habe ich wohl«, sagte Darla.

Zu spät wurde Derec klar, daß eine Massey-Gefährtin

einen verstörten Überlebenden nicht nur verbal, sondern auf chemischem Wege ruhigstellen konnte. Der zweifache Sprühnebel, der zu beiden Seiten aus der Kopfstütze kam, traf ihn voll ins Gesicht, und als er vor Überraschung nach Luft schnappte, atmete er die widerlich süßen Tröpfchen mit ein.

Derec blieb kaum noch Zeit, sich darüber zu wundern, wie schnell die Droge wirkte. Beide Arme erschlafften, der rechte verfehlte im Herabsinken die Gurtklinke, der linke ließ den Helm los. Vor seinen Augen wurde es rasch grau. Von fern hörte er den schwachen Laut, mit dem der Helm auf dem Boden traf. Aber schon nach dem ersten Aufprall glitt er hinüber in die stille Dunkelheit der Bewußtlosigkeit, sah und hörte nichts mehr.

# Kapitel 2

# Unter dem Eis

Zum zweiten Mal am selben Tag erwachte Derec in fremder Umgebung.

Diesmal lag er flach auf dem Rücken und starrte an die Decke. Er hatte einen säuerlichen Geschmack im Mund und ein leeres, knurrendes Gefühl im Magen. Einen Augenblick lag er so da und erinnerte sich, dann setzte er sich ruckartig auf, die Muskeln abwehrbereit angespannt, während er sich umsah.

Wie zuvor war Derec allein. Aber diesmal befand er sich in heimischer Umgebung — eine Viermann-Wohnkabine, drei Meter breit und fünf Meter lang. Das Bett, auf dem er gelegen hatte, war eine Klappkoje, eine von vieren, die in die Seitenwände eingelassen waren. Rechts von dort, wo er auf der Bettkante saß, befand sich eine Ansammlung von Staufächern unterschiedlicher Größe. Links gab es eine geschlossene Tür.

*Diese verfluchte Darla*, dachte er erbost.

Obwohl ihm seine Umgebung irgendwie vertraut vorkam, verwarf Derec dies als bedeutungslos — alle Wohneinheiten in Fertigbauweise ähnelten einander in ihrem langweiligen Design. Da war die Frage schon wichtiger, ob diese Kabine Teil eines Arbeitscamps auf der Oberfläche des Asteroiden war, ob sie sich irgendwo im Innern eines dahineilenden Raumschiffs befand oder an einem ganz anderen Ort, den er sich nur nicht vorstellen konnte. Die Kabine selbst bot keinerlei Anhaltspunkte. Auch verriet sie ihm nicht, ob man ihn gerettet oder gefangengenommen hatte.

Als er an sich herabblickte, sah er, daß er nicht mehr den Schutzanzug anhatte. Rumpf und Beine steckten in einer eng anliegenden weißen Untermontur, ein Kleidungsstück, wie es Raumarbeiter unter ihrem Arbeitszeug oder Schutzanzug trugen. Die Montur war sauber und relativ neu, aber die Scheuerpolster an den Fersen und Knien und um die Taille waren recht abgewetzt. Es konnte sich durchaus um das handeln, was er unter dem Schutzanzug angehabt hatte, oder . . .

»Der Anzug«, sagte er mit plötzlicher Bestürzung.

Er sprang auf und sah sich verzweifelt um. Es gab nur ein Fach, das groß genug war, einen Schutzanzug aufzunehmen. Es war unverschlossen, aber außerdem war es leer. Mechanisch durchsuchte er die anderen Fächer. Sie waren allesamt leer.

Nein, sie waren mehr als nur leer, entschied er. Sie sahen aus, als seien sie noch nie benutzt worden.

Derec verspürte einen Anflug von Panik. Wenn er den Anzug nicht fand, würde er nie erfahren, was für Informationen der Datenstreifen auf dem Namensschild zu bieten hatte. Und Darla mußte er ebenfalls finden oder die unersetzlichen Daten in ihrem Ereignisrecorder verlorengeben.

Halb in der Erwartung, sie verschlossen vorzufinden, trat Derec an die Tür und berührte die Schlüsselplatte. Die Tür glitt mit einem Zischen auf. Draußen befand sich ein kurzer Korridor, von dem vier Türen abgingen. Der Korridor war leer, die übrigen Türen waren geschlossen.

Links von Derec endete der Korridor an einer kahlen Wand. Das andere Ende war mit einer Luftschleuse versiegelt, was darauf hindeutete, daß die vier Kabinen eine autonome Wohneinheit bildeten. Durch das kleine Fenster in der inneren Schleusentür erspähte er dahinter einen weiteren Korridor.

»Hallo?« rief Derec. Es kam keine Antwort.

Die Tür ihm gegenüber war mit dem Wort MESSE beschriftet. Drinnen fand er einen Tisch, groß genug, um acht Personen Platz für eine Besprechung oder eine Mahlzeit zu bieten, eine kompakte automatische Essensausgabe und ein kompliziertes Computerterminal samt Kommunikationsanlage.

Derec ließ die Fingerspitzen über die Tischfläche gleiten, und sie blieben sauber, waren nicht einmal mit einer dünnen Staubschicht überzogen. Die Kontrollampen an der Essensausgabe sagte ihm, daß die Einheit auf Fortgesetzte Wartestellung geschaltet war, und das hieß, ihre Nahrungsvorräte waren strahlenbehandelt und tiefgefroren. Hier hatte längere Zeit niemand gegessen.

Ob das alles für ihn gedacht war? Ob es wohl deshalb unbenutzt war? Oder war er Überraschungsgast in einem leeren Haus?

Er schaltete die Essensausgabe auf Abruf, und der Zeitnehmer begann mit dem Countdown der zwei Stunden, die es dauern würde, das Gerät betriebsfertig zu machen. Als er jedoch versuchte, die Kommunikationsanlage zu aktivieren, verlangte sie nach einem Kennwort.

Er probierte es mit »Derec«.

KENNWORT UNGÜLTIG, teilte der Schirm ihm mit.

Er hatte kaum Chancen, ein wirklich zufallsgeneriertes Kennwort zu erraten. Seine einzige Chance bestand darin, daß ein fauler Systemprogrammierer eines der klassischen Grundkennwörter im Sicherungsspeicher hinterlassen hatte. »Test«, probierte er.

KENNWORT UNGÜLTIG.

»Kennwort«, sagte Derec.

KENNWORT UNGÜLTIG. ZUGANG VERWEHRT.

Von diesem Punkt an ignorierte ihn die Anlage. Das Tastenfeld für nonvokale Eingaben war außer Betrieb, und nichts, was er sagte, rief eine Reaktion hervor. Offenbar hatte die Anlage nicht nur seine Kennwörter zurückgewiesen, sondern ihn auch noch auf die Schwarze Liste gesetzt. Der Systemprogrammierer war demnach keineswegs faul gewesen.

Derec trat erneut in den Korridor und sah sich kurz in den anderen zwei Räumen um. Einer war eine weitere Kabine, identisch mit jener, in der er aufgewacht war. Der andere, mit der Aufschrift MECHANIK, enthielt mehrere Reihen von Spindfächern und allem Anschein nach die Wartungsmodule für die lebenserhaltenden Subsysteme. Beide Räume waren ebenso ordentlich und leer wie alles andere, was Derec seit dem Aufwachen zu Gesicht bekommen hatte.

Somit galt es nur noch, die Luftschleuse und die dahinterliegenden Geheimnisse zu erforschen. Die innere Tür war mit einem Sonograph-im-Kreis-Symbol beschildert, und das bedeutete Stimmaktivierung. »Öffnen«, sagte er, und die innere Lukentür sprang mit einem Reißen der sich lösenden Haftversiegelung auf.

Derec trat in die winzige Kammer. Als er durch das Fenster der Außentür spähte, konnte er keinen Grund für die Existenz der Luftschleuse entdecken. Der Korridor dahinter sah kaum anders aus als der, den er verließ. »Prozessieren«, sagte er.

Die innere Tür schloß sich hinter ihm, und dem plötzlichen Druckanstieg am Trommelfell entnahm er, daß die Versiegelung erfolgt war. »Warnung. Ab hier folgt eine Niederdruckatmosphäre auf Stickstoffbasis«, teilte die Schleuse ihm mit. »Bitte Atemgerät wählen.«

»Stickstoff?«

Erst da wurde Derec auf die kleine Ausgabeklappe in der Seitenwand aufmerksam. Drinnen fand er mehrere brillenartige Masken aus grauem Kunststoff. Als er sich eine ausgesucht hatte, sah er, daß die Maske im mittleren Drittel seines Gesichts zu sitzen hatte, wie eine Schutzbrille, die ihm über die Nase herabgerutscht war. Die ›Bügel‹ des Atemgeräts waren hohle elastische Röhren, die in seinem Nacken zusammenliefen. Ein flexibler Zufuhrschlauch führte von dort aus zur Gaspatrone, die klein genug war, sie am Oberarm festzuschnallen.

Doch als er das Atemgerät anlegte, gelang es ihm nicht, den unteren Rand der Maske nahtlos an seine Oberlippe zu legen, um die Luft von draußen fernzuhalten. Mit dieser Lücke würden die Atemzüge, die er tat, eine Mischung aus freiem Stickstoff und dem Sauerstoff aus dem Atemgerät enthalten.

Im nachhinein erkannte Derec, daß dies beabsichtigt war. Es handelte sich um eine Vorkehrung, die nicht nur die Größe der Gaspatrone reduzierte, sondern ihm auch den Geruchssinn erhielt. Eine schlaue Konstruktion, noch dazu mit minimalem technischen Aufwand verbunden.

»Fertig«, sagte Derec.

»Warnung: Ab hier verminderte Schwerkraft«, teilte die Schleuse ihm mit.

»Verstanden«, sagte er, während die Außentür sich zu öffnen begann. Stickstoff? Niederschwerkraft? wundert er sich, während er hinaustrat. Wo bin ich? Was geht hier vor?

Unmittelbar gab es darauf keine Antwort. Es war kalt — kalt genug, um ihm die Wangen zu röten. Die Kälte schien gleichermaßen von Decke und Boden auszustrahlen, obwohl beide aus isolierendem Synthetikgewebe bestanden.

Wie er so direkt außerhalb der Druckschleuse dastand, konnte Derec eine Vielzahl von Maschinengeräuschen hören — Zischen, Rumpeln, Knirschen, Quietschen. Aber der Druckabfall, der seine Trommelfelle verzog, vermittelte ihm den Eindruck, als versuche er, durch ein Kissen hindurch zu hören. Bis auf die Tatsache, daß irgendwo etwas los war, entnahm er dem, was er zu hören bekam, nichts Brauchbares. Er konnte nicht feststellen, welche Art Maschinen er hörte oder was sie taten.

Entschlossen, die Geräusche bis zu ihrem Ursprung zu verfolgen, machte er sich den Korridor entlang auf den Weg — oder versuchte es zumindest. Er landete mit dem Gesicht flach auf dem kalten Deck, unverletzt, aber benommen. Nachdem er sich hochgerappelt hatte, versuchte er es wieder, diesmal, indem er sich am zentralen Geländer durch den Korridor hangelte.

Dreißig Meter weiter vorn ging der Korridor in eine riesige Halle mit niedriger Decke über. Derec staunte, als er ihre Ausmaße sah. Sie ließ den Gedanken an Waffenlager aufkommen, an Spielstadien, an Fabrikhallen. Er zwang sich zu gähnen und schluckte mühsam und erreichte Druckausgleich im linken Ohr. Ja, das waren eindeutig Maschinengeräusche. Aber was für Maschinen, und was taten sie?

Kälte und niedrige Schwerkraft veranlaßten Derec zu der

Schlußfolgerung, daß er sich immer noch auf dem Asteroiden befand, wo seine Rettungskapsel aufgetroffen war. Die Struktur der Kammer ließ ihn folgern, daß er sich vermutlich unter der Oberfläche befand.

Wichtiger noch, er war nicht allein. Zwischen den Aufbauten und in den Gängen bewegten sich Roboter — Dutzende, ein halbes Dutzend verschiedene Arten. Andererseits aber war er doch allein, denn es gab keine anderen Menschen. Nicht einmal Geländer, die die Halle für Menschen zugänglich gemacht hätten, gab es in den Gängen. Die Halle gehörte ausschließlich den Robotern. Welcher Aufgabe sie da so geschäftig nachgingen, konnte er sich nicht erklären.

Der nächste Robot, eine gedrungene, kastenförmige Einheit mit einem einzelnen Teleskoparm, war nur wenige Meter von Derec entfernt. Derec sah zu, wie er ein faustgroßes Bauteil von einem Gestell nahm, es in einen Transportkorb verstaute und seinen Bedienungsarm wieder einzog. Nach offenbar beendeter Mission setzte der Robot sich auf einem Luftkissen unter seinem Venturi-Schurz in Bewegung.

»Halt!« rief Derec.

Doch der Robot setzte seinen Weg fort, anscheinend unempfänglich für Derecs Kommando. Spontan ließ Derec das Geländer los und nahm die Verfolgung auf. Aber im minimalen Schwerkraftfeld des Asteroiden war das, als versuche er, auf zwei eingeschlafenen Beinen loszurennen. Er geriet dauernd aus dem Gleichgewicht, und seine leichtbeschuhten Füße verliehen ihm nicht den Halt, den er erwartete. Als es zur ersten Kehrtwendung um neunzig Grad kam, fiel er auf den Bauch und schickte dabei eine Reihe kleiner Chromzylinder zu Boden.

Nicht einmal der mit seinem Sturz verbundene Lärm hielt den Rückzug des Robots auf. Er hielt weiter auf ein Ding zu, das nach einem Aufzugsschacht aussah — ein rundes schwarzes Loch im Boden und ein entsprechendes in der Decke, verbunden durch vier verchromte Leitstangen.

»Wie soll ich dich nur einfangen?« beklagte Derec sich und richtete sich auf. »Ich kann doch nicht fliegen.«

Es mußte eine bessere Methode geben, und als er zwei Roboter, die den Durchgang entlang auf ihn zukamen, näher ins Auge faßte, wurde Derec auch klar, wie die aussah. Im Gegensatz zu dem Materialholer waren diese mannshohen Roboter auf gewöhnlichen Dreipunkt-Kugellagergestellen montiert — wie drei Murmeln unter einem Kronkorken-Kugellagerfahrwerke waren in sauberer Umgebung Standard, weil sie völlige Bewegungsfreiheit boten. Der Nachteil: Hier, bei niederer Schwerkraft und damit reduzierter Reibung, würden die Antriebskugeln mehr durchdrehen als antreiben.

Allerdings verfügte jeder der großen Roboter über ein zweites Kugellagerfahrwerk am Ende einer Teleskopstange. Gegen die Decke gepreßt lieferte das zweite Chasis den nötigen Druck, damit die beiden Antriebe griffen. Jeder Robot mußte nur ständig Kontakt mit beiden Flächen haben, um zu funktionieren.

Derec erkannte, daß er diesen Trick auch anwenden konnte. Die Decke war niedrig genug, um mit den Fingerspitzen dagegendrücken zu können. ›Mit den Händen gehend‹, wie er diese Technik nannte, hätte er den Materialholer einfangen können.

Zunächst wartete er ab, was die beiden näherkommenden Roboter seinetwegen unternehmen würden. Sie blieben kurz vor ihm stehen und begannen an der Stelle, wo er gefallen war, aufzuräumen, indem sie geschickt ihre dreifingrigen Greifer einsetzten, um die Zylinder wieder in die Regale zu verteilen. Sie nahmen keine Notiz von ihm.

»Ich bin in Gefahr«, rief er ihnen zu. »Ich brauche eure Hilfe.«

Die zwei Roboter fuhren mit ihren Aufräumungsarbeiten fort, waren sich seiner Gegenwart offenbar nicht bewußt. Er trat näher und untersuchte den näheren der beiden. Er besaß normale Audiosensoren, aber keine Anzeichen eines Vokalisierers. Kurz gesagt, er konnte nicht antworten.

Aber es mußte auch höherentwickelte Roboter in diesem Komplex geben, die in der Lage waren, in ihm das zu erkennen, was er war, und auf seine Bedürfnisse einzugehen.

Ebenso konnte die Wohnzelle, in der er aufgewacht war, nicht der einzige für Menschen geschaffene Bereich im Komplex sein. Irgendwo gab es ein Verwaltungsteam, Programmierer, Aufseher.

Als ihm einfiel, daß es eine Möglichkeit geben mußte, von der Wohnzelle aus den Kontrollraum anzurufen, machte sich Derec auf den Rückweg. Da wurde ihm ein Anblick zuteil, der ihm den Atem verschlug. Am Ende des Korridors zur Wohnzelle stand ein hochgewachsener humanoider Robot und musterte ihn.

Sie starrten einander einige Zeit an. Die Haut des Robots schimmerte blaßblau, ein eindeutiges Bekenntnis zu seiner Maschinennatur. Seine optischen Sensoren waren silberne Schlitze im helmförmigen Kopf, ohne den üblichen roten Abtastindikator, der durch seine Position anzeigte, daß der Robot einen anblickte. Dennoch zweifelte Derec keinen Augenblick daran, daß er das Objekt der hingerissenen und unnatürlich konzentrierten Aufmerksamkeit des Robots war.

Der Robot bewegte sich als erster, wandte sich ab und verschwand in dem Korridor, in müheloser Koordination mit den Händen gehend. Derec folgte ihm so rasch er konnte, aber als er den Korridor erreicht hatte, befand sich der Robot bereits in der Luftschleuse. Es dauerte nicht mehr als fünfzehn Sekunden, bis Derec die Schleuse erreicht hatte und dahinter die Wohnzelle. Doch als er in den inneren Korridor hinaustrat, kam der Robot nach offenbar getaner Arbeit bereits wieder aus der Messe.

»Ich bin in Gefahr«, sagte Derec. »Ich brauche deine Hilfe.«

»Fehleinschätzung: Derzeit bist du nicht in Gefahr«, sagte der humanoide Robot. »Solltest du in Gefahr geraten, wird dir Hilfe zuteil.«

Der Robot tat einen Schritt auf die Druckschleuse zu, und Derec stellte sich ihm in den Weg.

»Ich lasse dich hier nicht weg, bis du mir sagst, wo ich bin und aus welchem Grund ich mich hier befinde«, sagte Derec barsch.

Die Antwort des Robots war nonverbal, aber unmißverständlich. Er trat näher, packte fest aber behutsam seine Schultern und schob ihn aus dem Weg. Dann ging er ruhigen Schritts an ihm vorbei zur Schleuse.

»Öffnen«, sagte er.

Mit einem Gefühl der Hilflosigkeit ließ Derec den Robot ziehen, dann wandte er sich ab, um festzustellen, ob er entdecken konnte, was der Robot in der Messe getan hatte. Nur zwei Dinge waren verändert, seit Derec sie verlassen hatte. Die Essensausgabe war nach wie vor mit dem Countdown zur vollen Betriebsfähigkeit beschäftigt, aber der Selektor zeigte nun eine kurze Aufstellung bereits verfügbarer Gerichte. Diese Veränderung hatte Derec selbst in Gang gesetzt.

Es war die zweite Veränderung, für die der Robot verantwortlich war. Der Schirm auf der Kommunikationsanlage war nicht mehr leer. In leuchtend roten Buchstaben verkündete er: NACHRICHT GESENDET.

Erst da wußte Derec mit Sicherheit, daß er auf dem Asteroiden allein war. Die Tatsache, daß es tief unter der Oberfläche eine Wohnzelle gab, deutete darauf hin, daß früher einmal zumindest zeitweise Menschen hiergewesen waren. Jetzt jedoch befand sich diese kleine Welt in den Händen von Robotern, und er war ein unbefugter Eindringling. Was für eine Nachricht sie seinetwegen ausgestrahlt hatten und an wen sie gesendet worden war, das war nicht festzustellen.

# Kapitel 3

## Die Mission der Roboter

Derec nahm sich Zeit für eine Mahlzeit, die er nötig hatte, und für ein Duschbad, das er nicht nötig hatte. Aber die Dusche gab ihm etwas zu tun, während er nachdachte, und er hatte über vieles nachzudenken. Seine Gegenwart hier, das Rätsel seiner Identität, Anlaß und Ursache seines Gedächtnisverlusts waren ihm so unerklärlich wie zuvor. Und nach seinem Ausflug gab es ein neues Rätsel für ihn. Warum benahmen die Roboter sich so sonderbar?

Derec fragte sich, unter was für Umständen ein Robot sich wohl weigern mochte, seine Fragen zu beantworten, was auf die Weigerung hinauslief, seinen Befehlen zu gehorchen. Nach seinem Verständnis der Robotikgesetze konnte er sich nur zweierlei denken, jeweils veranschaulicht durch seine

Erfahrungen mit Darla: entweder weil er die Antworten nicht kannte, oder weil ihm vorher befohlen worden war, sie nicht zu verraten.

Zeitliche Abfolge spielte bei Robotern eine wesentliche Rolle. Ein Robot, den sein Besitzer angewiesen hatte, einen Flieger zu warten, ließ nicht davon ab, um die verlorengegangene Katze des Nachbarkindes zu suchen — es sei denn, der Besitzer und nicht das Kind sprach dieses Verlangen aus. Ein sorgfältig formulierter Befehl würde allem standhalten außer einem Gegenbefehl in einer Anwendungssituation des Ersten Gesetzes. Falls man den Robotern bedeutet hatte, nicht über ihre Arbeit zu sprechen, konnte sie nichts, was Derec unternahm, zum Ungehorsam bewegen.

Ehe er sich anzog, suchte er am Körper nach Hinweisen darauf, wer er war. Er fand keine Narben, die groß genug waren, als daß er hätte erwarten können, sich zu erinnern, wann und wie er sie sich zugezogen hatte. Er besaß keine Tätowierungen oder Hautornamente, trug keine Ringe oder anderen Schmuck.

Offenbar befand sich die einzig eindeutige Prägung, über die er verfügte, in seinem Inneren, in dem, was er wußte. Irgendwann, irgendwo hatte er eine spezialisierte Ausbildung in Mikroelektronik genossen. Er besaß überdurchschnittlich gute Kenntnisse über Roboter und Computer. War das allgemein üblich, der normale Ausbildungsstand für jemanden in seinem Alter? Er glaubte es nicht. Und wenn nicht, konnte das die Spur sein, der er nachgehen mußte, um sich wiederzufinden?

Die Kom-Anlage verhielt sich weiterhin unnachgiebig, ignorierte immer noch seine Eingaben, zeigte wie zum Spott immer noch die Worte NACHRICHT GESENDET. Aber es gab eine Tür, die man ihm noch nicht vor der Nase zugeschlagen hatte. Derec legte ein Atemgerät an, steckte eine Ersatzpatrone ein und verließ die Wohnzelle, um den übrigen Komplex zu erkunden.

Er fing damit an, im Kopf eine Karte der großen Halle anzulegen, indem er willkürliche Bezugspunkte festsetzte, ausgehend von der Wohnzelle als Süden. Die Halle schien im großen und ganzen rechtwinklig zu sein, ungefähr doppelt so lang von Norden nach Süden wie von Osten nach Westen. Mit den Händen gehend machte er sich in nördlicher Richtung jenen Gang entlang auf den Weg, den die Wartungsroboter genommen hatten, und zählte dabei seine Schritte.

Fünfhundert Schritte später waren seine Arme müde, und die Nordwand schien nicht nähergekommen zu sein. Er hielt an, um sich auszuruhen, und verschaffte sich einen Überblick über die Robotpopulation in der Halle. Er registrierte siebzehn humanoide Roboter, von denen keiner in seiner Nähe war. Bei den nichthumanoiden Robotern identifizierte er fünf unterschiedliche Typen; die Materialholer, die Wärter, einen großen Lastenträger, den Derec Kuli taufte, mehrere vielarmige Mikromonteure und einen gepanzerten Robot mit übergroßen Greifarmen, dessen Funktion er sich nicht erklären konnte.

Die meisten Roboter, denen er begegnete, eilten geschäftig durch die Gänge und gingen ihren Aufträgen nach. Vorn am Nordende der Halle aber erspähte Derec ein kleineres Heer von Robotern, die untätig und ohne Energiezufuhr dastanden und warteten, daß man sie in Betrieb nahm. Bis auf die humanoiden Roboter waren in diesem Reserveheer sämtliche Arten vertreten.

Dieser Robotervorrat war für Derec der Schlüssel zum Verständnis, wo er sich befand. Die Halle schien hauptsächlich ein Ersatzteillager zu sein. Sicher, er hatte an einer Stelle eine Ansammlung von Spritzguß- und Strangpreßmaschinen entdeckt, eine Batterie von Laserschweißern an einer anderen, eine Werkstatt zum Ätzen von Chips an einer dritten, alle offenbar ununterbrochen in Betrieb. Aber all diese Arbeiten schienen mit Wartungsfunktionen zusammenzuhängen.

*Was immer sie tun, sie arbeiten unter extrem hoher Beanspruchung — womöglich gar in Dauerbetrieb,* sagte er sich. Ausfallzeit gleich Null konnte nur durch einen großangelegten Reparatur- und Wartungsbetrieb erkauft werden. Und diesen hohen Preis zu zahlen, lohnte nur, wenn es mehr auf Geschwindigkeit als auf die Kosten ankam.

Durch die Liftschächte ergoß sich ein stetiger Roboterstrom, und es war klar, daß er als nächstes herausfinden mußte, wohin sie unterwegs waren. Derec gab den Plan auf, die Halle der Länge nach abzuschreiten, und eilte zu einem nahegelegenen Lift.

Auch die Lifte waren eindeutig das Produkt einer außergewöhnlichen Herangehensweise an ihre Konstruktion. Auf Derec wirkten sie unfertig oder nicht betriebsfähig. Außerdem waren sie ein weiterer Beweis dafür, daß der Komplex ausschließlich für Roboter konstruiert war. Kein Mensch hätte sich ihnen freiwillig anvertraut.

Der Lift bestand aus einer vertikalen Bohrung von drei Metern Durchmesser, deren Wände mit dem gleichen Synthgewebe überzogen waren wie die Hallendecke. Als er über den Rand blickte, sah Derec einen tiefen Schacht, der in regelmäßigen Abständen von einem blauen Leuchten erhellt wurde, das wohl andere Stockwerke markierte. Der Schacht schien wesentlich weiter hinab als hinauf zu reichen. Über der großen Halle — in Gedanken bezeichnete er sie inzwischen als das Lager — zählte er nur sieben Stockwerke, während er unter sich mindestens zwanzig erkennen konnte, ehe der Verkehr im Schacht ihm die weitere Sicht nahm.

Eine Liftplattform, die an der nächstgelegenen Leitstange nach unten glitt, zwang Derec zum Ausweichen. Die Plattform, ein quadratischer Rost von einem Meter Seitenlänge, hielt auf Bodenhöhe an, als warte sie auf ihn.

Während sie dort wartete, hörte der Verkehr um die anderen drei Leitstangen nicht auf. Als er den Robotern beim Ein- und Aussteigen zusah, erkannte Derec, daß sie, während der Lift in Betrieb war, magnetisch auf den Plattformen festsaßen. Er fragte sich, wie er ohne dieses Hilfsmittel Gleichgewicht und Stand aufrechterhalten sollte. Es gab keine Geländer, an denen man sich festhalten konnte, und die Leitstange selbst schien unter Strom zu stehen.

Von persönlichen Erwägungen einmal abgesehen, konnte er nicht anders, als die Konstruktionsästhetik des Lifts zu bewundern. Er stellte eine saubere und präzise Lösung des Problems dar, bei minimalem Zeit- und Platzaufwand die maximale Verkehrsmenge zu befördern, eine Lösung, die den Bedürfnissen dieser Kolonie voll entsprach.

So durchdacht das System auch sein mochte — Derec war nicht darauf erpicht, im Dunkeln auf einer offenen Plattform über einem scheinbar bodenlosen Abgrund zu schweben. Dennoch hieß es, entweder das oder zurück in die Wohnzelle. Er schluckte noch einmal und trat dann hinaus auf die wartende Plattform.

»Aufwärts«, sagte er.

»Welcher Stock?«

»Äh — Zweiter.«

Mit einem schrillen Surren begann das Gefährt flink aufzusteigen. Er stand breitbeinig da, die Arme über der Brust verschränkt. Den Blick hielt er nach oben auf das nächste blaue Glühen gerichtet und versuchte, nicht auf die rasch vorbeigleitenden Schachtwände zu sehen.

Die Plattform flitzte an mehreren anderen Ebenen vorbei, bis sie wieder langsamer wurde. Als er aus dem Lift trat, stand er an der Kreuzung zweier jeweils sechs Meter breiter, niedriger Tunnel. Wände, Boden und Decke waren mit dem allgegenwärtigen weißlichen Synthgewebe bedeckt. Die Luft war so kalt, daß er die Schultern hochzog und seine Hände unter den Armen vergrub.

Obwohl die unmittelbare Umgebung des Lifts von den blauen Strahlern hell erleuchtet war, wurden die Tunnel selber nur von schwachen gelben Lampen erhellt, die in regelmäßigen Abständen in die Decke eingelassen waren. Jede von ihnen war kaum hell genug, um die eigene Position kundzutun und einen winzigen Fleck gelben Lichts auf den Tunnelboden zu werfen.

Die Enden der kreuzenden Tunnels waren nicht sichtbar, und die Reihen der Deckenlampen erstreckten sich jeweils in beide Richtungen ins Unendliche. Die Tunnels konnten kilometerlang sein, wenn nicht noch länger, soweit er es feststellen konnte.

*Ob sie wohl den gesamten Asteroiden durchlöchert haben?* fragte sich Derec. *Tausende von Stockwerken — hundert Kilometer tiefe Schächte — konnte es sich um ein Bergwerk handeln?*

Allerdings verstand er nicht, warum sich jemand die Mühe machen sollte, einen Asteroiden von innen abzubauen. Die Kerbhauer auf einem Prospektorenschiff konnten alles außer den dichtesten Nickeleisen-Asteroiden in mundgerechte Stücke für die riesigen Verarbeitungszentren schneiden. Kein Derec bekanntes Erz lohnte die mit Tunnel- und Schachtabbau dieser Größenordnung verbundenen Kosten. Selbst in Anbetracht der wirtschaftlich günstigen Energie- und Materialverhältnisse beim Einsatz von Robotern hätte es sich um etwas hundertmal Kostbareres handeln müssen als das seltenste Element — es sei denn, in die Kostenrechnung ging der Faktor Geheimhaltung ein.

*Mit wem habe ich es zu tun?* fragte sich Derec. Aufs neue ernüchtert, stieg er wieder in den Lift.

»Ebene Drei«, sagte er.

Die nächsten beiden Stockwerke machten einen ebenso stillen, fertiggestellten Eindruck wie das zweite. Derec konnte sich nicht entscheiden, ob sie fertig waren und darauf warteten, benutzt zu werden wie die Ersatzteile in der großen Halle, oder ob sie fertig genutzt und aufgegeben worden waren.

Dagegen sah es auf Ebene Fünf ganz anders aus. Das Rumpeln schwerer Maschinen stürmte auf seine Ohren ein, noch ehe die Plattform die erleuchtete Zone erreichte. Als er aus dem Lift stieg, nahm er in Boden und Decke des Tunnels wellenförmige Vibrationen niedriger Frequenz wahr.

*Ich komme der Sache näher,* dachte er. Jetzt — wohin? Der Lärm umgab ihn von allen Seiten, bot keinen Hinweis darauf, welcher Tunnel der vielversprechendste war.

Während er unschlüssig dastand, traf eine Doppelplattform ein und entlud einen Lastenkuli. Einer Eingebung folgend, kletterte Derec auf seine halbvolle Ladefläche. Er vertraute darauf, daß der Robot ihn ignorieren würde, wie es der Materialholer getan hatte. Er wurde nicht enttäuscht. Der Kuli nahm ihn weder ihn die Arme, noch versuchte er ihn herunterzustoßen, sondern setzte sich den Südtunnel entlang in Bewegung.

Während der ersten zwei Minuten überdeckten der Fahrtwind und das Jaulen der Robotmechanik den fernen Arbeitslärm. Aber es dauerte nicht lange, bis Derec einzelne Elemente heraushören konnte: ein unregelmäßiges Stampfen wie von gedämpften Explosionen, ein schrilles Schleifgeräusch, das seine Haut kribbeln ließ und ein stetiges Rumpeln im Hintergrund. Anzeichen dafür, daß große Mengen Gestein und Eis bewegt wurden.

Bald kam das Ende des Tunnels als ferner dunkler Fleck in Sicht. Kurz darauf begann Derec, einen Ammoniakhauch in der Luft wahrzunehmen. Wieder etwas, das zur Lösung des Rätsels beitrug.

Er hatte sich von Anfang an gefragt, warum der Komplex außerhalb der Wohnzelle mit Stickstoff angefüllt war. Die Roboter brauchten ihn nicht. Strenggenommen brauchten die Roboter gar keine Atmosphäre. Und den Komplex versiegelt und unter Druck zu halten, war bestimmt komplizierter, als ihn einfach in den Weltraum zu öffnen.

Doch es war noch komplizierter, im gesamten Komplex eine gewöhnliche Zweigasatmosphäre im richtigen Mischungsverhältnis aufrechtzuerhalten. Derec hatte daraus geschlossen, daß die Stickstoffatmosphäre in Verbindung mit »offenen« Atemgeräten einen Kompromiß zwischen der Unbequemlichkeit kompletter Druckanzüge und der Kompliziertheit eines Zweigassystems darstellte. Der Stickstoff erlaubte es Menschen, normal zu sprechen und zu hören und sich ohne Schutzanzug zu bewegen, und zwar ohne das Brand- und Explosionsrisiko freien Sauerstoffs.

Aber Derec hatte etwas Wichtiges übersehen. Das Eis bestand aus Methan und Ammoniak. Der Abbauprozeß mußte diese als Gase freisetzen, wo sie mit den Schaltkreisen der Fördermaschinerie oder untereinander reagieren konnten.

*Das hätte ich eher bemerken müssen*, dachte er. Ohne Atmosphäre, die aus einem relativ trägen Gas bestand, gäbe es keinen Weg, die unerwünschten Verbindungen zu verteilen oder sie wirksam abzuleiten.

Der Lastträger wurde langsamer, als er sich dem Tunnelende näherte, und Derec sprang ab. Vor ihm arbeiteten mehrere Roboter in der Nähe des Tunnelendes — eine zerfurchte Steinwand, Arbeitskräne und gelegentlich grelle Lichtblitze, der Strecken vortrieb.

Den Streckenabschluß bildete eine enorme gehäuseartige Maschine, die vollständig an Wände, Boden und Tunneldecke anschloß.

Im Näherkommen sah Derec, daß die Maschine langsam vorwärtskroch. Wie eine mechanische Larve fraß sie sich durch die Asteroidenmasse und ließ einen fertigen Tunnel hinter sich zurück. Alles — die Wände, der Überzug aus Synthgewebe, sogar die Deckenlampen — wurde in einem einzigen Dauerarbeitsgang fertiggestellt.

Derec stieg in die Maschine und schlängelte sich auf einem Steg zwischen schulterhohen Zylindern durch, immer gefolgt von einem der humanoiden Roboter. Im Durchgang blies ein starker Wind vom Tunnel in das dahinterliegende Gewölbe. Dennoch war der Ammoniakgeruch so stark, daß er würgen mußte.

Am anderen Ende erweiterte sich der Steg zu einer Kontrollkabine, wo zwei humanoide Roboter hinter Sichtscheiben saßen und in die Aushebungskammer blickten.

Die unbearbeitete Abbaufront aus Asteroidenmaterial war etwa dreißig Meter entfernt. Eine Kranfräse mit zwei Auslegern arbeitete daran. Ein Ausleger war mit Drehhobeln bestückt, der andere mit Mikrowellenlasern. Sie bewegten sich hin und her wie schlängelnde Kobras, und vor ihnen zerbröckelte die Mauer aus Eis und Gestein.

Während Derec noch die Anlage studierte, berührte eine metallene Hand seine Schulter.

»Du darfst während der Arbeiten die Abbauzone nicht betreten«, sagte der Robot.

Die Anordnung des Robots ließ Verärgerung aufkommen. »Ich mache, was ich will«, schnauzte Derec ihn über die Schulter hinweg an.

Der Robot packte mit Nachdruck zu. »Du darfst während der Arbeiten die Abbauzone nicht betreten«, wiederholte er. »Ungelerntes Personal ist als Risikofaktor anzusehen.«

Derec schüttelte den Robot ab, drehte ihm den Rücken zu und blickte wieder in die Ausschachtung. Ebenso wie beim Streckenausbau bewegte sich auch die Abbaumaschine langsam gegen eine stetig zurückweichende Felsfläche vor. Diese Bewegung brachte die Anhäufungen losen Gesteins in Reichweite hurtiger Schaufelarme, die es über eine Rampe in einen enormen Trichter füllten. Zwei hochwandige Förderbänder transportierten Material aus dem Trichter heraus, das eine nach links, das andere nach rechts. Noch auf dem Förderband passierte es einen N-Strahler, einen Röntgenstrahler und ein Magnetometer.

Von da an wurde die Lage verwirrend. Es war, als hätten die Roboter nach all der Mühe mit dem Abbau des Asteroiden vergessen, den Teil auszusortieren, den sie davon behalten wollten.

Ein Teil des Abraumes wurde auf einen Stirnradförderer umgeladen, durch einen Zerkleinerer geleitet und dann als Rohmaterial für die fünfzehn Zentimeter dicken Tunnelwände benutzt. Zu Derecs Verblüffung wurde der Rest zur hinteren Wand der Abbaukammer befördert, dort mit dem gebundenen Methan und Ammoniak vereinigt und wieder zu einer Mauer aus Eis und Gestein aufgebaut. Die Ausschachtung nahm nie an Umfang zu.

Aber wie steht es mit dem Tunnel? fragte sich Derec. Sie müssen doch etwas herausholen . . .

Bei näherer Betrachtung wurde er eines Besseren belehrt. Das Leervolumen des immer länger werdenden Zugangstunnels bedeutete lediglich, daß das umgebende Asteroidenmaterial im Zustand größerer Kompromierung als vor dem Abbau wieder an seinen Platz gelangte. Nichts wurde entnommen. Nichts wurde zur späteren Weiterverarbeitung oder Verschiffung abtransportiert.

Völlig unerklärlich.

Der Leerstandsalarm an Derecs erster Gaspastrone ertönte, und er befestigte den Zufuhrschlauch am Ersatzpack. Er mußte bald hier weg, sonst riskierte er, an Stickstoffvergiftung zu sterben, ehe er in die Wohnzelle zurückkehren konnte. Aber es fiel ihm schwer, sich von dem unbegreiflichen Anblick loszureißen, wie ein Dutzend Roboter und schwere Maschinen im Wert von mehreren Millionen sich einer Aufgabe widmeten, die so sinnlos war wie der Versuch, ein Loch in Wasser zu graben. Und wie viele andere Ausschachtungen dieser Art waren wohl anderswo im Komplex in Arbeit? Zehn? Fünfzig? Fünfhundert?

Derec gab sich Mühe, das zu verstehen, und richtete seine Aufmerksamkeit auf die Roboter. Drei vom gepanzerten Typ patrouillierten um den Trichter und beseitigten mit ihren Greifern auftretende Stauungen. Ein vierter stand auf einer kleinen Plattform unter den Auslegern der Fördermaschine und zerkleinerte mit Stößen seines Brustlasers zu große Felsbrocken. Zwei Humanoide standen an den N-Strahlern und studierten intensiv den Suchschirm.

Derecs Schutzengel stand immer noch auf Armeslänge hinter ihm, und er drehte sich um und sah dem Robot in die Augen. »Was baut ihr hier ab?« fragte er. »Was soll das alles?«

Aber der Robot sagte nichts, erwiderte nur mit ausdruckslosen Augen den Blick.

»Aus dem Weg«, sagte Derec aufgebracht, marschierte den engen Steg entlang und sprang hinab in den Tunnel. Erst dann erkannte er seinen Denkfehler: Es waren keine Lastträger da, die ihn zum Lift zurückbefördern konnten.

»Ich brauche ein Transportmittel«, wandte sich Derec barsch an den nächstbesten humanoiden Robot. »Kannst du mir sagen, wann der nächste Trägerrobot eine Lieferung vornimmt?«

»Was ist dein Bedürfnis?«

»Ich brauche ein Transportmittel.«

»Das ist keine zulässige Nutzung der verfügbaren Mittel.«

Derec machte sich nicht die Mühe, zu streiten. Er wandte sich ab und marschierte in nördlicher Richtung davon, erfüllt von durcheinanderwirbelnden, zusammenhanglosen Gedanken. Er hatte das Gefühl, die Antwort auf all seine Fragen sei längst in Reichweite, er könne sie nur nicht erkennen. Wie paßte das alles zusammen?

Während er sich durch den Tunnel bewegte, kehrten seine Gedanken immer wieder zu den Robotern zurück. An ihrem Verhalten war etwas Besonderes. Im gesamten Komplex wurden die Routinearbeiten von nicht-humanoiden Robotern erledigt. Die blauhäutigen humanoiden Roboter waren Aufseher, Störungssucher, Techniker, Reparaturspezialisten. Aber sie hätten ebensogut die sich wiederholenden Arbeiten tun können, selbst an der Abbaufront. Statt dessen gab es ein halbes Dutzend spezialisierter Arten, Lastenträger und Materialholer und Bergwerker, die sich überhaupt nicht wie Roboter benahmen . . .

Derec blieb abrupt stehen, drehte sich um und starrte zurück in den Tunnel in Richtung Ausschachtung. Natürlich. Natürlich. Die Materialholer und die Wärter, die Schlepper und Lastenträger waren *keine* spezialisierten Roboter, die mit den blauen Robotern zusammenarbeiteten. Sie waren vielmehr *Werkzeuge*, die von den blauen Robotern *benutzt* wurden. Ihre Intelligenz war begrenzt — vielleicht nicht einmal positronischer Natur. Die wahre Intelligenz beschränkte sich auf die humanoiden Roboter, die durchaus weiterentwickelt sein konnten als alle jene, von denen Derec bis dahin gewußt hatte.

Aber warum waren sie hier?

Derec dachte an all die Stockwerke, all die Tunnel, die bereits ausgehoben waren, an all die Asteroidenmasse, die noch unangetastet auf sie wartete.

Konzentriere dich auf die Roboter, sagte Derec sich. Es sind jene Aufgaben, die sie selbst erledigen, die sie als entscheidend ansehen.

Blitzartig fielen ihm die zwei humanoiden Roboter ein, die sich um die Suchinstrumente am Förderband gekümmert hatten, und plötzlich wußte Derec Bescheid. Die Erkenntnis erschüttert ihn, und doch ließ sich der Gedanke nicht mehr abtun, nachdem er in seinem Kopf entstanden war.

Die Roboter trieben auf dem Asteroiden nicht etwa Bergbau. Sie *durchsiebten* ihn. Sie suchten nach etwas, nach etwas Verlorenem oder Vergrabenem oder Verborgenem, nach etwas, das so einzigartig und wertvoll war, daß es jeden Preis, jede Mühe wert war.

Was dieses Etwas war, konnte Derec sich nicht vorstellen. Und im Augenblick war er keineswegs sicher, ob er es überhaupt so genau wissen wollte.

# Kapitel 4

## Es führt kein Weg von hier nach dort

Der Weg zurück zum Lift war lang. Er schätzte ihn auf zehn bis fünfzehn Kilometer, das hieß tausend Schritte, tausend Armschwünge pro Kilometer. Selbst in einem so schwachen Gravitationsfeld mußte das seinem Körper viel abverlangen.

Er machte nur deshalb nicht kehrt, weil er sicher war, daß die Überwacher, wie er die humanoiden Roboter jetzt bei sich nannte, wußten, wo er war und wieviel Sauerstoff er noch hatte. Irgendwann würden diese beiden Variablen einen Wert erreichen, der besagte, daß er sich in Gefahr befand, und sie würden einen Lastenkuli schicken, um ihn zurück in die Wohnzelle zu verfrachten.

Jedesmal, wenn sich ihm ein Robot näherte, kam in ihm die Erwartung auf, nun die müden Arme und Beine ausruhen zu können. Doch jedesmal eilte dieser an ihm vorbei. Er zog in Erwägung, einen der Kulis aufzuhalten, indem er den Tunnel blockierte, doch die einzigen, die vorbeikamen, waren mit chemischen Tanks und Maschinenteilen voll beladen. Es gab keinen Platz für ihn.

Weil er keine andere Wahl hatte, hastete Derec weiter. Der Tunnel war erschreckend einförmig in seinem ungebrochen weißen Verlauf. Es schien, als sei er in der Vorhölle gelandet, gefangen in einer unterirdischen Tretmühle.

Wie sich herausstellte, lag er mit der Vermutung, daß die Überwacher auf ihn aufpaßten, keineswegs falsch. Unrecht hatte er dagegen mit der Überlegung, wie sich ihre Hilfsaktion gestalten würde.

Er hatte sich mit dem Rücken zur Westwand hingesetzt, um sich auszuruhen, als ein Materialholer heranraste und einen halben Meter von ihm entfernt stehenblieb. Aus seinem Tragekorb fischte er zwei frische Patronenpacks und legte sie ihm zu Füßen. Ehe er reagieren konnte, stieß der Robot zurück, machte kehrt und raste davon. Das Ganze war so kalkuliert, daß Derecs Patrone genau in diesem Moment ihren Leerstandsalarm ertönen ließ.

»Konsequent seid ihr ja«, sagte er verdrießlich zu den abwesenden Überwachern, während er die leeren Patronen gegen die frischen austauschte. »Ihr habt von Anfang an so wenig wie möglich unternommen, um mir zu helfen. Und das hier ist wahrlich das Mindeste, was ihr tun konntet.«

Stunden später erreichte er die Wohnzelle und hatte kaum noch die Kraft, eine der Kojen herunterzuklappen, ehe er darauf zusammenbrach. Binnen Minuten war er eingeschlafen, und sein Körper bekam die nötige Ruhe.

Beim Aufwachen begann Derec an Flucht zu denken. Denn es war ihm nun klar, daß der Überwacher in etwa folgende Botschaft ausgestrahlt haben mußte: »Wir haben einen Eindringling hier. Was sollen wir mit ihm machen?« Und Derec gefielen die meisten denkbaren Antworten auf diese Frage nicht.

Er glaubte nicht, daß die Überwachungsroboter, so eigenständig sie sein mochten, dazu fähig waren, ihn umzubringen. Das Erste Gesetz war zu tief verwurzelt in der Grundstruktur des Positronengehirns. Es zu löschen oder daran herumzudoktern hätte garantiert zu Problemen geführt, wenn nicht gar zu vollständigem intellektuellen Verfall.

Doch der Empfänger der Botschaft war vermutlich ein Mensch und daher durchaus fähig, im eigenen Interesse Gewalt anzuwenden. Man würde wissen wollen, wie er die Anlage entdeckt hatte und was er dort wollte, und er würde ihnen nichts dazu sagen können.

Vielleicht würden sie ihm unbesehen glauben und ihm helfen, dorthin zurückzukehren, wo er hergekommen war. Aber in Anbetracht der Umstände war es wahrscheinlicher, daß sie auf Antworten bestehen würden. Derec glaubte zu wissen, daß es lange dauern würde, sie zu überzeugen, daß er keine hatte. In jedem Fall würden sie hinterher sicherstellen wollen, daß er nie jemanden verraten konnte, worüber er gestolpert war.

Nein, er wollte nicht abwarten, bis die Herren der Überwacher eintrafen. Der Schlüssel zur Flucht war Darla. Die Triebwerke der Kapsel waren mit ziemlicher Sicherheit auf ein wesentlich stärkeres Schwerkraftfeld eingerichtet als jenes, das der Asteroid zu bieten hatte. Wenn ja, dann mußte mehr als genug Treibstoff übrig sein, um vom Asteroiden abzuheben und einen Sicherheitsabstand zwischen sich und ihn zu legen — wenn er nur Darla überzeugen konnte, daß dies vernünftig war.

Zunächst aber mußte er sie finden. Wenn er seiner Erinnerung trauen durfte, war die Kapsel wohl zu groß, als daß man sie durch den Lift nach unten hätte befördern können. Die Roboter hatten ihn wohl irgendwo an der Oberfläche herausgeholt — vermutlich im Innern einer Zugangskuppel — und die Kapsel zurückgelassen.

Daher machte er sich mit Hilfe des Lifts auf die Suche nach jener Stelle, wo man ihn ins Innere des Asteroiden geschafft hatte. Wie sich herausstellte, wurde sie Ebene Null genannt. Am oberen Ende des Liftschachts glitt eine scheibenförmige Drucktür auf, um die Plattform durchzulassen, und der Lift trug Derec hinauf in einen kreisförmigen Raum mit hoher Decke und einem Durchmesser von hundert Metern.

Ein Großteil der Kuppel war mit ordentlich aufgereihten Maschinen angefüllt — käferartige Sonden und Bohrer, Raupenschlepper und fliegende Kugeln wie jene, die Derec gesehen hatte, als die Roboter ihn und seine Kapsel abtransportiert hatten. Am gegenüberliegenden Ende des Raums führte eine von transparentem Material umgebene Rampe nach oben und hinaus an die Oberfläche.

Auch einen Überwacher gab es dort, mit dem Rücken zu Derec an einem Kontrollpult sitzend. Obwohl er sich nichts anmerken ließ, war Derec sicher, daß der Robot seine Gegenwart bemerkt hatte.

Nachdem er aus dem Lift gestiegen war, begann Derec, zwischen den abgeschalteten Maschinen umherzuwandern. Dabei mußte es sich um einen Teil der Ausrüstung zur Erforschung der äußeren Kruste des Asteroiden handeln, überlegte er.

Ebenso klar schien es Derec, daß die Erforschung der Oberfläche abgeschlossen war. Warum mit unterirdischen Grabungen beginnen, ehe nicht sicher war, daß das gesuchte Objekt nicht wesentlich schneller und einfacher fliegend aufzuspüren war?

Doch Derec war nicht daran interessiert, die Rätsel dieser Welt zu lösen, er wollte Darla finden und sich vom Asteroiden verabschieden. Bei rascher Durchsuchung des Gewölbes ergab sich kein Hinweis auf den Verbleib der Kapsel oder seines Schutzanzugs. Dagegen fand er in einem Gestell drei perlweiße servoverstärkte Arbeitsanzüge. Sie waren zu groß für den Einsatz in den unteren Stockwerken, und er hätte damit nicht in die Kapsel einsteigen können, falls er sie entdeckte, aber für einen Ausflug an die Oberfläche konnte er sie dennoch gebrauchen.

Derec trat hinter den nächststehenden Anzug und schwang sich mit den Füßen voran in den rückwärtigen Einstieg. Als er sich auf dem sattelartigen Sitz niederließ, spürte er, wie sich die Rückkopplungspolster gegen seine Füße legten. Er steckte die Arme in die Anzugärmel, und die Regler für den externen Manipulator schoben sich in seine Hände. Vor ihm an der seifenblasenähnlichen Haube gab ein schräggestellter Bildschirm Auskunft über den Schaltstand der Anzugaggregate.

»Abdichten und unter Druck setzen«, sagte er, worauf der Einstieg sich zu schließen begann. Er versuchte die Arme zu heben, und der Anzug reagierte reibungslos. Endlich verfüge ich über ein bißchen Macht, dachte er.

Doch als er umdrehte und auf die Rampe zuhielt, stellte er fest, daß ein Überwacher ihm den Weg versperrte. »Die Oberfläche ist Sperrgebiet«, sagte der Robot.

Derec hörte die Worte durch einen Lautsprecher am Ohr und hielt an. Höchstwahrscheinlich war der Servoanzug einem Überwacher durchaus gewachsen, zumindest in den Händen eines geübten Operators. Aber Derec wollte es nicht auf einen Kampf ankommen lassen. Er war nur auf Antworten aus.

»Sage mir, wo ich die Rettungskapsel finde, in der ich gekommen bin«, sagte Derec.

»Du bist nicht befugt, die Siedlung zu verlassen.«

»Demnach ist sie dort, ja? An der Oberfläche. Da habt ihr sie versteckt. Was habt ihr getan, meinen Anzug wieder eingeräumt, nachdem ihr ihn mir ausgezogen habt?« verlangte Derec zu wissen. »Ich muß raus. Wenn du nicht beschädigt werden willst, solltest du lieber aus dem Weg gehen.«

Der Robot rührte sich nicht. »Die Rettungskapsel befindet sich nicht an der Oberfläche«, sagte er.

In Anbetracht dessen, wie die Überwacher ihn bisher behandelt hatten, war das eine großzügige Antwort. Aber Derec wollte mehr. »Entweder suche ich danach an der Oberfläche oder du zeigst mir, wo die Kapsel ist. Andere Alternativen gibt es nicht.«

Es dauerte einen Moment, ehe der Robot reagierte. Die Antwort, die folgte, war jedoch eine willkommene Überraschung. »Ich werde dir die Kapsel zeigen.«

»Gehen wir nach draußen oder nach unten?«

»Nach unten.«

Derec hatte immer noch vor, die Oberfläche aufzusuchen. Er hoffte, mit Hilfe der Sterne und des Himmels zumindest in groben Zügen die Position des Planetoiden festzustellen — um was für eine Art Stern er kreiste und ob der Planetoid unabhängig oder Teil eines planetaren Systems war. Doch bis er die Kapsel gefunden hatte, kam es darauf nicht an, so daß Derec es sich leisten konnte, den großzügigen Sieger zu spielen.

»Danke«, sagte er. »Warte nur einen Augenblick, bis ich diesen Anzug weggeräumt habe.«

Aber Derec sollte seinen Sieg nicht lange genießen. Der Überwacher nahm ihn mit hinab zur Lagerebene und führte ihn durch das Labyrinth zur östlichen Wand. Als sie soeben eine Gußanlage und ihr hohes Materialgestell umrundet hatten, blieb der Robot unvermittelt stehen: »Hier.«

Doch Derec konnte keine Kapsel entdecken. Alles, was er sah, war eine große offene Fläche, auf der reihenweise diverse Bauteile ordentlich auf dem Fußboden ausgebreitet waren. »Wo?«

Mit einer ausholenden Armbewegung wiederholte der Überwacher: »Hier.«

Da erst nahm Derec die vor ihm ausgebreiteten Bauteile richtig in Augenschein und erkannte die Wahrheit. Die Kapsel befand sich hier, wie der Überwacher gesagt hatte. Aber sie bestand aus tausend Einzelteilen, lag auf dem Boden wie ein gigantisches Puzzlespiel. Die Roboter hatten sie in ihre Grundkomponenten zerlegt. Derec konnte nur wenige wiedererkennen — gebogene Platten, die Teil der Hülle gewesen waren, mehrere Antriebsstutzen und, wenige Meter von Derec entfernt, die Aufsätze der sieben grünen Lampen auf der Kommandotafel.

»Nein«, rief er verzweifelt. »Wieso habt ihr das getan?«

»Es war nötig, um festzustellen, daß sich das gesuchte Objekt nicht im Innern der Kapsel verbirgt.«

»Und mein Schutzanzug? Habt ihr den auch zerstückelt?«

Statt einer Antwort führte der Überwacher Derec in das Labyrinth und zeigte ihm seinen Anzug, der in mehreren Dutzend Einzelteilen herumlag. Der Stoff war von den Nahtringen abgetrennt, die Überlebensaggregate hatte man aus dem Brustteil herausgelöst. Selbst der Helm war auseinandergenommen worden.

»Ich bin überrascht, daß ihr mich nicht gleich mit zerlegt habt«, sagte er bitter, während er ihn betrachtete.

»Bitte erläutere den Grund für deine Überraschung«, sagte der Robot. »Es ist einem Robot unmöglich, einen Menschen zu verletzen. Bist du über diese Tatsache nicht informiert?«

»Schon gut«, sagte Derec seufzend. »Das war Sarkasmus.«

»Wie bitte?«

»Menschen meinen nicht immer, was sie sagen. Bist du über diese Tatsache nicht informiert?« Einen Augenblick darauf fügte er hinzu: »Aber ihr habt mich durchsucht, nicht wahr?«

»Ja. Im Zustand der Bewußtlosigkeit wurdest du einem magnetischen Ganzkörper-Resonanztest unterzogen«, erwiderte der Robot.

Derec hätte beinahe gelacht, so absurd war das. »Sieht euch ähnlich«, sagte er. »Ich nehme an, es ist ausgeschlossen, daß ihr den Anzug und die Kapsel wieder zusammenbaut.«

»Nichts hat gegenüber der Hauptdirektive Vorrang.«

»Was ist mit all den Ersatzrobotern, die da im Norden herumstehen und nichts tun? Von denen könntet ihr doch ein paar aktivieren.«

»Diese Aufgabe würde nicht nur Monteure, sondern die Aufsicht eines Systematikers erfordern. Alle Systematiker sind nach dem gegenwärtigen Dienstplan voll im Einsatz.«

»Das soll wohl ›nein‹ heißen«, sagte Derec. Er sah die verstreuten Teile an, die einst ein Raumfahrzeug gewesen waren, und seufzte: »Hast du eigentlich so was wie einen Namen?«

»Ich bin Monitor 5.«

»Warum sprichst du mit mir, Monitor 5?«

»Ich habe bemerkt, daß dich etwas belastet. Im Zustand der Belastung tut Kommunikation dem Menschen häufig gut.«

Derec schnaubte. »So kann man es auch sagen. Dann erzähle mir, Monitor 5 — wißt ihr Roboter eigentlich, wonach ihr sucht?«

»Ich darf keine Informationen über meine Mission hier weitergeben.«

»Und wie steht es mit mir? Ist dir gestattet, mir zu sagen, was ihr über mich wißt?«

»Was möchtest du erfahren?«

»Der Ereignisrecorder in der Rettungskapsel — hat man ihn aufgefunden?«

»Ich habe nicht zu dieser Arbeitseinheit gehört. Ich werde Analytiker 3 konsultieren.« Der Robot schwieg. »Ja. Ein Datenrecorder wurde entdeckt.«

»Hat er euch verraten, von welchem Schiff ich gekommen bin? Wie ich hierhergelangt bin? Irgendwas?«

»Dem Recorder war keine Adreßmarkierung eingegeben worden. Die Aufnahmediskette war unbespielt.«

Verblüfft wandte Derec die Augen ab, um den Ausdruck darin vor dem Robot zu verbergen. Sein Blick fiel auf den Stoffhaufen seines Anzugs, und er ging in die Knie und begann ihn abzusuchen. »An meinem Anzug gab es einen Datenstreifen . . .«

»Ja. Ein Teststreifen. Er enthielt keine Personaldaten.«

Derec ließ den Stoff aus seinen Händen zurück auf den Boden gleiten und richtete sich langsam auf. »Ein Teststreifen?«

»Das ist durchaus üblich. Sie werden eingesetzt, um den Suchmechanismus eines Datenlesers zu eichen.«

»Aber er war mit Derec beschriftet . . .«

»Ja. Derec Data Systems ist der führende Hersteller derartiger Lesegeräte.«

Derec wurden die Knie weich. »Dann wißt ihr auch nicht, wer ich bin.«

»Nein. Wir wissen nicht, wer du bist.«

»Und diese Botschaft, die ihr meinetwegen ausgestrahlt habt? Wie lautete die?«

»Ich habe die Botschaft nicht ausgestrahlt. Einen Moment, ich konsultiere Analytiker 17.« Der Robot schwieg. »Analytiker 17 war der Ansicht, daß du wegen deines irrationalen Verhaltens entweder zu Schaden kommen oder das Endziel gefährden könntest, wenn du nicht ständig überwacht wirst. Deshalb hat er eine Botschaft ausgesandt, in der verlangt wird, daß man dich rettet.«

»Er hat diese Entscheidung allein getroffen?«

»Analytiker 17 war der Ansicht, daß die Gefährdung von ausreichender Größenordnung war, um das Kommunikationsverbot aufzuheben.«

»Wessen Verbot? Wer hat hier das Sagen? Und an wen hat er die Botschaft gesandt?«

»Ich darf keine . . .«

». . . Informationen über deine Mission hier weitergeben, ich weiß.« Derec verzog das Gesicht, machte die Augen zu und versuchte, die Außenwelt auszuschließen.

»Bist du krank?« erkundigte sich Monitor 5 besorgt.

»Nein«, sagte Derec mit unsicherer Stimme. »Ich bin nur wieder am Ausgangspunkt angelangt, das ist alles.«

# Kapitel 5

# Die Antwort

Entmutigt zog sich Derec in die Wohnzelle zurück, nachdem seine Illusion sich zerschlagen hatte, er habe sein Schicksal zumindest teilweise selbst in der Hand. Es war ihm unmöglich, die Kapsel zu rekonstruieren, er hatte keine Aussicht, den Asteroiden selbst zu verlassen. Wie es schien, konnte er nichts weiter tun, als den Robotern aus dem Weg zu gehen und auf denjenigen zu warten, den Analytiker 17 mit seiner Botschaft herbeigerufen hatte.

Als hätten die Roboter entschieden, daß er etwas brauchte, was ihn beschäftigte und von ihnen fernhielt, fand Derec die Kom-Anlage in der Messe eingeschaltet und mit der Aufschrift BETRIEBSBEREIT vor. Als Derec die Abfragetaste drückte, erschien ein kurzes Menü auf dem Schirm. Es bot ihm die Auswahl zwischen einem Ding, das sich Konzeptblock nannte, und einem bibliographischen Index.

Der Konzeptblock erwies sich als Kreuzung zwischen einem Notizbuch und der Entwurfskladde eines Konstrukteurs. Er amüsierte sich eine Weile mit seinen graphischen Möglichkeiten, indem er eine Karte von jenem Teil des Komplexes anlegte, den er aus erster Hand kannte. Das Programm erleichterte ihm die Arbeit, verwandelte seine unsicheren Striche in gerade Linien, kopierte wiederkehrende Abschnitte, führte Übergänge und Kreisbewegungen aus.

Als das Zeichnen zur Kritzelei verkam, beschloß Derec, ein Tagebuch über die Ereignisse seit seinem Erwachen in der Kapsel zu erstellen. Doch der erste Eintrag war peinlich und selbstherrlich, und er beendete die Aufzeichnungen mit einer kurzen sarkastischen Notiz:

*Liebe Mama,*
*Ich hab' hier keine Freunde. Darf ich wieder nach Hause?*

Unangenehm berührt von seinem Selbstmitleid löschte Derec den Konzeptblock und schob seinen Stuhl vom Terminal weg. Aber das diesem Gedanken innewohnende schreckliche Gefühl der Verlassenheit ließ sich so leicht nicht bannen. Ohne Familie, ohne Freunde, ohne einen irgendwie gearteten Verbündeten war Derecs kleine Welt ein einsamer Ort.

Die Buchfilmbibliothek war Derecs letzte Abwehr gegen trübselige Gedanken. Als er das Verzeichnis durchging, überraschte ihn die ungewöhnliche Mischung von Einträgen. Da gab es ein komplettes Subregister für Texte aus dem Klassischen Erdzeitalter, darunter einige, deren Autoren oder Titel

Derec zur Entdeckung reizten. Andere kannte er: Lukrez' *De rerum natura*, Newtons *Principia*, Darwins *Ursprung der Arten*.

Ein weiteres umfangreiches Subregister bestand aus architektonischen Zeichnungen und Bildern. Wieder kamen ihm einige der Namen bekannt vor — Mies van der Rohe, Buckminster Fuller, Frank Lloyd Wright. Doch als er dem Programm befahl, diese Dateien im Tempo von jeweils einigen Sekunden pro Bild abzutasten, stellte er fest, daß die Bilder Orte zeigten, an denen er seiner Erinnerung nach nie gewesen war, und Bauten, die er seiner Erinnerung nach nie gesehen hatte. Zurück blieb die Verwunderung, warum er die Namen überhaupt kannte.

Auffällig war das völlige Fehlen zeitgenössischer Bezüge zu Themen wie Mikroelektronik, Robotik, Prozeßdesign und so weiter. Derec nahm an, daß die sich in einer separaten technischen Bibliothek befanden, zu der er keinen Zugang hatte.

Es gab noch weitere Abschnitte, die ihm unter anderen Umständen vermutlich zugesagt hätten — eine Biographie von Susan Calvin, Wegbereiterin der Robotik; *Genesis*, Marvin Ellers anekdotenreiche Geschichte der Informatik im zwanzigsten Jahrhundert; ein Schirm voller Titel über Astronomie und Astrographie.

Aber Derec war nicht an Bildung interessiert, noch überhaupt an etwas, das Denkleistungen erforderte. Er wollte bei den Problemen eines anderen den Zuschauer spielen, wollte sich ablenken und in den Bann des Erzählers begeben.

Doch als er sich dem Belletristikregister zuwandte, stellte er fest, daß die Auswahl spärlich war. Abgesehen von einigen Interaktionsspielen und einem halben Dutzend gedruckter Romane, die ihm allesamt zuviel abverlangt hätten, mußte Derec sich auf die Welt des Theaters beschränken. *Faust, Warten auf Godot, Daedalus und Ikarus, Sweeney Todd* — die Titel sagten Derec nichts. Aber Shakespeare kannte er, und Shakespeare war auf der Liste gut vertreten.

Da er das Bedürfnis verspürte, über etwas zu lachen, fiel Derecs Wahl auf die Komödie *Ein Sommernachtstraum*. Er zog sich in einen bequemen Sessel zurück, legte die Füße auf den Konferenztisch und wurde von der Aufzeichnung ins antike Griechenland getragen, in einen Wald nahe der Stadt Athen, um sich an den Liebeswirrungen von Menschen- und Feenkönigen zu ergötzen und an den Streichen des teuflischen Kobolds Puck.

»Hin und her, hin und her«, gelobte Puck. »Alle führ' ich hin und her. Land und Städte scheun mich sehr, Kobold, führ' sie hin und her . . .«

Mitten in Pucks Deklamation hörte Derec das unverkennbare Geräusch, mit dem sich die innere Tür der Luftschleuse öffnete. Er sprang auf, als auch schon ein Überwacher den Raum betrat und zur Kom-Anlage hinüberging.

»Was willst du?« wollte Derec wissen und folgte ihm.

Der Robot ignorierte Derec. »Dringliche Unterbrechung«, sagte der Robot zur Kom-Anlage. Der Schirm leerte sich, und die Lautsprecher verstummten.

KENNWORT?

Die Finger des Robots flogen nur so über das Tastenfeld, aber auf dem Schirm erschien nur die Instruktion BEREIT.

Ohne zu zögern begann der Robot wieder in die Tasten zu hauen. Obwohl er auf Armeslänge danebenstand, hatte Derec keine Ahnung, was der Robot eingab. Das gleichmäßige Stakkato der klickenden Tasten dauerte etwa zwanzig Sekunden lang an — drei- bis vierhundert Zeichen. Dann hob der Robot die Hände und trat zurück.

NACHRICHT GESENDET, bestätigte der Schirm.

»Fortfahren«, sagte der Robot und wandte sich zum Gehen.

»Widerruf«, sagte Derec und stellte sich hastig zwischen den Robot und die Tür. »Identifiziere dich.«

»Ich bin Analytiker 9.«

»Was geht vor? Was hast du gerade gemacht?«

»Geh bitte aus dem Weg«, sagte Analytiker 9. »Ich habe andernorts dringende Verpflichtungen.«

»Das letzte Mal, als einer von euch hier war, geschah das, um einen Notruf zu senden. Was ist diesmal passiert? Ist ein Schiff gekommen? Ist es das? Ich hab' ein Recht darauf, zu wissen, was vorgeht . . .«

Statt einer Antwort hob Analytiker 9 den Arm und schob Derec mit Nachdruck beiseite. Der stolperte rückwärts auf den Konferenztisch zu und landete unsanft in einem der Sessel.

»Mische dich nicht ein«, sagte der Überwacher und verließ den Raum.

Obwohl der Schock über die körperliche Gewaltanwendung des Robots ihn einen Augenblick erstarren ließ, rappelte Derec sich hoch und nahm die Verfolgung auf.

Draußen in der Halle fand Derec fieberhafte, an Chaos grenzende Aktivität vor. Die Lastenkulis und Materialholer strömten zu Dutzenden aus den Lifts, als sei ein Massenexodus im Gange. Zahlreiche andere eilten durch die Gänge, sammelten Bauteile ein und schleppten sie zur westlichen Wand und der dort befindlichen Wiederaufbereitungsschmelze.

Zu Derecs Erstaunen stellten sich die Materialholer und Kulis, anstatt ihre Fracht abzusetzen und Nachschub zu holen, an der Schmelze an, trugen ihre Last mitten hinein in den Ofen und kamen nie wieder zum Vorschein. Aus irgendeinem Grund vernichteten die Roboter systematisch bestimmte Teile ihres Lagerbestandes — und sich selber gleich mit.

Von der Parade der selbstmörderischen Roboter abgelenkt, hatte Derec Analytiker 9 aus den Augen verloren. Als er nun den Blick durch die Halle schweifen ließ, um ihn nach Möglichkeit wiederzufinden, sah er noch etwas Ungewöhnliches. In der Lagerhalle gab es nirgendwo Überwacher. Die diversen Fabrikationsanlagen standen still und verlassen da.

Einer Eingebung folgend, kämpfte Derec sich zum Lift vor und wies eine Plattform an, ihn zur Ebene Null hinaufzutragen. Dort entdeckte er eine Versammlung von zwanzig Überwachern. Sie hatten einen Kreis gebildet, standen reglos da und hielten sich an den Händen, wie eine Art direkter Konferenzschaltung.

Sie nahmen keine Notiz von seiner Ankunft, daher ging Derec quer durch den Raum zu der Stelle, wo zwei weitere Überwacher vor einem gigantischen Kontrollpult saßen.

»Monitor 5?«

»Ja, Derec«, sagte einer der Roboter mit einem bestätigenden Kopfnicken.

»Kannst du mir sagen, was vorgeht?«

»Oberflächensensoren haben die Annäherung eines großen Raumfahrzeugs entdeckt. Bahnverlauf und Beschleunigungsprofil deuten darauf hin, daß es sich dem Orbit dieses Planetoiden angleichen wird.«

»Ich komme von diesem Felsbrocken runter?« jubelte Derec. »Gepriesen seien die Sterne!«

»Mit achtundsechzigprozentiger Wahrscheinlichkeit hat das Schiff unser Notsignal abgefangen. Allerdings besteht nur eine Wahrscheinlichkeit von neun Prozent, daß das Schiff gekommen ist, um dich zu retten.«

Diese Nachricht holte Derec ruckartig wieder auf den Boden der Tatsachen. »Abgefangen? Das sind also nicht die Leute, die ihr gerufen habt?«

»Nein, Derec.«

»Wer sind sie dann? Was wollen sie?«

»Das Schiff ist gegenwärtig noch nicht identifiziert.«

»Ist das der Grund, warum unten alle Roboter durchdrehen?«

»Ich kann diese Frage jetzt nicht beantworten«, sagte Monitor 5. »Aber möglicherweise kann ich dir in Kürze mehr dazu sagen.«

»Was soll ich tun?«

»Warten.«

»Prima. Wie lange?«

»Nicht lange«, sagte Monitor 5 und erhob sich. »Entschuldige mich. Die Analytiker rufen nach mir.«

Monitor 5 durchquerte den Raum und schloß sich dem Konferenzkreis an. Etwa zwei Minuten lang stand er mit den anderen zusammen da, dann löste sich der Kreis auf. Die meisten Überwacher eilten zum Lift. Zwei von ihnen, darunter Monitor 5, traten zu Derec.

»Ich bin beauftragt, mit dir zu kommunizieren«, sagte Monitor 5.

»Beauftragt?« Die Wortwahl des Robots verwirrte Derec.

»Zwangsläufig«, gab der Robot zu. »Keiner der Analytiker fühlt sich im Umgang mit Menschen recht wohl.«

»Willst du damit sagen, daß sie nicht mit mir gesprochen haben, weil sie es nicht wollen? Weil sie nicht wissen, wie?«

»Bis auf wenige Ausnahmen haben sie ausschließlich Erfahrung mit anderen Robotern. Ich wurde aufgrund meiner früheren Kommunikationserfolge mit dir ausgewählt«, sagte Monitor 5.

»Ist das der andere Ausnahmefall?« sagte Derec und deutete auf den Robot direkt hinter Monitor 5.

»In meiner Begleitung befindet sich Analytiker 17.«

»Ah — wir kennen uns — sozusagen.«

»Analytiker 17 ist hier, um mir zu assistieren«, sagte Monitor 5. »Bitte, Derec. Es gibt Wichtiges zu besprechen, und die Zeit ist knapp.«

»Dann fang doch an.«

»Danke. Die Analytiker sind sich einig, daß das nahende Schiff eine Bedrohung der Sicherheit unserer Operation darstellt. Die Möglichkeit der Entdeckung wurde von jenen vorhergesehen, die uns hier eingesetzt haben. Unsere Instruktionen lauten in diesem Fall, uns selbst und die Anlage zu zerstören. Gewisse vorbereitende Schritte sind bereits in Gang . . .«

»Die Roboter am Schmelzofen.«

»Ja. Es muß alles zerstört oder unbrauchbar gemacht werden. Dieser Befehl hat höchste Prioritäts- und Dringlichkeitsstufe. Wir müssen gehorchen. Deine Gegenwart wurde allerdings *nicht* vorhergesehen.«

»Was habe ich damit zu tun?«

»Solange du anwesend bist, können wir unseren Befehl nicht befolgen, da es dich töten würde, wenn wir den Komplex zerstören. Schon indem wir uns selbst zerstören, würden wir dich schutzlos zurücklassen. Damit wir unserer Direktive nachkommen können, ist es demnach erforderlich, daß du dich entfernst.«

»Ich bin zum Abmarsch bereit, seit ich hergekommen bin. Zeige du mir nur den Weg.«

Hier mischte sich Analytiker 17 ein. »Leider sind wir, da es ein signifikantes Risiko für dein Leben bedeutet, die Siedlung zu verlassen, nicht in der Lage, dir dabei zu helfen, ja, wir sind sogar verpflichtet, es zu verhindern.«

»Also werdet ihr nicht etwa meine Kapsel wieder zusammensetzen? Meinen Schutzanzug?«

»Nein.«

»Das ist verrückt.«

»Im Gegenteil, es ist fundamental logisch«, widersprach Analytiker 17. »Wenn wir dich beschützen, wirst du beinahe mit Sicherheit sterben, was wir nicht zulassen können. Wenn wir dich nicht beschützen, könntest du überleben, begibst dich jedoch in große Gefahr, was wir nicht zulassen dürfen.«

Derec blickte ungläubig von Monitor 5 zu dem Analytiker, dann wieder zurück. »Was werdet ihr denn nun mit mir machen?«

»Nichts«, sagte Monitor 5. »Keine Aktion ist möglich. Wenn wir dir zur Flucht verhelfen, setzen wir dich der Gefahr aus. Wenn wir aber deine Flucht verhindern, setzen wir dich ebenso der Gefahr aus.«

Derec begann sich in den Wirrungen dieses Gesprächs zu verlieren. »Ist es das, was ich euren Wünschen gemäß tun soll? Fliehen?«

Der Robot zögerte. »Wir wollen, daß du in Sicherheit und unverletzt bleibst.«

Es hatte den Anschein, als bewege der Robot sich auf Zehenspitzen durch ein logisches Minenfeld. »Was ist, wenn ich doch gehe?«

»Wenn wir dein Verschwinden entdecken, werden wir dir folgen müssen.« Wieder zögerte er. »Bis du jedoch in unsere Obhut zurückgelangst, steht es der übrigen Gemeinschaft frei, die Direktive der nächsten Prioritätsstufe zu befolgen.«

»Mit anderen Worten, wenn ich fliehe, stellt das Erste Gesetz keinen Faktor mehr dar. Ihr könnt weitermachen und euch guten Gewissens selbst zerstören.«

»Das ist im wesentlichen korrekt«, sagte Analytiker 17, »obwohl ich dich warnen muß, daß dir Gefahr droht, wenn du weiter darüber diskutierst.«

Derec ignorierte die Warnung. »Wohin sollte ich denn fliehen?«

»Wir können uns mit dieser Frage nicht beschäftigen«, sagte Monitor 5.

»Ich aber, und die Antwort gefällt mir gar nicht!« knurrte Derec. »Ich werde euch sagen, was ich vorhabe — sobald das Schiff nahe genug ist, um das Signal des Anzugsenders zu empfangen, steige ich in einen der Servoanzüge dort drüben, begebe mich an die Oberfläche und bitte sie, mich vor euch zu retten.«

»Das können wir nicht zulassen.«

»Was soll ich dann tun? Auf der Oberfläche umherwandern, bis mir der Sauerstoff ausgeht? Das ist Wahnsinn. Wie könnt ihr nur von mir verlangen, daß ich so was tue?«

»Derec, ich muß wiederholen, es besteht Gefahr . . .« setzte Analytiker 17 an.

»Wir haben nicht von dir verlangt, daß du etwas unternimmst«, sagte Monitor 5. »Wir haben dich lediglich auf die Konsequenzen möglicher Aktionen deinerseits hingewiesen.«

»Ihr mögt nichts verlangt haben, aber ihr habt ganz hübsch mit dem Zaunpfahl gewinkt«, sagte Derec. »Ihr sagt mir, daß ihr nicht hinsehen werdet, wenn ich losziehen und Selbstmord begehen möchte. Ich verstehe nicht, wie es überhaupt zu so einem Gespräch kommen kann. Was ist bloß mit euch allen los?«

Monitor 5 antwortete. »Ich folge einem von Analytiker 17 vorgeschlagenen, äußerst konditionalen logischen Strang . . .«

»Also ist er in Wahrheit deswegen hier.«

». . . in welchem die Ungewißheit deines Schicksals durch deine Willenshandlungen zu einem positiven Wert modifiziert wird, und somit die hohe Wahrscheinlichkeit eines Schadens infolge von Untätigkeit aufgewogen ist.«

»Anders gesagt, ihr habt euch selbst überredet«, sagte Derec. »Also, mich habt ihr nicht überredet. Meint ihr etwa, es macht mir was aus, wenn ihr euch nicht selbst zerstören könnt? Es ist mir egal, ob das Schiff euren schlimmsten Feinden gehört. Ja, ich beginne sogar zu glauben, daß sie dann meine Freunde sein müssen. Ich gehe nirgendwohin. Und ich werde auf keinen Fall losziehen und mich umbringen, nur um euch aus dem Dilemma herauszuhelfen.«

Die Roboter waren offenbar nicht bereit, sich damit abzufinden. Als Derec die Nullebene verließ, folgte Analytiker 17 ihm. Er nahm einen anderen Lift, und als sie die Lagerebene erreicht hatten, blieb er beflissen mehrere Schritte hinter Derec. Aber es stand außer Frage, daß er bewacht wurde.

Er konnte sich nicht erklären, warum die Roboter, nachdem sie von ihm verlangt hatten, zu entfliehen, ihm nun einen Bluthund an die Fersen hefteten. Aber da er nicht die Absicht hatte, zu tun, was die Roboter wollten, kam es gar nicht darauf an, ob er es verstand oder nicht. Er konnte seinen Schatten getrost ignorieren.

In der Lagerhalle herrschte nach wie vor ein Chaos wie in einem Bienenstock, und Derec zog sich daraus in die Abgeschiedenheit der Wohnzelle zurück. Er meinte, Analytiker 17 würde sich vielleicht damit bescheiden, draußen Wache zu schieben und zu warten, da die Zelle nur den einen Ausgang besaß. Doch der Robot kam ebenfalls herein, und als Derec die Messe betrat, folgte er ihm nach drinnen und ließ sich am anderen Ende des Konferenztischs nieder.

Zunächst jedoch achtete Derec kaum auf das Eintreten des Robots. Auf dem Schirm der Kom-Anlage waren eine kleine, ferne orangefarbene Sonne und eine Ansammlung schwach leuchtender Sterne zu sehen, unter denen Derec keine unmittelbar erkennbaren Konstellationen ausmachen konnte. Vor den bestirnten Hintergrund schob sich eine dunkle Masse, die deutlich größer wurde, während sie sich dem Asteroiden näherte. Noch war sie zu weit entfernt, um klare Umrisse erkennen zu lassen, aber es handelte sich eindeutig um ein riesiges Raumschiff.

»Noch mehr Propaganda?« fragte Derec.

»Die Analytiker waren sich einig, daß du das Recht hast, Ursprung und aktuelles Ausmaß der Bedrohung zu kennen.«

»Meint ihr etwa, ich werde das Ding dort oben sehen und in Panik geraten? Keineswegs. Dies ist zwar nicht gerade der Gipfel des Luxus, aber ich fühle mich hier so heimisch. Ich gehe nicht.«

Der Robot antwortete nicht und schwieg weiter, als Derec an die automatische Essensausgabe trat und sich einen Imbiß zusammenstellte. Als er damit wiederkam und sich setzte, wurde ihm schon bald schmerzlich bewußt, daß der Robot ihn geduldig beobachtete.

»Auf welcher Seite stehst du eigentlich?« erkundigte Derec sich kauend.

»Klarstellung.«

»Was machst du hier? Ich dachte, ihr wolltet, daß ich abhaue. Aber ich könnte keine einzige Bewegung ausführen, ohne daß ihr davon wißt.«

»Deine Unterhaltung mit Monitor 5 hat ihn gezwungen, einen Konflikt mit dem Ersten Gesetz zu erkennen.«

»Heißt das, die Selbsttäuschung hat sich zerschlagen?«

»Monitor 5 ist nun zutiefst besorgt, du könntest zu fliehen versuchen und dadurch oder infolgedessen zu Schaden kommen. Um diese Möglichkeit auszuschließen und Monitor 5 zu gestatten, daß er zu seinen Pflichten zurückkehrt, habe ich mich erboten, dich zu bewachen.«

»Wie steht es mit dir? Habe ich deine logische Bombe etwa auch hochgehen lassen?«

»Nein.«

»Demnach bist du nicht hier, um mich aufzuhalten«, sagte Derec und schob seinen Teller beiseite. »Du bist hier, um sicherzustellen, daß mich kein anderer aufhält.«

»Deine Bemerkungen sind für die Situation irrelevant. Du hast deine Absicht kundgetan, in unserer Obhut zu verbleiben.«

»Richtig.« Derec spähte zum Schirm hinauf. Das Schiff war immer noch eine dunkle strukturlose Masse, nur daß es jetzt ein ganzes Drittel des Bildrahmens ausfüllte. »Ich meine aber nach wie vor, du rechnest damit, daß ich mir Sorgen zu machen beginne und etwas unternehme. Nun, um dir zu zeigen, wie besorgt ich bin, werde ich ins andere Zimmer gehen und ein wenig schlafen«, sagte Derec und stand auf. »Solltest du mitzukommen beschließen, möchte ich dich nur bitten, daß du dir eine eigene Koje suchst. In meiner ist für zwei nicht genug Platz.«

# Kapitel 6

# Zwischen den Mühlsteinen

Analytiker 17 folgte ihm nicht, und Derec schlief nicht. Er lag auf seiner Koje, starrte an die Decke und versuchte, seine Gedanken zu ordnen.

Die mißliche Lage der Roboter war ganz und gar real. Es ging nicht nur darum, daß ihr Versuch vereitelt worden war, nach Maßgabe des Zweiten Gesetzes der Verpflichtung ihrem Herrn gegenüber nachzukommen. Sie bewegten sich außerdem am Rande eines vom Ersten Gesetz hervorgerufenen Abgrunds, eines Paradoxons, das nicht nur einzelne Robots, sondern die gesamte Gemeinschaft lahmzulegen drohte. Derec war ihre vorrangige Verpflichtung, und doch konnten sie nichts für ihn tun als ihn anflehen, er möge sich doch selbst retten.

Wenn es nicht so ernst wäre, hätte man darüber lachen können. Es war, als habe jemand, der unter Schluckauf litt, einen Freund gebeten: »Überrasch mich bitte.« Wie sollte er die Roboter überrumpeln, selbst unter Mithilfe von Analytiker 17?

Darüber hinaus war der Gedanke an Flucht absurd. Ohne Unterstützung der Roboter konnte er unmöglich vor Eintreffen des Schiffs die Kapsel wieder zusammenbauen. Und selbst wenn er es gekonnt hätte, hatte sie keine Chance, dem nahenden Schiff zu entkommen.

Wenn er weiterhin sowohl die Roboter als auch die Fremden als seine Feinde betrachtete, gab es keine Lösung für diese Gleichung. Nur wenn er davon ausging, daß die Fremden ihm zu Hilfe kamen oder zumindest bereit waren, ihm zu helfen, obwohl sie eigentlich anderes vorhatten, war ein Ausweg denkbar. Er konnte warten, bis das Schiff sich in seiner Umlaufbahn befand, dann in einem Servoanzug an die Oberfläche gehen und einen Hilferuf aussenden.

Da erzitterte unter ihm die Koje, und augenblicklich saß er aufrecht da. Zunächst meinte er, er habe sich geirrt oder sei plötzlich hochgeschreckt, wie es manchmal kurz vor dem Einschlafen passiert. Doch dann durchlief eine zweite Erschütterung den Raum, und er konnte nicht mehr an eine Illusion glauben. Er sprang auf und rannte hinüber in die Messe.

Analytiker 17 saß noch da, wie Derec ihn zurückgelassen hatte. »Was geht vor?« erkundigte sich Derec.

»Wir werden angegriffen«, sagte der Robot und zeigte auf die Kom-Anlage.

Derec starrte auf den Bildschirm. Das Schiff hatte sich in eine Position manövriert, in welcher die Hälfte seiner zur Sonne gewandten Flanke sichtbar war, so daß Derec zum ersten Mal Details erkennen konnte. Was er sah, verblüffte ihn. Das Schiff schien nicht nach einem einheitlichen Entwurf konstruiert, sondern zusammengestückelt worden zu sein. Es ähnelte mehr einem Raumschrottplatz als einem gefährlichen Piraten. Doch ein Piratenschiff war es.

In jenem Teil, den Derec ausmachen konnte, waren elf verschiedene Schiffshüllen zu erkennen, sowie eine verschlungene Matrix von Verbundstrukturen. Da gab es Schiffe, die alt genug waren, um ins Museum zu wandern, und andere, die neu genug waren, um der Stolz eines jeden Schiffsbauers zu sein. Gegen die Zylinder und Verbindungsstücke von Raumfrachtern schmiegten sich schlanke transatmosphärische Schiffsprofile. Überall auf der massiven Hülle blinkten kleine rote und orangefarbene Lichter.

»Wer sind sie?« flüsterte Derec.

»Unbekannt.«

»Na, haben sie uns denn nicht gerufen? Was wollen sie?«

»Über keine der normalerweise für Kommunikation benutzten Frequenzen ist ein Signal eingegangen.«

Derec spürte, wie eine weitere Vibration den Boden durchlief. »Was für Waffen benutzen sie?«

»Die Bewaffnung des Schiffs scheint hauptsächlich aus synchronisierten Mikrowellenlasern zu bestehen.«

»Und was haben wir dem entgegenzusetzen?«

»Die Gemeinschaft verfügt über keine Waffen.«

»Was?« empörte sich Derec.

Die Antwort des Robots erfolgte geduldig und ruhig. »Es besteht hohe Wahrscheinlichkeit, daß das Schiff Menschen beherbergt. Wir dürfen keine Waffen gegen sie einsetzen.«

Derec starrte den Robot an, dann wieder den Schirm. Anders als in fiktiven Darstellungen gab es hier keine grellen Lichtstrahlen, welche die Energieströme angezeigt hätten, die aus dem Radarschiff herabschossen. Nur die blinkenden Lichter gab es und den Boden, der unter Derecs Füßen erzitterte. »Sind wir in Gefahr?«

»Ja.«

»Wie sehr?«

»Das Schiff hat seinen Angriff im Bereich unserer einzigen dauerhaften Oberflächeninstallation begonnen, dem 170 Grad östlich vom Hauptschacht gelegenen Antennenfeld . . .«

»Die Vibrationen, die wir spüren, kommen von so weit her?«

»Ja. Der Erstschlag verlief erfolgreich, und die Kommunikation ist ausgeschaltet. Einige Tunnel in dieser Region sind offenbar eingestürzt. Inzwischen scheint das Bombardement nach dem Zufallsprinzip zu erfolgen. Gegenwärtig befindet sich das Schiff in nahezu synchroner Umlaufbahn, mit einer Abweichung von zwei Grad pro Minute.«

»Demnach werden sie in weniger als neunzig Minuten direkt über uns sein.«

»Korrekt.«

Für Derec war offensichtlich, daß er nicht länger warten konnte, bis er etwas unternahm. Wenn das Schiff die Druckhülle des Komplexes durchlöcherte, kam er nicht mehr aus der Wohnzelle heraus.

Und eine weitere Gefahr war ebenso akut — daß die Energiezufuhr unterbrochen oder die Lifts beschädigt wurden und er auf der Lagerebene festsaß. Selbst bei niedriger Schwerkraft glaubte er nicht, einen Liftschacht hinaufklettern zu können.

Nicht, daß es ihn wie noch vor kurzem gereizt hätte, in einem Arbeitsanzug auf der Oberfläche herumzuwandern. Es war durchaus möglich, daß man ihn nicht für einen Gefangenen auf der Flucht, sondern für einen Feind hielt, den es zu vernichten galt. Aber es behagte ihm noch weniger, im eisigen Herzen des Asteroiden begraben zu sterben.

»Dieser logische Strang, den du dir ausgedacht hast — habe ich recht mit der Annahme, daß Monitor 5 und du die einzigen Überwacher seid, die ihm folgen konnten, ohne in Konflikt mit dem Ersten Gesetz zu geraten?«

»Ja.«

»Wieso? Wieso ihr?«

»Meine Erfahrungen mit Menschen haben mir zu einer verfeinerten Sichtweise ihres Wesens und Verhaltens verholfen.«

»Du hattest mit anderen Menschen Kontakt? Außer mit mir?«

»Ja.«

»Mit wem?«

»Es ist mir nicht erlaubt, das zu verraten.«

Sackgasse. »Haben die anderen Robots auch nur die leiseste Ahnung, worum du mich gebeten hast?«

»Nein.«

»Wie wolltet ihr den Komplex zerstören?«

»Das zur Auskleidung der Tunnelwände benutzte Material enthält einen Sprengstoff. Sobald alle anderen Überwacher zerstört sind, werden der letzte Monitor und der letzte Analytiker gemeinsam das auslösende Signal abgeben. Die daraus resultierende Explosion dürfte den gesamten ausgeschachteten Sektor des Asteroiden zum Einsturz bringen.«

»Verstehe«, sagte Derec. Großartig, dachte er. Wenn ich innerhalb des Komplexes bleibe, lassen die Piraten ihn über meinem Kopf zusammenstürzen. Und wenn ich gehe, lassen die Roboter ihn unter meinen Füßen hochgehen.

Es sei denn . . .

Es sei denn, es bestünde die Möglichkeit, von der Oberfläche abzuheben, mit Hilfe einer Energiequelle von ausreichender Schubkraft, um ihn und seinen verstärkten Anzug auf Fluchtgeschwindigkeit zu bringen. In Anbetracht der niedrigen Schwerkraft des Asteroiden war diese Fluchtgeschwindigkeit nicht hoch. Vermutlich hätte er einen Ball in die Umlaufbahn befördern können, indem er ihn einfach mit Wucht hochwarf. Die Beinservos des Anzugs waren vermutlich stark genug, um ihm zu gestatten, daß er sich sozusagen freisprang.

Leider verlangten die Sicherheitsvorschriften für Anzugdesign den Einbau von Reglern in die Beinservos, um eben dies zu verhindern. Doch was die Konstrukteure zusammengefügt hatten, konnte ein Bastler jederzeit wieder scheiden —

In diesem Augenblick schien sich auf der Hülle des Schiffs eine Leuchtkugel zu entzünden, und gleich darauf ließ der Energiestrahl das Auge der Kamera durchbrennen, welche das Bild übertrug. Eine andere, entferntere Kamera trat in Aktion, und der flache Winkel, auf den sie eingestellt war, zeigte nicht nur das Schiff, sondern auch die ekelhaften Wölkchen, die überall dort von der Oberfläche aufstiegen, wo die Waffen hinzielten.

Der Anblick veranlaßte Derec zum Handeln. »Wie es scheint, gibt es für keinen von uns ein Entrinnen«, log er und machte, so gut es ging, ein resignierendes Gesicht. »Schätze, es bleibt mir nichts anderes übrig, als hinzugehen und mich auf den Tod vorzubereiten. Ich wäre dir dankbar, wenn du mich allein ließest, während ich die entsprechenden Rituale ausführe.«

Die Lüge kam an. »Den Zweck solcher Rituale verstehe ich nicht ganz«, sagte der Robot, »aber deine Privatsphäre werde ich respektieren.«

Derec brauchte nicht lange, um den Plan, der rasch Gestalt annahm, in die Tat umzusetzen. Er kehrte in seine Kabine zurück, griff sich von zwei Kojen die Kissen, umschlang sie mit beiden Armen und rannte damit zur Luftschleuse.

»Öffnen.«

Das Geräusch, mit dem die innere Versiegelung aufsprang, veranlaßte Analytiker 17, aus der Messe herbeizueilen, doch da war es schon zu spät. Derec betrat die Schleuse, und die Tür schloß sich hinter ihm.

»Prozessieren«, sagte er und mühte sich mit den Bügeln eines Atemgeräts ab.

Als die Außentür aufging, drapierte er die Kissen über die untere Schwelle der Luke und stieg dann über sie hinweg nach draußen. Wie Derec erwartet hatte, hielten die Kissen die äußere Tür davon ab, sich nahtlos zu schließen, wodurch der Zyklus unterbrochen und der Robot drinnen gefangen war. Er wußte nicht, wie lange das vorhalten würde, oder ob der Robot einen Weg kannte, das Schleusensystem auszuschalten, und er hatte nicht vor, dazubleiben, um es herauszufinden.

In der Schlange vor dem Schmelzofen waren Überwacher vertreten, aber sie achteten nicht auf ihn, als er dort vorbeikam. Er fuhr mit dem Lift zur Nullebene, wo er feststellte, daß Monitor 5 gegen seine Rückkehr dorthin Vorkehrungen getroffen hatte. Zwei der Servoanzüge fehlten, waren verschwunden, als seien sie nie dagewesen. Der dritte wurde von einem der Raupenschlepper, der seinerseits durch eine vierbeinige Bohreinheit verbarrikadiert wurde, an die Wand gekeilt.

Er glaubte nicht, daß der Anzug beschädigt war — Eingriffe in Sicherheitssysteme hätten praktisch unausweichlich das Erste Gesetz auf den Plan gerufen —, aber es würde einige Mühe machen, ihn überhaupt zu erreichen. Und Monitor 5 würde hierzu beitragen. Der Robot saß, als Derec eintraf, am Kontrollpult, erhob sich jedoch und hielt auf Derec zu, sobald dieser aus dem Lift trat, den er auf Wartestellung schaltete.

Ihre Wege kreuzten sich, als Derec nur noch wenige Meter von dem Schlepper entfernt war. »Die Oberfläche ist Sperrgebiet«, sagte der Robot.

»Das weiß ich doch«, sagte Derec, schlug einen Haken und blieb außer Reichweite der Roboterhände. »Dieses Gerät ist unsachgemäß gelagert. Ich werde mich drum kümmern.«

Aber Monitor 5 ließ sich so leicht nicht abwimmeln.

»Du darfst nicht hinaus. Hier bist du außer Gefahr«, sagte er und griff nach ihm.

Derec wich zurück und kletterte die Stufen zur Führerkabine des Schleppers hinauf. »Falsch. Wenn ich hierbleibe, komme ich um, wenn das Schiff die Station zerstört.«

»Wir werden dich beschützen.«

Derec vergeudete weder Zeit noch Worte darauf, sich über diesen Punkt zu streiten. »Ihr könnt euch ja nicht mal selber schützen«, sagte er, schlug die Tür zu und verriegelte sie.

Die Bedienungskonsole entsprach der Standardnorm, und die Funktionen der nicht standardgemäßen Instrumente waren auf den ersten Blick zu erkennen. Er berührte den Einschalter, und der Schirm erwachte mit Informationen über den Funktionsstand des Gefährts zum Leben. Die wichtigste stand unten am Rand:

ENERGIEZELLE . . . 100 000 Kw . . . OK

Der Robot klopfte höflich ans Fenster und versuchte, Derecs Aufmerksamkeit auf sich zu lenken, doch der ignorierte ihn. Indem er einen der beiden kleinen Joysticks in der rechten Armlehne berührte, fuhr Derec den kleinen Kran aus, der zusammengeklappt hinter der Kontrollkabine ruhte.

Da die Instrumente hauptsächlich für Roboter und ihre sensible Motorik konstruiert waren, fand Derec sie ein wenig zu empfindlich. Doch der Kran war halbautomatisch, und als es ihm gelungen war, den Ausleger über das Hinterende des Schleppers auszuschwenken und den Bohrer in den Aufnahmebereich der Krankamera zu bringen, brauchte er nur noch »Aufheben« zu sagen. Der Kran erledigte den Rest.

Monitor 5 schien nur langsam daraufzukommen, was hier vorging. Derec konnte nicht einwandfrei bestimmen, ob das auf einen immer noch erlebten inneren Konflikt zurückzuführen war, oder ob er bloß den Unterschied zwischen einem Monitor und einem Analytiker zu sehen bekam. Doch als Derec die Bohreinheit vom Kuppelboden abheben und herumschwenken ließ, wurde der Robot plötzlich aufgeregt.

»Analytiker 17 hat sich geirrt«, sagte er, packte den Türgriff und rüttelte heftig daran. »Derec — du kannst nicht entkommen. Du kannst nicht fort. Ich muß dich beschützen. Ich trage die Verantwortung.«

Wortlos setzte Derec den herabhängenden Bohrer ein, um den Robot von der Seite des Schleppers wegzuschieben und mit dem Rücken gegen die Wand zu drücken. Die Proteste des Robots wurden immer lauter, doch Derec hörte nicht auf, bis er ihn zehn Meter von der Stelle entfernt, wo dieser den Anzug eingeklemmt hatte, sehr sanft an die Wand geklemmt hatte.

»Langsam zurückstoßen«, sagte Derec, und der Schlepper kroch von der Wand weg. »Halt. Leerlauf.«

Er sprang heraus und rannte zum Anzug. Während er sich abmühte, ihn von der Wand wegzuschieben, kämpfte Monitor 5 darum, sich loszumachen. Ein Rennen, das Derec gewinnen mußte.

Schließlich lag der Einstieg frei, und Derec schlüpfte hinein. Im selben Augenblick kletterte Monitor 5, aus seinem behelfsmäßigen Kerker befreit, oben auf den Bohrer. Doch er kam zu spät, um Derec aufzuhalten. Die Einstiegsklappe fiel zu und schloß ihn in dem Anzug ein.

»Antrieb«, sagte er.

Sein nächstes Ziel war die für Arbeiter in Servoanzügen gedachte offene Kontrollkabine am anderen Ende des Schleppers. Aber noch ehe er sie erreichen konnte, versuchte Monitor 5 ihm erneut den Weg zu versperren.

»Ich will dir keinen Schaden zufügen«, sagte Derec. »Aufhalten kannst du mich nicht, du hast deine Pflicht getan, indem du es versucht hast. Geh jetzt beiseite.«

»Du versuchst, Selbstmord zu begehen. Ich bin unter diesen Umständen nicht gezwungen, deinen Befehlen zu gehorchen.«

»Ich versuche mich zu retten«, sagte Derec. »Wenn du wirklich willst, daß ich weiterlebe, dann tritt zur Seite und gib mir eine Chance.«

»Ich werde dich an einen sicheren Ort innerhalb der Siedlung bringen . . .«

»Dort gibt es keinen sicheren Ort!« brüllte Derec. »Verstehst du das denn nicht?«

»Ich kann nicht zulassen . . .«

»Und ich kann hier nicht rumstehen und darüber streiten«, sagte Derec. »Tut mir leid.«

Mit diesen Worten ließ er den rechten Greifarm des Anzugs in hohem Bogen herumschwenken, so daß er den Robot im Nacken traf und ihn umwarf. Doch Derec hatte kaum drei Schritte getan, als er auch schon wieder da war und nach der Notluke des Anzugs grabschte.

Diesmal griff Derec hinab und packte das rechte Bein des Robots, riß ihn hoch und ließ ihn auf den Rücken fallen. Derec erfaßte mit dem anderen Greifer das Fußgelenk und drückte fest zu, bis er Metall bersten hörte. Als er losließ, war das Bein des Robots verkrüppelt, sein Fuß merkwürdig abgewinkelt.

Derec stieg ungehindert in die offene Fahrerkabine. Als er von der Wand zurückstieß und den Schlepper auf die Rampe ausrichtete, sah er, daß Monitor 5 nach wie vor am Boden lag, wo er ihn zurückgelassen hatte, und vergeblich versuchte, den Schaden zu reparieren, den Derec angerichtet hatte. Seine

Sehschlitze verfolgten Derec und den Schlepper durch die Kuppel.

Er beobachtete ihn noch immer, mit irgendwie hilflosem und anklagendem Blick, als Derec den Schlepper nach oben durch die Schleuse und hinaus auf die Oberfläche steuerte.

# Kapitel 7

## Freund oder Feind

Nachdem er sich so lange unter der Oberfläche aufgehalten hatte, kam ihm die unendliche Weite des Weltraums recht fremdartig vor. Die Sonne, eine winzige orangefarbene Scheibe, stand tief am Himmel. Kaum zwanzig Grad über dem Horizont warf sie lange Schatten in die Bodensenken. Der Himmel selbst wurde von Sternen erhellt, doch kam Derec keiner der Planeten bekannt vor.

Er wußte nicht, wie lange es dauern würde, die Änderungen an dem Anzug vorzunehmen. Er wußte nur, daß die Umlaufbahn des Piratenschiffs es immer näherbrachte und daß er damit fertig sein mußte, ehe es eintraf. Außerdem wußte er, daß die Roboter ihn im kurzsichtigen Bemühen, ihn zu schützen, verfolgen würden. Ihm war, als ob sich die Klemmbacken eines Schraubstocks um ihn schlossen. Irgendwie mußte er sich freistrampeln oder sterben.

Er fuhr gerade weit genug über das zerklüftete, gefrorene Terrain, um sich von der potentiellen Zielscheibe, die der Zugang zum Komplex darstellte, abzusetzen. Dann parkte er den Schlepper im Halbschatten einer Talsohle und machte sich zu Fuß auf den Weg durch die Eiswüste. Obwohl er auf rasches Vorankommen verzichtete, indem er den Schlepper aufgab, enthielt das Gefährt mit ziemlicher Sicherheit einen Peilsender, der die Roboter direkt zu ihm führen würde.

Während Derec über das gefrorene Terrain wanderte und nach einem Ort für die Arbeiten an dem Anzug suchte, benutzte er den Rundstrahlsender des Anzugs, um eine Reihe von Notrufen abzugeben. Derec wußte nicht, ob sie über den Horizont reichten, und fürchtete, sie würden die Roboter zu ihm führen. Aber er mußte es versuchen, mußte den Piraten eine Chance und einen Grund geben, ihn zu retten.

»Offene Frequenz, Code 1. An alle Schiffe: Pilot gestrandet, Abholung erforderlich. Antwort erbeten, falls in Reichweite. An alle Schiffe . . .«

Schließlich entschied sich Derec für eine Spalte in einer Eisklippe, die sich in jene Richtung öffnete, aus der er gekommen war. Von dort hatte er einen einigermaßen guten Überblick über das Terrain, bis auf dort, wo es von größeren Felszacken und Erhebungen verdeckt wurde. Und er hatte freie Sicht auf den Himmel vom nordwestlichen bis zum nordöstlichen Horizont.

»Diagnostisches Verzeichnis«, sagte er.

Die untere Hälfte der blasenförmigen Sichtluke wurde undurchsichtig, und es erschien darauf eine Liste von Subsystemen in leuchtend gelber Schrift. Hastig überflog er die Aufstellung.

»Antriebssystem.«

Einer der Posten mitten auf der Liste flackerte zweimal kurz auf, dann wurde die gesamte Aufstellung durch eine andere ersetzt. Auf die gleiche Weise arbeitete Derec sich durch die Abfrageraster vor, bis Schaltplan und Steuerschema des untergeordneten Instrumentariums den Halbschirm mit einem Labyrinth feiner Linien überzog. Derec studierte sorgfältig das System und spitzte dabei die Lippen vor lauter Konzentration.

»Reinfall«, murmelte er schließlich.

Es war, wie er befürchtet hatte. Der Regler war kein Instrument, das sich leicht hätte abklemmen lassen. Er bestand aus eine Rückkopplungsschleife im Regelkreis der Beinservos. Die Schleife befahl der Anzugsteuerung: »Verhindere, daß die von den Fahrern eingesetzte Energieleistung *x* mal Dyn pro Sekunde übersteigt.« Rasch eingesetzte geringe Energiemengen waren akzeptabel, ebenso langsam zugeführte große Energiemengen. Viel Energie jedoch, rasch aufgebracht, war verboten.

Mit etwas mehr Zeit hätte sich vielleicht die Chance ergeben, das Subsystem neu zu programmieren. Doch unter den gegebenen Umständen half nur eine Radikalkur. Glücklicherweise waren die Anzüge auf Reparaturen vor Ort eingerichtet, eine Praxis, die manch einem Arbeiter das Leben gerettet hatte.

Die diversen »Hände«, die der Anzug einsetzen konnte, waren in ausgebeulten Taschen im Schenkelbereich untergebracht. Derec wählte einen beleuchteten Mikromanipulator für die rechte Hand und einen Punktschweißlaser für die linke.

Da bebte plötzlich der Boden und ließ eine kleinere Lawine aus langsam fallenden Partikeln auf das Kopfteil des Anzugs niederprasseln. »Klarsicht«, befahl er. Die Blase verwandelte sich zurück in ein Sichtfenster und enthüllte einen Anblick, der Derec frösteln ließ. Das angreifende Raumschiff hatte sich über den westlichen Horizont erhoben. Es schoß immer noch aufs Geratewohl, hinterließ immer noch einen Pfad der Zerstörung auf der Oberfläche des Asteroiden. Die Zeit wurde knapp.

»Subsystem Vierundzwanzig ausschalten.« Es war soweit: Er hatte sich unwiderruflich festgelegt. Mit den Beinreglern außer Betrieb, konnte Derec sich nicht mehr fortbewegen.

Genauigkeit mit dem winzigen Laser war jetzt absolut entscheidend. Ein einziger Fehlschuß konnte genügend Schaltkreise zerstören, um die Funktion des Anzugs auf Dauer zu beeinträchtigen.

Mit Hilfe der Zielführung des Anzugs beendete Derec die Arbeit am rechten Bein, ohne daß ein Mißgeschick passierte. Doch als er soweit war, mit dem linken anzufangen, hatten die Vibrationen der stärkeren Explosionen derart zugenommen, daß seine Zielgenauigkeit beeinträchtigt wurde. Während er so dastand und das Beben zu überlisten versuchte, mischte sich eine vertraute Stimme ein:

»Derec, hör bitte zu. Derec, du darfst nicht weitermachen. Das ist Wahnsinn . . .«

Zweihundert Meter entfernt stand am Hang der Erhebung direkt nördlich von ihm ein Robot. Es war Monitor 5, der mit den Armen ruderte und direkt auf Derec zukam. Er bewegte sich mühelos; von dem Schaden, den Derec seinem Bein zugefügt hatte, war nichts zu bemerken.

Zugleich sah Derec, daß das Beben deshalb stärker wurde, weil das Piratenschiff viel näher herangekommen war, als er erwartet hatte, und nun beinahe direkt über ihm schwebte. Wieder saß er fest zwischen den Piraten, die ihn retten würden, indem sie ihn umbrachten, und den Robotern, die ihn umbringen würden, indem sie ihn retteten.

»Hau ab! « zischte Derec.

»Derec, du mußt in den Bau zurückkehren. Hier schwebst du in Gefahr.«

Das Piratenschiff schien auf den Robot aufmerksam geworden zu sein, denn die Ebene zwischen Monitor 5 und der Klippe, wo Derec stand, geriet plötzlich unter gezieltes Laserfeuer. Das waren nicht die Hochleistungswaffen, die den Boden erschütterten, und erfreulicherweise schienen es die Schützen nicht auf Derec abgesehen zu haben. Ein Schuß brachte die Kuppe der Erhebung hinter dem Robot zum Verdunsten. Ein zweiter hob zwischen dem Robot und Derec einen tiefen Graben aus.

Derec glaubte nicht, daß sich Monitor 5 dadurch aufhalten lassen würde, und er hatte recht. Der Robot kletterte in den Graben, noch ehe die Gaswolke sich verflüchtigt hatte, und Derec verlor ihn aus den Augen.

Er konnte es sich nicht leisten, um den Robot besorgt zu sein. Mit entschlossen vorgeschobenem Kinn machte Derec sich wieder an die Arbeit am linken Nebenregler. Er verließ sich voll und ganz auf die Außenversteifung und die Bedienungsautomatik des Anzugs, um den Vorgang zu beschleunigen. Die drei unerwünschten Schaltungen verschwanden in winzigen Wölkchen atomisierten Metalls. Die zwei parallelen Leitungen verschmolzen zu einer.

»Derec!« rief plötzlich Monitor 5. »Es ist hier! Im Eis! Ich hab's gefunden!«

Derec blickte auf. Die Schüsse hatten aufgehört, und der Robot war nicht zu sehen. »Frontplatten schließen«, sagte er, dann fuhr er mit der Zunge über den Sendeschalter. »Monitor 5, verzieh dich zurück in die Anlage. Hier draußen kannst du nichts für mich tun.«

In diesem Augenblick erschien ein metallener Arm am oberen Rand des Grabens, mit einem kleinen silbrigen Gegenstand in der Hand. Kurz darauf kämpfte sich Monitor 5 aus der Vertiefung. Er hielt auf Derec zu und streckte dabei das silbrige Objekt mit einer Hand triumphierend hoch.

»Dies ist der Schlüssel, Derec. Du mußt ihn nehmen . . .«

Der Triumph des Robots währte nicht lange. Das Piratenschiff schwebte nun als drohende Masse direkt über ihnen. Monitor 5 hatte kaum einen Schritt getan, da setzte das Laserfeuer von neuem ein. Rote Zielstrahlen tanzten wie Scheinwerfer auf einer Bühne um ihn über das Eis.

Einen Moment lang sah es so aus, als werde der Robot der Zerstörung entgehen. Doch dann hinterließ, zwölf Schritte vom Fuß der Klippe entfernt, einer der Laser eine glühende Spur auf dem Torso des Robots. Gleich darauf verschwand Monitor 5 in einer lautlosen Explosion aus blaugrünen Flammen und schmelzendem Metall.

Er verschwand — doch nicht vollständig. Die Explosion ließ Trümmer in sämtliche Richtungen fliegen. Einer der größten, der sich so rasch drehte, daß Derec nicht erkennen konnte, woraus er bestand, kam auf ihn zugetrudelt. Als er auf dem Boden auftraf und rutschend zum Halten kam, sah Derec, um was es sich handelte: um den rechten Arm von Monitor 5, vom Schultergelenk bis zu den Fingerspitzen.

Und die Finger hielten nach wie vor das schimmernde Silberobjekt fest — ein Rechteck von etwa fünf mal fünfzehn Zentimeter, so groß wie eine Fernbedienung oder eine Speicherkassette.

Konnte dies der Gegenstand sein, den die Roboter die ganze Zeit so fieberhaft gesucht hatten? Wenn ja, warum hatte dann die letzte Handlung von Monitor 5 in dem Versuch bestanden, ihn Derec zu übergeben?

Einen Moment zögerte Derec. Das Objekt zu bergen bedeutete zusätzliches Risiko bei einem ohnehin schon allzu riskanten Unternehmen. Aber er wußte, daß er es unmöglich einfach dort liegenlassen konnte. Derec riß die spezialisierten Endaufsätze aus den Anzugärmeln und beeilte sich, die Vielzweckgreifer wieder einzusetzen.

»System Vierundzwanzig einschalten«, schnauzte er, und

die einsame rote Lampe am Kontrollpult des Anzugs zeigte Grün an.

Sein Abstieg den Hang hinunter zu jener Stelle, wo der Arm ruhte, war bestenfalls ein kontrollierter Sturz. Mit seinen ruinierten Beinservos konnte Derec das Schrittempo nicht mehr abstimmen. Aber er schaffte es bis dorthin, griff mit der rechten Hand nach dem Arm samt Gegenstand und schloß den Greifer.

Derec richtete sich auf und warf einen Blick nach oben, um Entfernung und Neigungswinkel des Piratenschiffs zu taxieren. Er hob die Füße von den Bedienungspolstern, und der Anzug ging in Kauerstellung. Er rammte die Füße mit aller Kraft hinab, und die mächtigen Beine des Anzugs stießen sich mit all ihrer ungezügelten Kraft vom Boden ab. Wie ein winziges Raumfahrzeug flog der Servoanzug von der Oberfläche auf und trug Derec einem Rendez-vous mit dem Piratenschiff entgegen.

Wie auch immer, ich komme an Bord . . .

Plötzlich schien die gesamte Oberfläche des Asteroiden zu erzittern und sich im Krampf aufzubäumen. Die Roboter hatten endlich ihren Selbstzerstörungsmechanismus ausgelöst, und die Explosion schickte einen Hagelschauer von Fragmenten aus, der an Raumschrapnellfeuer erinnerte.

Beinahe augenblicklich erwachten die Waffentürme des Piratenschiffs zum Leben. Zunächst dachte Derec, daß sie auf ihn zielten, daß sie ihn abschießen wollten, ehe er sich in der Flut von Eis- und Felsbrocken verlor, die der Asteroid ausgeworfen hatte. Dann hatte es den Anschein, als zielten die Schützen auf die Trümmer, von denen die kleineren und beweglicheren ihn bereits überholten.

Wie ihr Ziel auch aussehen mochte, der Endeffekt war der gleiche. Als er noch etwa hundert Meter vom Schiff entfernt war und Ausschau nach einer Stelle zu halten begann, wo er mit der freien Hand ankoppeln konnte, überzog sich die gesamte blasenförmige Gesichtsplatte des Anzugs mit einem bläulichen Licht, das wie etwas Lebendiges in alle Richtungen davonkrabbelte.

Derecs Glieder wurden taub, und seine Sinne verwirrten sich. Er hatte eben noch Zeit, *Nicht schon wieder!* zu denken, ehe auch schon das Licht ausging und ihn wieder einmal Finsternis umgab.

Ungeachtet des Tumults, der geherrscht hatte, als er ohnmächtig wurde, kam Derec ruhig und gelassen zu sich. Er konnte nicht sagen, wie lange er bewußtlos gewesen war, aber es mußten mehr als ein paar Minuten gewesen sein. Er war nicht mehr draußen vor dem unbekannten Schiff. Auch im Anzug steckte er nicht mehr. Statt dessen lag er rücklings auf harten Decksplatten und starrte zu einer Decke voller niedriger Türen empor.

Derec stützte sich auf die Ellbogen und nahm seine Umgebung in Augenschein. Er befand sich in einem schmalen Raum, beinahe ein Korridor. Die Längswände waren mit weiteren Türen bedeckt — Lagerbehälter? — und an jedem Ende gab es einen Ausgang — oder zumindest eine hohe Ellipse aus Metall, bei der es sich um einen Ausgang handeln konnte.

Derec hielt sich nicht lange damit auf, sich über die Ausgänge oder den Inhalt der Vorratsbehälter zu wundern. Ein großes Tier mit braun und golden geflecktem Pelz kauerte in seiner Nähe auf der Hinterhand und beobachtete Derec. Es erinnerte ihn an einen Hund, wie ein klein geratener Bernhardiner mit den wachsamen Augen eines Wolfs. Aber das Gesicht war zu flach, die Ohren zu hoch und spitz, und die Vorderbeine endeten nicht in Pfoten, sondern in grauhäutigen Wurstfingern.

Worum es sich auch handeln mochte, er hatte so etwas noch nie gesehen. Langsam, um das Tier nicht zu beunruhigen, setzte Derec sich auf. Da kroch auch das Tier einen Schritt näher und legte den Kopf schief.

»Alless in Orrrdnung?« fragte es mit gutturaler Stimme.

Derec hätte nicht überraschter sein können, wenn sich das Tier plötzlich aufgelöst und in einen Schmetterling verwandelt hätte. Nicht nur Sprache, sondern Standardsprache — wenn auch mit komischem Akzent ...

»Ich — ich denke schon«, stammelte er.

»Iss gut«, sagte das Tier. »Da frrreut sich Aranimas bestimmt. Er wollt' dich nicht verrrletzen.«

»Das garantiert man am ehesten dadurch, daß man nicht auf Leute schießt.«

»Hätten wir auf dich geschossen, hätten wir dich auch getrrroffen«, sagte das fremde Lebewesen mit einem Zähnefletschen, das man als Lächeln oder auch als Drohgebärde hätte deuten können.

Auch wenn dies mißverständlich war, so waren doch andere Aspekte der Körpersprache eindeutiger. Die geduckte Haltung des Fremden machte auf Derec den Eindruck, als sei sie dazu gedacht, rasch zum Sprung anzusetzen. Im Sitzen war Derec in bezug auf Beweglichkeit und Reichweite im Nachteil, eine Tatsache, die ihm deutlich bewußt wurde, als er dem Blick des Fremden begegnete. Ihre Augen waren auf gleicher Höhe, aber Derec fühlte sich bedroht, eingeschüchtert.

Immer noch ganz langsam tastete Derec nach der Wand hinter sich und zog sich daran hoch. Die einzige Reaktion des Fremden bestand darin, daß er sich ebenfalls aufrichtete. Im Stehen reichten die Ohrenspitzen des Fremden Derec nur bis an die Brust, und der psychologische Beruhigungseffekt, größer zu sein, machte sich bei Derec bemerkbar.

»Was bist du?« verlangte er zu wissen.

»Dein Frrreund«, sagte der Fremde. »Was willst du ssonst noch wissen?«

»Es gibt einhundertvierzig kolonisierte Welten, aber so was wie dich gibt es nirgendwo.«

»Wo ich herkomme, gibt'ss zweihundert kolonisierte Welten, aber sso was wie dich gibt es nirrrgendwo«, sagte der Fremde und verzog wieder das Gesicht. Unter diesen Umständen war wohl eher ein Lächeln angebracht, und Derec entschied, daß es sich um ein solches handeln mußte. »Komm, Aranimas warrrtet.«

»Wer ist Aranimas?«

»Aranimas iss' Herr vom Schiff. Wirrrst schon seh'n«, sagte der Fremde, wandte sich ab und ging auf die hintere Tür zu.

»Warte«, rief Derec. »Wie heißt du?«

Der Fremde blieb stehen und drehte sich um. Er machte den Mund auf, und heraus kam ein Schwall von Lauten, die in keinem menschlichen Alphabet vertreten waren — wie ein

Knurren, unterbrochen von Zisch- und anderen Lauten, die sich wie das Platzen von Seifenblasen anhörten. Dann verzog der Fremde lächelnd das Gesicht. »Kannst du ’ss aussprechen?«

Derec schüttelte verlegen den Kopf. »Nein.«

»Dacht’ss mir. Dann komm. Iss’ unklug, Aranimas warrrten zu lassen.«

Mit flinken, ausgreifenden Schritten führte der Fremde Derec durch drei weitere Abschnitte, die mit jenem identisch waren, in dem er aufgewacht war. Derec wunderte sich flüchtig darüber, wie wenig sein Begleiter und die Bauart des Schiffs, auf dem sie sich befanden, zueinander paßten. Die oberen Lagerbehälter waren hoch über Derecs Kopf angeordnet; er bezweifelte, daß er sie hätte erreichen können, selbst im Sprung. Falls der caninoide Fremde nicht über die Behendigkeit eines terrestrischen Primaten verfügte, würde er eine Leiter brauchen, um an den Inhalt heranzukommen.

Rationelle Platzausnutzung — grauenhaftes ergonomisches Design, dachte Derec kritisch.

Sie gelangten zu einem winzigen sechseckigen Raum, kaum groß genug, daß sie beide darin stehen konnten. Es schien sich um einen Knotenpunkt zwischen kreuzenden Korridoren zu handeln, da in sämtliche Wände identische Türen eingelassen waren. Der Fremde hielt an, um Derec aufholen zu lassen, dann setzte er geradeaus seinen Weg fort.

»Wo führen die anderen Türen hin?«

»Kann ich dir nicht verraten«, sagte der Fremde fröhlich.

Jenseits der Kreuzung nahm das Innere des Schiffs einen anderen Charakter an. Es gab noch genauso viele Wände und enge Stellen, aber die Wände bestanden entweder aus einem groben Geflecht, beinahe wie Zaunmaterial, oder sie verfügten über große, fensterartige Einschnitte. Gemeinsam ergaben das Geflecht und die Einschnitte lange Sichtlinien und das Gefühl, sich nicht in engen, sondern in großen, betriebsamen Räumen aufzuhalten.

Der größte Abschnitt dieses Decks schien direkt vor ihnen zu liegen. Als er über die Schulter des Fremden nach vorn spähte, hatte Derec kurz Ausblicke auf etwas, das ein Kontrollzentrum zu sein schien, und auf eine Gestalt, die mit dem Rücken zu ihnen vor dem Instrumentenpult saß. Diese Gestalt hatte vertraute und menschliche Züge und wirkte zugleich irgendwie unwirklich und beunruhigend.

Als der Caninoide ihn ins Kontrollzentrum führte, wußte Derec sogleich, warum er derart widersprüchliche Eindrücke empfangen hatte und für wen — oder was — die Vorratskorridore gebaut worden waren. Der am Pult sitzende Fremde war entschieden humanoid, und Derec konnte ihn mit menschlichen Begriffen beschreiben — schlanker Körperbau, dünner Hals, beinahe haarloser Kopf, blasse Haut.

Aber schon im Sitzen war Aranimas so groß wie Derec, und er hatte Arme wie die Flügelspanne eines Kondors. Die gesamte hufeisenförmige Konsole, gut dreimal so breit wie eine menschliche Armspanne, war für ihn bequem erreichbar.

Jenseits und oberhalb von Aranimas befand sich ein riesiger gerundeter Bildschirm, auf den acht verschiedene Ansichten der Asteroidenoberfläche projiziert wurden. Die meisten waren mit blaulinierten Zielrastern belegt und mit kleinen Zeichen, die Derec für Zahlen hielt. Einige der Zeichen wechselten ständig, andere schienen nur auf Aranimas' über das Pult gleitende Hände und auf die endlose Folge von Explosionen und Erdrutschen auf der Oberfläche zu reagieren.

»Praxil, denofah, praxil mastica«, sprach er soeben, offenbar in ein Mikrophon. »Deh feh opt spa, nexori.«

Derec trat einen Schritt vor. »Aranimas?«

Der Fremde drehte den Kopf leicht nach links, und Derec lief ein Schauer über den Rücken. Das eidechsenartige Auge, das seinen Blick erwiderte, saß in einer Ausbuchtung an der Seite von Aranimas' Kopf. Von hinten hatte Derec die Augenwülste mit Ohren verwechselt.

»Ssscht!« sagte der caninoide Fremde nervös, packte Derecs Hand und zog ihn zurück. »Nicht den Boß sstören. Der rrredet mit dir, wenn er soweit iss'.«

Aranimas wandte sich erneut seiner Aufgabe zu und sprach weiter. Derec hatte den Eindruck, daß er Befehle gab, rügte, Verweise erteilte, Ziele zuwies und Schützen einteilte. Nichts regte sich an der Oberfläche, nichts darunter, und doch ging das Gemetzel weiter.

Nachdem er einige Minuten zugesehen hatte, konnte Derec sich nicht länger beherrschen. »Dort unten ist nichts mehr«, platzte er heraus. »Die haben alles hochgehen lassen. Wozu soll das alles gut sein?«

»Zur Übung«, sagte Aranimas. Seine Stimme war hoch, und er rollte den R-Laut.

Weitere zehn Minuten ging es so weiter, Energie im Werte von einer Million Watt verschwendet an eine verlassene, unbelebte Welt. Dann fuhr Aranimas mit den Fingerspitzen über eine Reihe von Schaltern, und die Schirme leerten sich.

»Rijat«, sagte er und drehte seinen Sessel, so daß er ihnen zugewandt war. »Wie lautet dein Name?«

»Derec.« Nur eines von Aranimas' Augen war auf ihn gerichtet, das andere blickte einfach umher. Derec konnte sich nicht vorstellen, wie es wäre, die Welt auf diese Weise zu betrachten. Ob das Gehirn des Fremden wohl hin- und herschaltete zwischen den beiden Eingaben, wie ein Regisseur, der eine Kameraeinstellung auswählt? Oder integrierte es beide Eindrücke irgendwie zu einem Ganzen?

»Was du da benutzt hast, um mein Schiff anzugreifen«, fuhr Aranimas fort. »Was war das für eine Vorrichtung?«

»Ein servoverstärkter Arbeitsanzug — umgebaut, so daß die Beinservos mit voller Kraft arbeiten konnten. Aber ich habe dich nicht angegriffen. Ich war auf der Flucht.«

Aranimas' anderes Auge drehte sich nach vorn und stellte sich auf Derec ein. »Warst du ein Gefangener?«

»Ich war in einer Rettungskapsel auf dem Asteroiden gestrandet. Die Roboter haben mich gefunden, und dann wollten sie mich nicht mehr fortlassen. Ich mußte ihnen die Ausrüstung stehlen, um zu entkommen.«

»Und woher kamst du, ehe du gestrandet bist?«

»Das weiß ich nicht«, sagte Derec stirnrunzelnd. »Ich kann mich an nichts erinnern, was davor war.«

»Lüg ihn nicht an«, raunte der Caninoide. »'ss bringt ihn in Rrrage.«

»Ich lüge nicht«, sagte Derec indigniert.

»Soweit ich mich erinnern kann, habe ich vor fünf Tagen

noch nicht existiert. Mehr weiß ich nicht darüber, wer ich bin.«

Während Derec sprach, griff Aranimas in die Falten seines Gewandes und holte einen kleinen goldenen Stift hervor. Als er ihn sah, duckte sich der Caninoide und wandte sich halb ab.

»Oh, nein«, winselte er. »Zu sspät.«

Aranimas deutete mit dem Stift auf Derec, und über die gesamte Oberfläche von Derecs Hand begann ein blaßblaues Licht zu tanzen. Er schrie vor Schmerzen und ging in die Knie. Es war, als hätte er die Hand in einen glühenden Brennofen gesteckt, nur daß keine Hautpartien zerstört und keine Nervenenden abgetötet wurden. Nur der Schmerz dauerte an und raubte ihm alle Kraft, bis ihm selbst die Schreie in der Kehle stockten, zu schwach geworden, um sich daraus hervorzuringen.

»Ich kenne einige der Regeln, nach denen man Roboter und Menschen im Zaum hält«, sagte Aranimas, während Derec sich auf dem Boden wand. »Menschen bauen Roboter, um sich bedienen zu lassen. Roboter befolgen menschliche Anweisungen. Wenn du der einzige Mensch auf diesem Asteroiden warst, dann folgt daraus, daß die Roboter deinem Kommando unterworfen und deinen Zwecken dienlich waren.«

Aranimas richtete den Stift zur Decke, und das blaue Glühen verschwand. Mit ihm verschwand der Schmerz, bis auf die Erinnerung daran. Derec lag auf der Seite und schnappte mit mächtigen, keuchenden Atemzügen nach Luft.

»Ich werde erfahren, wer du bist und was du über den Gegenstand weißt, den du mit an Bord gebracht hast«, sagte Aranimas ruhig. »Um dem Schmerz ein Ende zu machen, mußt du mir nur die Wahrheit sagen.«

Mit einem Gesicht, das ebenso ausdruckslos war wie seine Stimme, richtete Aranimas den Stift erneut auf Derec.

# Kapitel 8

# Die Loyalitätsprobe

Irgendwann war es vorbei. Doch da war Derec nicht mehr in der Verfassung, klar zu verstehen, warum Aranimas aufgehört hatte, ihn zu foltern. Nur undeutlich war er sich der Tatsache bewußt, daß Aranimas sich entfernte und daß der Caninoide ihn vom Kontrollzentrum fortzerrte.

Unfähig, sich zu wehren oder mitzuhelfen, wurde er in einen anderen Sektor des unterteilten Großraums gebracht und auf eine dünn gepolsterte Bank gelegt. Halb ohnmächtig daliegend, nahm er manchmal die Gegenwart des Caninoiden wahr, der bekümmert neben ihm ausharrte, und manchmal nichts als die eigene Verwirrtheit und Erschöpfung.

In einem lichten Moment wurde er gewahr, daß ihm der Fremde eine Schale mit einer wäßrigen Flüssigkeit hinhielt, und kämpfte sich, auf einen Ellbogen gestützt, mühsam hoch.

»'Ss wär' besser, du verrrätst Aranimas, was er wissen will«, raunte der Caninoide, als er ihm die Schale reichte.

Derec senkte den Kopf und griff nach der Schale. Seine rechte Hand zitterte unkontrolliert, daher mußte er die linke gebrauchen, um die Schale festzuhalten, während er an der kühlen Flüssigkeit nippte. Sie war süß, wie verdünnter Honig, und brachte Linderung für seine wunde Kehle.

»Wie zäh, glaubst du, sind wir Menschen?« krächzte er. »Wenn ich etwas wüßte, hätte ich es ihm in den ersten fünf Minuten gesagt. Wenn er so weitermacht, wird er mich umbringen. Warum glaubt er mir nicht?«

Der Caninoide sah sich ängstlich um, ehe er antwortete: »Kennst du Narwe?«

Derec wußte nicht zu sagen, ob es sich um den Namen einer Gattung oder den eines Individuums handelte, aber das hatte keine Auswirkungen auf seine Antwort. »Nein.«

»Aranimas kennt Narwe. Narwe muß man zwingen, ehrlich zu sein. Wenn man Narwe etwas frrragt, lügt es oder tut so, als verrrsteht es nicht, oder täuscht Verrrgessen vor. Man muß Narwe nur weh genug tun, dann verrrät er alles.«

»Ich bin kein Narwe!« protestierte Derec schwach. »Ist er zu dumm, das zu erkennen?«

»Aranimas glaubt, du wendest Narweschliche an«, sagte der Caninoide. »Außerdem iss' Aranimas sehr böse.«

»Warum ist er auf mich böse? Ich hab' ihm nichts getan.«

»Wenn Aranimas böse iss, geht'ss allen schlecht«, sagte der Fremde. »Die Schützen waren nicht befugt, das Rrroboternest zu zerstören.«

»Haben sie auch nicht. Das waren die Roboter selbst.«

»Egal. Aranimas wollte Rrroboter einfangen, damit sie für ihn arrrbeiten.«

Derec schloß die Augen und lehnte sich zurück. »Ich fürchte, da gibt es nicht viel einzufangen.«

»Aranimas iss' nachsehen gegangen, was die Bergungsmannschaft mitgebrrracht hat«, sagte der Fremde. »Falls es tatsächlich nicht viel iss', wirrrd er danach noch schlimmerer Laune sein.«

»Kannst du mir nicht helfen?« flehte Derec. »Du glaubst mir doch, nicht wahr?«

»Nicht meine Aufgabe, zu glauben oder nicht zu glauben.« Der Caninoide zuckte die Achseln. »Kann nicht helfen.«

Seufzend ließ sich Derec wieder auf den Rücken sinken und schloß die Augen. »Dann wird er mich töten, weil ich ihm nichts verraten kann. Und das ist vielleicht gut so.«

Der Caninoide nahm Derec die Schale ab und stand auf. »Typischer Narwegedanke. Laß das bloß Aranimas nicht hören.«

Im Halbschlaf wurde Derec erst auf Aranimas' Rückkehr aufmerksam, als dieser ihn am Arm packte und grob in Sitzstellung hochzerrte.

»Es ist Zeit, mit den Spielereien aufzuhören«, sagte Aranimas. »Ich verliere allmählich die Geduld.«

»Das waren Spielereien?« fragte Derec leichthin. »Ihr Leute habt komische Vorstellungen, was spielen heißt. Erinnere mich bitte daran, daß ich mich nicht darauf einlasse, Mensch-ärgere-dich-nicht gegen dich zu spielen.«

Da schloß der Caninoide, der wenige Meter entfernt in

einem Durchgang hockte, die Augen und begann den Kopf zu schütteln. Aranimas' Reaktion bestand darin, daß er den Stift aus seinem Gewand hervorholte.

»Warte«, sagte Derec rasch und streckte ihm die Handfläche entgegen. »Das da brauchst du nicht.«

»Hast du dich doch noch entschlossen, mich an deinem Wissen teilhaben zu lassen?«

»Dazu war ich die ganze Zeit schon bereit. Nur wolltest du nicht haben, was ich zu bieten hatte.«

»Ich muß unbedingt wissen, wer du bist und was du über den Gegenstand weißt, den du mitgebracht hast«, sagte Aranimas.

Derec ließ sich von der Bank gleiten und schaffte es, aufzustehen. Zwar überragte Aranimas ihn immer noch, aber im Stehen fühlte er sich wohler. »Tatsache ist, daß du soviel wie ich darüber weißt, wer ich bin, und es würde mich nicht überraschen, wenn du mehr als ich über den silbernen Kasten wüßtest. Aber es gibt etwas, worüber ich mehr weiß als du, nämlich über Roboter. Wie ist deine Suchaktion verlaufen?«

Eins von Aranimas' Augen warf einen unheilvollen Blick auf den Caninoiden, der daraufhin die Schultern hochzog und in den Durchgang zurückwich. »Sie haben nur Bruchstücke mit zurückgebracht«, sagte Aranimas. »Deine Roboter sind bei ihrer Selbstzerstörung sehr gründlich vorgegangen.«

»Das waren nicht meine Roboter«, sagte Derec. »Aber wie wär's, wenn du mir zeigen würdest, was du hast?«

Aranimas ließ die Arme sinken und massierte mit den Händen langsam seine Knie, während er Derecs Vorschlag erwog. »Ja«, sagte er schließlich. »Das wird ein guter Testfall für deine Absichten und deine Nützlichkeit. Ich werde veranlassen, daß du mir einen Robot baust.«

Derec wurde blaß. »Was?«

»Wenn du wirklich nicht weißt, wer du bist, dann hast du keinem anderen Herrn gegenüber irgendwelche Loyalitäten oder Verpflichtungen. Wenn du mir einen Robotdiener gebaut hast, werde ich wissen, daß du dich damit abgefunden hat, mir zu dienen.«

Derec hütete sich, ausgerechnet in diesem Moment eine Rede über Freiheit und Selbstbestimmung zu halten, doch konnte er Aranimas' Bedingungen auch nicht so einfach akzeptieren. »Was ist, wenn es mir nicht gelingt, dir aus dem, was du hast, einen Robot zu bauen? Ich habe gesagt, daß ich eine Menge über sie weiß. Ich habe nicht behauptet, ich könnte einen aus der Luft zaubern. Ich brauche bestimmte Grundkomponenten . . .«

»Wenn du versagst, werde ich wissen, daß du entweder unzuverlässig oder von keinerlei Nutzen für mich bist«, sagte Aranimas, »und daß es sich nicht lohnt, kostbare Verbrauchsgüter damit zu vergeuden, daß ich dich am Leben erhalte.«

Derec schluckte mühsam. »Worauf warten wir noch? Zeig mir dein Inventar.«

Aranimas hatte das Problem nicht unterschätzt, als er das, was die Plünderer vom Asteroiden geborgen hatten, mit dem Begriff »Bruchstücke« belegt hatte. Ich hätte es Schrott genannt, dachte Derec, während er im Laderaum des Schiffs stand und die spärliche Beute der Piraten begutachtete. Das größte intakte Teil war jenes, das Derec selbst mit an Bord gebracht hatte — der Arm von Monitor 5. Das nächstgrößte war das Kniegelenk eines Überwachers. Möglicherweise stammte es ebenfalls von Monitor 5.

Kein anderes Stück war größer als Derecs Handfläche: ein stark angesengter Gangregler, ein optischer Sensor mit gesprungener Linse, Trümmer von Bauteilen ähnlich den Scherben zerbrochener Tonwaren. Positronengehirne oder Mikrofusionsgeräte waren nicht vorhanden — die beiden absolut unverzichtbaren Bestandteile.

*»Hier kann man die Roboter noch erblicken, fein geschroten und in Stücken«*, dachte er. »Ist das alles, was du hast?« erkundigte er sich bedrückt.

Glücklicherweise war es nicht alles. In einem der Staukorridore wurden ihm zwei hohe Spinde gezeigt, von denen jeder einen beinahe intakten Robot enthielt.

»Wie ich sehe, ist das nicht erst neuerdings ein Hobby von dir«, sagte Derec und trat vor, um die Kollektion in Augenschein zu nehmen. Die Roboter waren von bekannter Bauart und für den Hausgebrauch bestimmt. Er würde mehr darüber erfahren, woher sie stammten und wozu sie gebraucht worden waren, wenn er sich mit dem Mikrosuchgerät die Schilder mit den Seriennummern ansah, die an verschiedenen Stellen am Körper der Roboter angebracht waren. Klar war jedenfalls, daß er nicht der erste Mensch war, dem die Piraten begegnet waren.

Es schienen ausreichend geeignete Bauteile vorhanden zu sein, um etwa eineinhalb Roboter herzustellen.

Da dem einen Robot der Kopf fehlte, gab es jedoch nur ein Positronengehirn — ohne Garantie, daß es funktionstüchtig war. Der Rumpf des anderen war an der Brust aufgerissen und die rechte Schulter wie unter intensiver Hitze verzogen. Das bedeutete nicht nur wenig Hoffnung für die Komponenten im Rumpf, sondern auch, daß die Abschaltung des Gehirns alles andere als ordnungsgemäß erfolgt war.

Aber zumindest gab es etwas, mit dem sich arbeiten ließ und eine wenn auch geringe Erfolgschance. Derec trat von den Spinden zurück, drehte sich um und blickte zu Aranimas hoch.

»Und was hast du in Sachen Konstruktionswerkstatt zu bieten?« fragte er mit eher vorgetäuschter Munterkeit. »Ich bin bereit, an die Arbeit zu gehen.«

Aranimas nickte feierlich. »Ich werde dir die Möglichkeit dazu verschaffen.«

Derecs Frage nach einem Arbeitsplatz zu beantworten, hieß tiefer in das verwirrende Labyrinth des Piratenschiffs vordringen. Anders als im Asteroiden war es Derec hier unmöglich, sich zu orientieren. Es gab keine erkennbare Systematik und zuviele Abzweigungen. Sobald er nicht mehr feststellen konnte, wo in bezug zum Kommandozentrum er sich befand, war es aus.

Ohne seinen Standort bestimmen zu können, sammelte Derec doch wichtige Informationen. Er erfuhr, daß in verschiedenen Teilen des Schiffs leicht abweichende atmosphärische Bedingungen herrschten, und daß die Staukorridore als Schleusen zwischen ihnen dienten. In einem der Sektoren lag etwas in der Luft, was Derec das Gefühl gab, ein Fellball habe sich in seiner Kehle verfangen. In einem anderen rannen Aranimas gelbliche Tränen aus den Augen. Nur der Caninoide schien sich in jeder Atmosphäre heimisch zu fühlen.

Das Schiff war nicht nur ein Labyrinth, sondern auch ein Zoo, bevölkert von mindestens vier unterschiedlichen Gattungen. Derec sah fünf Angehörige von Aranimas' Spezies; den Aktivitäten nach zu urteilen, mit denen Derec sie beschäftigt sah, waren sie allesamt von hohem Rang. Seltsamerweise schien der Caninoide der einzige seiner Art an Bord zu sein.

Am zahlreichsten waren die schmalgesichtigen Narwe, von denen Aranimas mehrere eingesetzt hatte, um die Roboterteile zu tragen. Die Narwe waren kleine kahlköpfige Zweibeiner mit knorrigen Schädelwülsten, die wie Hornauswüchse aussahen, wodurch sie gewalttätig und finster wirkten. Aber das war eindeutig Mimikry, denn Aranimas und der Caninoide knufften und drangsalierten die Narwe gleichermaßen ohne jede Angst.

Die vierte Spezies war die interessanteste und am wenigsten zugängliche. In jenem Sektor, wo Aranimas die Augen tränten, erspähte Derec ein merkwürdiges fünfgliedriges Lebewesen, das sich, einem riesigen Seestern ähnelnd, an der Wand festklammerte. Es zog sich zurück und war verschwunden, als sie näherkamen.

So fasziniert Derec von dieser Parade fremdartiger Biologie auch war, machte er sich doch Sorgen über die beiläufige Kontaktaufnahme mit ihnen. Sein Körper beherbergte eine reichhaltige biologische Gemeinschaft: Bakterien, Viren, Pilze und Parasiten. Er hoffte, daß die Unterschiede zwischen ihm und den Fremden groß waren. Je ähnlicher ihre Grundstruktur der seinen war, desto größer war das Risiko, daß seine Symbioten ihnen gefährlich werden konnten, und ihm die ihren.

Er konnte nur hoffen, daß Aranimas entweder Vorsichtsmaßnahmen ergriffen oder festgestellt hatte, daß keine Vorbeugung erforderlich war. Er gründete diese Hoffnung auf die Tatsache, daß die Piraten offenbar schon mehrfach Kontakt mit Menschen gehabt hatten. Die geraubten Roboter und die Beherrschung der Standardsprache bewiesen das.

Aber dies war ein weiteres Rätsel für seine immer länger

werdende Liste. Derec war sicher, daß die Menschen noch nie einer fremden intelligenten Lebensform begegnet waren, geschweige denn vieren.

Bedeutete die Anwesenheit der Piraten etwa, daß er sich weit draußen am Rande des von Menschen belebten Raums befand? Oder hatte man das Wissen um derartige Begegnungen zum Staatsgeheimnis gemacht? Waren sie nun Piraten oder Prospektoren oder Pioniere? Waren sie vielleicht auf der Suche nach dem gleichen Objekt, wie die Roboter? Und nachdem sie es gefunden hatten, brachten sie ihn nun in ihre Heimat oder in seine?

Dies waren Fragen mit ernsten Konsequenzen. Die Spannungen zwischen der Erde und den Spacern waren auch ohne die Lage komplizierende Zufallsfaktoren hoch genug. Ein Angriff, wie Derec ihn miterlebt hatte, auf eine der vielen von Menschen bewohnten Welten — das konnte Krieg bedeuten.

Was Derec wieder auf den silbernen Gegenstand brachte. Falls er wirklich so wichtig war, wie es die Suche der Roboter nahelegte, falls er so leistungsfähig oder so bedeutend war, daß er die Piraten angelockt hatte, dann war er zu wichtig, um ihn den Piraten zu überlassen. Sosehr es ihm mißfiel, über anderer Leute Probleme statt über seine eigenen nachzudenken, war Derec doch verpflichtet, den Versuch zu unternehmen, ihn für die Menschheit zurückzuerobern.

Glücklicherweise lag das Laboratorium in einem Abschnitt mit normaler Atmosphäre, obwohl die Luft ein wenig zu warm und trocken war. Während Aranimas sich in einem Sessel niederließ und die Narwe dabei beaufsichtigte, wie sie die Roboterteile an den freien Stellen auf dem Boden verteilten, durchstöberte Derec die Arbeitsfläche und die Wandregale, während der Caninoide seine Fragen beantwortete. Als er damit fertig war, waren die Narwe verschwunden.

»Erkläre jeden Schritt, während du ihn ausführst«, sagte Aranimas und verschränkte die Arme, als wolle er sich häuslich niederlassen.

»Hast du vor, hier rumzusitzen und mich zu beobachten?«

»Ich habe vor, zu erfahren, was du weißt.«

»Dann hoffe ich nur, daß du zur geduldigen Sorte gehörst«, sagte Derec.

»Nach eigener Darstellung hast du innerhalb kürzester Zeit ein Kleidungsstück zu einem Fluchtantriebssystem umgebaut«, erklärte Aranimas. »Dies dürfte noch schneller gehen, da du lediglich aus einem Robot einen Robot zu machen hast.«

»Du machst wohl Witze«, sagte Derec und hob die Hände. »Ich bin nicht mal sicher, ob ich es überhaupt schaffe, aber jedenfalls nicht in einer Stunde oder zwei.«

»Erläutere das Problem«, sagte Aranimas.

Derec verbiß ein Lachen. In der Hoffnung, die Schlinge zu lockern, die Aranimas ihm um den Hals gelegt hatte, hatte Derec wiederholt Beschwerde eingelegt, wie unzureichend die Ausstattung des Labors, wie grob das Handwerkszeug sei, alles um Aranimas' Erwartungen zu dämpfen.

Aber seine Bestürzung war echt, nicht gespielt. Er hatte sich auf Instrumente gefaßt gemacht, die für nichtmenschliche Hände gestaltet waren, ja sogar darauf, sich bei der Arbeit von einem der Piraten überwachen zu lassen. Allerdings war er nicht darauf vorbereitet gewesen, ohne das auskommen zu müssen, was er für grundlegend erachtete.

»Das Problem besteht darin, daß du nicht das richtige Werkzeug hast«, sagte Derec. »Ich brauche einen Prüfstand, einen Ätzer, Mikromanipulatoren . . . Hier gibt es nichts, was auch nur annähernd einer Chipschablone oder einem Schaltungsdrucker ähnlich sieht . . .«

Kaum ausgesprochen, war ihm auch schon klar, daß er nicht hätte überrascht sein dürfen. Aranimas wäre nicht so neugierig in bezug auf Roboter, hätte zu ihrer Reparatur Derec nicht gebraucht, wenn die Kultur, der er angehörte, fähig gewesen wäre, sie herzustellen. Die Tatsache, daß die Piraten Schützen einsetzten statt automatische Zieleinrichtungen, hätte ihn darauf bringen müssen, daß ihre Computertechnologie zu wünschen übrig ließ.

Aranimas stand auf. »Was an Werkzeug vorhanden ist, wird man dir bringen. Beschreibe Rrullf, was du brauchst« — Aranimas' Kurzfassung für den Namen des Caninoiden war beinahe aussprechbar — »und sie wird sie dir bringen oder dich zu ihnen führen.«

*Sie?* Derec warf dem Caninoiden einen überraschten Blick zu. *Interessant.*

»Danke«, sagte er zu Aranimas und wollte sich abwenden. Da ließen sich plötzlich eintausend Bienen zwischen seinen Schulterblättern nieder und begannen ihn wie wild zu stechen. Keuchend und mit weichen Knien griff er nach der Kante der Arbeitsfläche, um nicht auf dem Boden zusammenzubrechen. Er brauchte nicht hinzusehen, um zu wissen, daß Aranimas mit dem Stift auf seinen Rücken zielte.

»Begehe nicht den Fehler, mich hintergehen zu wollen«, sagte Aranimas mitleidslos, während der Schmerz Derec fest im Griff hatte.

»Ich mag in bezug auf dein Handwerk unwissend sein, aber ich bin nicht dumm.«

»Ich — ich . . .«

»Spare dir deine Ausflüchte«, sagte Aranimas, und die Bienen flogen davon. »Resultate will ich sehen.«

Über die Arbeitsfläche gebeugt wandte Derec gerade noch rechtzeitig den Kopf, um zu sehen, wie Aranimas den Stift in die dafür vorgesehene verborgene Tasche steckte. Er räusperte sich und nickte geschwächt: »Ist recht, Boß.«

Als Aranimas fort war, verzerrte sich das Gesicht des caninoiden Lebewesens zu seinem makabren Grinsen. »Dein Glück, daß Aranimas sso drringend Rrroboter haben will. Ssonst wärst du längst tot.«

»Vielen Dank für die Aufmunterung«, sagte Derec. »Wozu braucht er sie eigentlich?«

»Kannst du'ss dir nicht vorrrstellen? Aranimas will Narwe durch Rrroboter ersetzen. Aranimas hat die Heulszenen der Narwe satt.«

»Wissen die Narwe, was er im Sinn hat?«

»Narwe benehmen sich tadellos, seit der Boß 'ss ihnen gesagt hat«, meinte das Caninoidenwesen fröhlich. »Was brauchst du für die Arrbeit?«

Aber Derec hatte an etwas anderes gedacht. Das Caninoidenwesen behandelte ihn auf eine Weise, die man nur als freundlich bezeichnen konnte. Und war obendrein der geeignetste Anwärter für die Rolle eines Verbündeten an Bord des Piratenschiffs. Wenn sie nun auch noch zusammen arbeiten würden, war es für Derec an der Zeit, persönliche Beziehungen zu ihm herzustellen.

»Immer der Reihe nach. Ich kann deinen Namen noch nicht einmal so gut wie Aranimas aussprechen . . .«

»Das iss' ziemlich niedriger Sstandard.«

». . . aber ich muß dich irgendwie nennen. Könntest du mit Wolruf leben?«

»Iss' nicht mein Name, aber ich weiß, wen du meinst, wenn du ihn ssagst.«

»Mehr wollte ich nicht, Wolruf, ich muß etwas Kleingedrucktes lesen. Was kannst du mir als Lesehilfe besorgen?«

»Ich beschaff' dir wass«, versprach sie.

Der Vergrößerungstaster, den Wolruf anschleppte, war eine Art Prüfinstrument. Es verfügte über einen Bildschirm statt einem Okular, einen festgelegten Schärfepunkt und einen winzigen Sichtbereich. Aber das Einfallslicht am Objektiv hob perfekt die feinen Furchen der eingravierten Seriennummer hervor, was alle übrigen Mängel wettmachte.

Wolruf spähte ihm über die Schulter, während Derec die fünfzehn Datenzeilen überflog. »Kannst du Standard etwa auch lesen?«

»Nein«, sagte Wolruf. »Verrat dir ein Geheimnis — hab' Sstandard nur gelernt, damit ich nicht hören muß, wie Aranimas meine Ssprache verrrschandelt.«

Derec lachte, und der Laut erschreckte Wolruf. »Was ich mir da ansehe, ist eins der Identifikationsgravuren des Robots. Ich werde daraus allerlei entnehmen, was mir bei der Reparatur hilft — Hersteller, Modell, Datum der Programmeingabe, eventuelle Umrüstungsparameter«, erklärte er lebhaft.

Er fuhr damit noch eine Weile fort und lud seine Erklärung mit möglichst vielen Fachausdrücken voll, in der Hoffnung, dadurch offen und kooperativ zu wirken, während er in Wahrheit nichts preisgab. Er erwähnte nicht, daß die Gravur, falls der Robot von der Erde stammte, außerdem Auskunft über den Besitzer geben würde, oder daß die drei chiffrierten Zeilen am unteren Rand des Bildschirms der Programmiercode und die Erstbelegungssequenz waren, Codes, die ihm erlauben würden, den Robot nicht nur zu reparieren, sondern seine Programmierung zu ändern.

»Was ssteht da?«

»Dieser hier ist ein Ferrier Modell EG«, sagte Derec mit zusammengekniffenen Augen. »Spezialangefertigt als Diener.« Und zur Selbstverteidigung, fügte er im stillen hinzu. Ein Robotleibwächter. »Erstbelegung im Standardjahr '83 . . .«

Dann las er ein paar Worte voraus und war sprachlos.

»Was iss'?« erkundigte sich Wolruf. »Was nicht in Orrdnung?«

»Nein«, brachte Derec heraus. »Der Robot war auf Aurora registriert.«

»Das iss' eine deiner Welten?«

»Ja.«

»Iss' das wichtig?«

»Nein«, sagte Derec. »Sehen wir uns mal den anderen an.«

Aber es war *doch* wichtig, und seine Hände zitterten, als er den Abtaster nahm und sich von seinem Sitzplatz erhob. Er erinnerte sich an Aurora. Er *erinnerte* sich an die Welt der Dämmerung. Nicht an Dinge, die jedermann wußte — daß es sich um den ersten und lange Zeit bedeutendsten Spacerplaneten handelte, daß er Standort des hochangesehensten Instituts für Robotik war, aus dem die meisten Fortschritte der Robotik hervorgegangen waren.

Nein, wie ein Lichtstrahl, der den schwarzen Vorhang durchdringt, kam Derec die Erinnerung an Aurora als einem Ort, wo er gewesen war; Eindrücke von einem Raumhafen, einer parkähnlichen Stadt, einer idyllischen Umgebung. Irgendwie stand er in Verbindung damit, und diese Verbindung war so stark, daß das Wort allein die Kraft hatte, jene Wand zu durchbrechen, die ihn von seiner Vergangenheit trennte.

Endlich wußte er etwas über sich. Er hatte sich auf Aurora aufgehalten. Das war zwar nicht gerade eine ausführliche Biographie, aber immerhin ein Anfang.

## Kapitel 9

## Der Verbündete

Ohne einen Prüfstand oder gar einen Computer zur Verfügung zu haben, blieb Derec keine andere Wahl, als den Robot zu aktivieren und sich auf seine eigendiagnostischen Fähigkeiten zu verlassen. Aber ehe es dazu kam, mußte er ein Puzzlespiel zusammensetzen

Der kopflose Robot war ein Modell der Serie EX, aber die Unterschiede wirkten sich nicht auf jene Teile aus, die Derec entnehmen mußte, um das EG-Modell instand zu setzen. Die aktiven Teile eines Robots aus der Massenproduktion waren — im Gegensatz zu den rein strukturellen — kompatibel und untereinander austauschbar. Sonst wäre es nicht möglich gewesen, sie kostengünstig herzustellen. Daher ließ sich das nierenförmige Mikrofusionselement des EX einfach mittels einer Steckverbindung als Ersatz für das beschädigte Element im Innern des EG einsetzen.

Aber die Montageplatte des Antriebselements, die außerdem die Schnittstelle für die Hauptenergiezufuhr enthielt, war bei dem Kampf, der den Roboter niedergestreckt hatte, ebenfalls beschädigt worden. Bedauerlicherweise war die Platte nicht im Hinblick auf Notreparaturen konstruiert worden, sondern schien an jedes andere Bauteil im Innern des Robots angeschlossen zu sein — und nicht etwa über bequem zugängliche mikromagnetische Felder. Der Hersteller hatte sich mit der kostengünstigeren Alternative des Sonarschweißens begnügt.

Ohne geeignetes Werkzeug war das Austauschen der Platten eine Herausforderung. Er übte zunächst an der ramponierten Platte im Innern des EG und setzte dann sein mühsam erworbenes Können ein, die unbeschädigte in die entstandene Lücke einzusetzen. Allein dazu brauchte er über zwei Stunden. Doch als er fertig war, dauerte es weniger als zwei Minuten, bis er die Antriebselemente ausgetauscht hatte.

Leider war damit die Angelegenheit noch nicht beendet. In

allen Ferrier-Modellen war die Grunddatenbibliothek, die der Robot benutzte, in entnehmbaren Speicherwürfeln untergebracht, die in einem Fach direkt unter seinem ›Schlüsselbein‹ saßen. Das leistungsfähige positronische Gedächtnis des Robots dagegen war ausschließlich für das Lernen aus Erfahrung reserviert.

Vom Standpunkt des Herstellers hieß das, daß die Positronengehirne nicht der Funktion des Robots entsprechend spezialisiert sein mußten. Vom Standpunkt des Besitzers hieß es, daß seine Kapitalanlage gegen Veralterung und Bedarfsänderung geschützt war.

Doch für Derec bedeutete es Unannehmlichkeiten. Der kopflose Robot hatte fünf Speicherfächer, davon vier besetzte. Für den EG waren es sieben und fünf. Aber die beiden leeren Fächer und drei der benutzten waren derselben Explosion ausgesetzt gewesen, die auch die Energiezufuhr beschädigt hatte.

Sie ließen sich weder reparieren, noch ersetzen. Schlimmer war jedoch, daß Derec eins der brauchbaren Fächer für den serienmäßigen Systemwürfel benutzen mußte, ohne den der Robot nichts über seine Struktur und Funktionsweise wissen würde. Derec hatte fünf Würfel zur Verfügung, die mit Daten und logischen Abfolgen vollgestopft waren, und er konnte immer nur einen benutzen. Schließlich entschied er sich für den Mathematikwürfel und versteckte zugleich den Verteidigungswürfel, um ihn vielleicht später einmal einzusetzen.

Derecs Liste der erkennbaren Schäden an dem Robot umfaßte außerdem durchtrennte Leitungen, die den rechten Arm lähmten und ein festgeschmolzenes Kardangelenk an einem der beiden Gyroskope. Aber nachdem er die Energiezufuhr und die Funktionsbibliothek wiederhergestellt hatte, war nur ein entscheidendes Teil übrig, mit dem er sich befassen mußte: das Positronengehirn.

Dem Aussehen nach war das Gehirn ein dreipfündiger Klumpen Platin-Iridium. Seiner Funktion nach war es die Quelle jener fundamentalen, positronischen Potentiale, welche die Aktivitäten des Robots steuerten: einerseits die Kurzzeitpotentiale seiner Gedanken und andererseits die dauerhaften Bahnen, die Lernprozesse darstellten.

Derec hoffte darauf, daß die fundamentalen Bahnen nicht stochastisiert worden waren, wie es passieren konnte, wenn das Gehirn harter Strahlung ausgesetzt war. Für den Erfahrungshintergrund des Robots gab es keine Hoffnung. Die Überlagerungsschutzzelle, die eingesetzt wurde, um für die Dauer von Wartungsarbeiten an dem Robot seine Positronenbahnen aufzufrischen, war längst erschöpft, und die Bahnen waren seither abgeklungen. Der Robot würde sich nicht an seine frühere Dienstzeit erinnern. Aber wenn das Gehirn selbst unbeschädigt war, mußte es eigentlich normal funktionieren, sobald es wieder eingeschaltet wurde.

Genau wie ich . . .

In Anbetracht der verfügbaren Instrumente ließ sich der Zustand des Positronengehirns nur dadurch ermitteln, daß man den Robot aktivierte und durchtestete. Aus naheliegenden Gründen war das gefährlich. Früher einmal hatte man Roboter so konstruiert, daß sie sich abschalteten, wenn sie irgendwelche internen Fehlfunktionen entdeckten. Aber mehrere Jahrhunderte des Fortschritts in der Robotergestaltung hatten eine andere Denkweise hervorgebracht, die sich auf Begriffe wie Fehlertoleranz und Eigenwartung stützte. Er wußte nicht mit Sicherheit, was passieren würde.

Als er endlich soweit war, schien es Wolruf langweilig geworden, oder sie hatte einer anderen Verpflichtung nachgehen müssen. Das war ein glücklicher Umstand, denn der Robot würde, sobald er reaktiviert war, vor einer Situation stehen, wie sie vor ihm noch kein Robot erlebt hatte. Er würde eine Entscheidung darüber treffen müssen, ob Aranimas und Wolruf »menschlich« genug waren, daß er verpflichtet war, sie zu beschützen und ihren Befehlen zu gehorchen.

Da Roboter in der Regel ungeheuer pedantisch waren, hätte das eigentlich kein Problem darstellen dürfen. Aranimas war eindeutig nichtmenschlich, trotz seiner oberflächlich humanoiden Erscheinung. Und für Wolruf galt das noch mehr.

Die Hersteller von Robotern schränkten die Definition für das, was ein menschliches Wesen ausmachte, normalerweise nicht ein, sondern faßten sie so weit wie nur möglich. Ein Kraftwerksarbeiter in einem Maxwellanzug sah nicht wie ein Mensch aus, aber jeder Robot würde seinen Anweisungen Folge leisten. Roboter waren nicht darauf ausgerichtet, konnten nicht darauf ausgerichtet sein, alles wörtlich zu nehmen. Sie urteilten nicht ausschließlich nach dem Aussehen. Ein dreijähriges Kind war ein Mensch, und doch verweigerte ein Robot ihm des öfteren den Gehorsam.

Es war möglich, daß die Programmierung, die jene Unterscheidungen zuließ, irgendwelche fundamentalen Ähnlichkeiten zwischen den Fremden und Derec entdecken würde. Falls es einen Weg gab, das zu verhindern, war Derec entschlossen, ihn einzuschlagen. Wegen des Ersten Gesetzes konnte der Robot nicht gegen ihn verwandt werden. Wenn er sich jedoch überzeugen ließ, daß den Fremden kein Schutz nach Maßgabe des Ersten Gesetzes zukam, konnte Derec ihn vielleicht gegen Aranimas einsetzen.

Mit einiger Beklommenheit betätigte Derec die Energiezufuhr. Einen Moment später versteiften sich sämtliche Gelenke des Robots, bis auf jene in seinem beschädigten Arm. Seine Augen leuchteten mit einem rhythmisch pulsierenden roten Glühen auf.

»Alpha Alpha Epsilon Rho«, sagte Derec, die Abfolge griechischer Buchstaben wiederholend, die auf der Identifikationsgravierung erschienen waren. »Sigma Tau Sigma.«

Es entstand eine kurze Pause, dann begannen die Augen des Robots stetig zu glühen. »Meine Sprachvorgabe lautet Standard-Galaktisch, Dialekt Aurora«, sagte er. »Gegenwärtig stehen keine anderen Sprachspeicher zur Verfügung. Ist das akzeptabel, Sir?«

Derec strahlte. Nach seinen enttäuschenden Erfahrungen mit den Robotern auf dem Asteroiden war es ein Vergnügen, wieder mit der gebotenen Höflichkeit angesprochen zu werden. »Auroragalaktisch geht in Ordnung.«

»Jawohl, Sir. Wer ist mein Besitzer, Sir?«

»Ich«, sagte Derec. »Aber das darfst du niemandem gegenüber zugeben. Falls du irgendwann von mir oder einem anderen widersprüchliche Befehle erhältst, haben meine Anweisungen immer Vorrang.«

»Jawohl, Sir. Mit welchem Namen darf ich Sie ansprechen, Sir?«

Aus irgendeinem Grund war es Derec unangenehm, dem Robot seinen bedeutungslosen, zufällig erworbenen Namen mitzuteilen. »Derec«, sagte er schließlich, da ihm nichts anderes einfiel.

»Jawohl, Sir. Auf welchen Namen wünschen Sie, daß ich anspreche?«

Derec unterdrückte ein bitteres Lachen. Wer bin ich, daß ich dir deinen Namen sage, obwohl nicht mal meinen eigenen weiß? »Solange du auf diesem Schiff der einzige bist, reicht Alpha als Name aus.«

»Danke, Derec. Meine Selbstüberprüfung im Betriebszustand hat eine Reihe von Fehlfunktionen ergeben. Wäre dies der geeignete Moment, sie einzeln durchzugehen?«

»Gleich«, sagte Derec. »Kannst du diesen Raum absuchen?«

»Jawohl, Sir.«

»Gibt es hier irgendwelche Spionaugen?«

»Ich entdecke keinerlei aktive Sensoren, Derec.«

»Gut. Nun hör genau zu. Ich muß dir etwas darüber erzählen, was vorgeht. Du und ich sind an Bord eines von feindlichen Lebensformen bevölkerten Raumschiffs. Diese Lebensformen stellen eine potentielle Bedrohung für uns beide dar. Bis ich den Befehl aufhebe, hast du jedesmal, wenn wir Gesellschaft haben oder ich den Werkraum verlasse, in den passiven Wartestand überzugehen.«

»Ich verstehe. Sie wollen die anderen nicht wissen lassen, daß ich funktionstüchtig bin.«

»Richtig.«

»Ist es denkbar, daß diese Wartezeiten von längerer Dauer sind, Sir?«

»Ja.«

»Dürfte ich dann fragen, ob es irgendwelche Probleme gibt, denen ich mich währenddessen widmen könnte?«

»Ich bin sicher, da werden wir was finden«, sagte Derec. »Im Augenblick besteht das Problem darin, dich auf Vordermann zu bringen. Sehen wir uns die erste Anomalie auf deiner Fehlerliste an.«

Derec wurde erst auf Wolrufs Rückkehr aufmerksam, als der Robot sich plötzlich versteifte und seine Augen erloschen. Wenige Sekunden später betrat die Caninoidin den Werkraum und kam zu Derec. Sie warf einen kurzen Blick auf die freiliegenden Eingeweide des Robots, dann wandte sie sich an ihn.

»Aranimas will wissen, wie du vorankommst.«

»Du kannst Aranimas sagen, daß ich Anlaß zu der Hoffnung habe, in einigen Tagen einen Robot für ihn zu haben.«

»Wie viele Tage?«

»Weiß ich nicht«, sagte Derec und legte den Schreibstift nieder, den er als Sonde benutzt hatte. »Ich habe ein paar defekte Teile ausgewechselt und versuche gerade, etwas mit den Servoschaltungen des rechten Arms anzustellen, die wirklich gründlich verdorben sind. Habt ihr diese Roboter eigenhändig so zugerichtet, oder habt ihr sie so vorgefunden?«

»Kann ich nicht ssagen«, erwiderte Wolruf und eilte zur Tür. »Ich sag's Aranimas.«

»Warte einen Moment«, sagte Derec und stand auf. »Du kannst ihm außerdem mitteilen, daß ich nicht rund um die Uhr arbeite. Ich brauche Zeit, mich auszuruhen, und einen Ort, wo ich das tun kann.«

»Gibt wenig Rrruhe auf Aranimas' Schiff«, sagte Wolruf und zeigte auf den Fußboden. »Schlaf hier.«

Das war Derec nicht unlieb, da er bereits festgestellt hatte, daß er hier nicht allzu sehr bedrängt wurde. »Wie steht es mit einem Kissen, irgendeiner Unterlage?«

Die Caninoidin gab einen Pfeiflaut von sich, den Derec als Seufzer interpretierte. »Ich beschaff' dir was«, sagte sie und wandte sich zum Gehen.

»Wird man mir übrigens gestatten, etwas zu essen?« rief er ihr nach.

Diesmal war der Seufzer ein Schnauben. »Ich beschaff' dir was.«

»Weißt du was, Wolruf«, sagte Derec und trat zu ihr, »warum zeigst du mir nicht einfach, wo es was zu essen gibt, damit ich es mir selber holen kann, wenn ich Hunger habe? Das erspart dir einige Rennerei um meinetwillen.«

Wolruf kräuselte überrascht die Lefzen, dann runzelte sie

die Stirn. »Aranimas will dich arrrbeiten ssehen, nicht Botengänge machen. Das iss' meine Aufgabe.«

»Du hast auch ohne die Extra-Arbeit, die ich dir mache, schon genug zu tun«, sagte Derec, einer Eingebung folgend. »Falls Aranimas Umstände macht, werde ich ihm sagen, ich hätte darauf bestanden. Wenn ich bei der Arbeit mein Bestes geben soll, muß ich von Zeit zu Zeit aus der Werkstatt raus, um auf andere Gedanken zu kommen.«

Mit schiefgelegtem Kopf dachte Wolruf nach. »Iss' gut. Ich zeig'ss dir.«

»Großartig. Äh — noch was.« Der Gedanke an ein von Fremdwesen benutztes Klo war nicht angenehm, aber er merkte plötzlich, daß hier einige Dringlichkeit bestand. »Ich habe — äh, exkretorische Bedürfnisse. Habt ihr auch — äh — gibt's hier vielleicht . . .«

Wolruf lachte, ein Laut, der an Schnurren erinnerte. »Natürrrllich. Komm, dass zeig ich dir auch.«

Es hatte den Anschein, als seien zu dieser Stunde weniger Fremde im Schiff unterwegs und Derec dachte über die Schlafenszeiten der diversen Gattungen an Bord nach. Wolruf zeigte ihm die Toilette, die drei Nahrungsmittel in der Schiffsküche, die als ungefährlich für ihn anzusehen waren und begleitete ihn zurück in den Werkraum. Dann verließ sie ihn.

Es gab an der Werkraumtür kein Schloß. Es gab keine Narwewache, die sein Kommen und Gehen bemerkt hätte. Die Gelegenheit war da, wenn er sie nur ergreifen wollte. Wolruf würde ihn nicht stören. Vielleicht schlief jetzt sogar Aranimas. Derec konnte das Schiff auskundschaften oder in einigen der über hundert Vorratsspinde umherstöbern, die er gesehen hatte.

Vielleicht jedoch wartete Aranimas auf Wolrufs Bericht und würde bald herkommen, um sich persönlich von Derecs Vorankommen zu überzeugen. Oder vielleicht schlief er nie. Vielleicht war sein Bewußtsein so strukturiert, daß er die gelegentlichen »Ausschüttungen« nicht nötig hatte, denen das Träumen diente, und sein Metabolismus auf eine durchgängig gleichmäßige Gangart eingestellt war statt auf einen Zyklus aus aktiven und passiven Phasen.

Die Ungewißheit erstickte Derecs Entdeckerdrang, zumindest vorläufig. Er wandte sich dem Essen zu, das er mitgebracht hatte, nagte an einigen der dicken, keksartigen Gebäckstücke, aß einen Großteil der fettreichen blaugeäderten Paste, nippte an dem Honigsaft. Obwohl seine Geschmacksnerven all dem mißtrauten, schien sein Magen gut damit zurechtzukommen.

Als er fertig war, plagte auch ihn Erschöpfung. Er versetzte Alpha in den Wartestand, breitete dann das dünne Polster an einer freien Stelle auf dem Boden aus und legte sich hin. Das Polster trug wenig dazu bei, die Bodenplatten weniger hart zu machen. Er nahm an, daß Aranimas, schlank wie er war, es für völlig ausreichend erachtet hätte. Derec jedoch drehte sich rastlos vom Rücken auf die Seite und dann auf den Bauch, im fruchtlosen Bemühen, eine bequeme Lage zu finden.

Ich werde bloß eine Stunde oder so liegenbleiben, sagte er sich, um sicherzustellen, daß Aranimas nicht auftaucht, und Wolruf die Chance zu geben, zur Ruhe zu kommen. Dann wird es ungefährlich sein. Ich kann mich getrost eine Weile ausruhen. Dieser armselige Ersatz für ein Bett ist sowieso zu hart, um darauf zu schlafen . . .

Er irrte sich. Im einen Augenblick schloß er die Augen vor dem unangenehm hellen Licht, dessen Abschalter man ihm nicht gezeigt hatte. Und im nächsten rieb er sich schon den Schlaf aus eben jenen Augen, reckte behutsam die schmerzenden Muskeln und fluchte über den schalen Geschmack im Mund. Der Raum lag im Halbdunkel, aber Wolruf kauerte im Eingang, als Schattenriß vor dem hell erleuchteten Korridor.

»Iss' alles geschafft?« erkundigte Wolruf sich munter.

»Friß Raum und stirb dran«, knurrte Derec und warf mit dem nächstbesten handlichen Roboterteil nach Wolruf. Die Caninoidin fing es geschickt in der Luft auf und warf es augenblicklich zurück.

»Nein, danke«, sagte sie mit einem zähnefletschenden Grinsen. »Hab' schon gefrrrühstückt.«

Obwohl es in der Toilette fließendes Wasser gab, war dort keine Dusch- oder Badvorrichtung vorgesehen. Derec begnügte sich damit, sich gründlich zu waschen, obwohl es keine Trockner gab und die einzigen verfügbaren Trockentücher hart und kratzig waren. Als er wieder hervorkam, war Wolruf nirgends zu sehen. Derec fragte sich, ob sie nur vorbeigekommen war, um ihn zu wecken und nicht zurückkehren würde.

Während er eine weitere Mahlzeit aus Hartkeksen, Käse und Honig in die Werkstatt mitnahm, dachte er daran, daß es nicht lange dauern würde, bis er dieser Kost überdrüssig wurde. Er ließ sich an der Werkbank nieder und nahm die Arbeit am rechten Arm des Robots wieder auf. Die elektrischen Anschlüsse waren intakt, aber die Servogelenke waren so stark ramponiert, daß Derec sie nicht reparieren konnte. Seine Bemühungen machten den Schaden sogar noch schlimmer. Sein Können lag auf kybernetischem, nicht auf elektromechanischem Gebiet.

»Alpha, ich glaube nicht, daß ich deinen Arm wieder hinkriege. Ich frage mich, ob du es könntest, mit deinem heilen Arm. Ich könnte einen Spiegel besorgen, damit du hineinsehen kannst . . .«

»Das tut mir leid. Ohne einen Robotech-Würfel in meiner Bibliothek sind meine Fähigkeiten in diesem Bereich ausschießlich auf Diagnostik beschränkt, Sir.«

»Dacht' ich mir schon«, sagte Derec. »Aber es kann ja nicht schaden, zu fragen.«

»Sir, ich sehe, daß sich ein deaktivierter Robot hier im Raum befindet. Vielleicht wäre es möglich, die entsprechenden Teile aus seiner Mechanik zu bergen, um mich zu reparieren.«

»Das versuch' ich schon die ganze Zeit«, sagte Derec mürrisch. »Ich schaff' es nur nicht, nicht ohne Mikromanipulatoren. Außerdem hat der Schulteraufsatz auch was abbekommen, und den kann man nicht auswechseln.«

Seufzend stieß Derec sich von der Tischkante ab und begab sich dorthin, wo sein kärgliches Inventar an Roboterteilen auf dem Boden ausgebreitet lag. Wie schon viele Male zuvor fiel sein Blick auf den Arm von Monitor 5. Zum ersten Mal hob er ihn auf und untersuchte ihn eingehend.

»Ich denke, du wirst halt mit einem Flügel auskommen müssen«, sagte er. »Das ist keine Seltenheit.«

Der Robot antwortete nicht. Derec drehte den Arm des Monitors herum und versuchte, das Ellbogengelenk zu biegen. Es widerstand — im Einklang mit der Tatsache, daß die Hand sich buchstäblich in Totenstarre um das silberne Objekt verkrampft hatte.

Damit im Einklang, erkannte Derec plötzlich schockiert, nur daß dieser Arm überhaupt keine Gelenke besaß. Nicht am Ellbogen, nicht am Handansatz, nicht an den Knöcheln. Sicher, der Ellbogen war stumpf abgewinkelt, das Handgelenk leicht verdreht, die Finger waren verkrümmt. Aber soweit er durch bloßes Betrachten feststellen konnte, war der Arm zu keiner Bewegung fähig.

Es war ausreichend Synthetikhaut vorhanden, die sich über den Gelenken hätte dehnen und realistisch in Falten legen können, um sie zu verdecken. Aber dies war keine Deckschicht. Sie fühlte sich starr an und absolut nahtlos, wie ein Plastikgußstück. Verdutzt schleppte Derec den Arm dorthin, wo der Robot saß.

»Welche Vergrößerung schaffen deine optischen Sensoren?«

»Nur eine sehr begrenzte, Sir — hundertfach.«

»Und mit welcher Auflösung?«

»Das ist je nach Entfernung vom betrachteten Objekt unterschiedlich, Sir. Die maximale Auflösung entspricht ungefähr zehn Mikrometern.«

»Das ist mehr, als ich mit dem Ding schaffe«, sagte Derec und wies mit dem Kopf in Richtung Prüfabtaster. »Mal sehen, was du mir über die Struktur dieses Arms sagen kannst.«

»Sir, ich bin auf diesem Gebiet nicht bewandert.«

»Du kannst hinsehen, und du kannst beschreiben. Das reicht mir im Augenblick.«

»Ja, Sir. Dürfte ich das Teil in die Hand nehmen?«

Derec überließ ihm den Arm, und der Robot hielt ihn auf Augenhöhe in seinem unnatürlich sicheren Griff. »Bei zehnfacher Vergrößerung ist die Oberfläche glatt. Jetzt stärkere Vergrößerung. Körnigkeit macht sich bemerkbar. Es scheint eine regelmäßige Struktur vorzuliegen. Jetzt Auflösung der Struktur in sechseckige Planarebenen. Maximale Vergrößerung.« Der Robot hielt für den Bruchteil einer Sekunde inne. »Die

Oberfläche scheint aus zwölfseitigen Festkörpern in dichtem Verbund zu bestehen.«

»Was?«

»Die Oberfläche scheint . . .«

»Ich hab's gehört. Sieh dir eine andere Stelle an.«

Der Robot drehte den Kopf leicht nach links. »Ich beobachte die gleiche Struktur.«

»Das Ende«, schnauzte Derec. »Sieh dir das Ende an, wo die Bruchstelle ist.«

»Die Oberfläche ist dort wesentlich unebener, aber sie besteht aus den gleichen zwölfseitigen Grundeinheiten.«

»Durch und durch?«

»Ja, Derec.«

Derec stand da und starrte verblüfft vor sich hin. Was der Robot beschrieben hatte, deutete auf eine völlig neue Herangehensweise an die Konstruktion von Robotern hin — nicht Evolution, sondern Revolution. Es hatte den Anschein, als seien die Überwachungsroboter — nein, das konnte nicht sein.

»Rechte Schultersteuerung abschalten«, blaffte Derec.

»Die Schaltungen sind jetzt inaktiv«, meldete der Robot.

Derec löste das dreiadrige Zufuhrkabel von dem beschädigten rechten Arm, fädelte es durch die Öffnung, an der er gearbeitet hatte. Er berührte mit dem Anschlußteil den Stumpf des Überwacherarms, und es blieb haften, als gehöre es dorthin.

»Kontrollschaltung aktivieren. Befiehl dem Ellbogen, sich zu beugen.«

Beinahe augenblicklich begann sich der abgetrennte Überwacherarm zu verbiegen. »Sieh dir das Gelenk an«, forderte Derec. »Sage mir, was passiert.«

»Die Veränderungen laufen schneller ab, als meine Scanner folgen können«, sagte der Robot. »Jedoch schließe ich daraus, daß die Dodekaeder eine Art zielgerichteter Neuordnung durchlaufen.«

»Sie nehmen eine neue Form an. Das Grundmaterial des Arms verändert sich selbsttätig.«

»Diese Deskriptoren sind unpräzise, entsprechen aber meinen Beobachtungen. Der technische Begriff für diese Art der Reorganisation lautet Morphallaxis.«

Derec tastete nach seinem Stuhl und ließ sich zitternd darauf nieder. Die Überwacher bestanden aus Billionen winziger kristallförmiger Module — eine Zellularstruktur. Jeder einzelne mußte über kilometerlange Schaltverbindungen verfügen, über Programmierung im Megabytebereich. Die Zellen selbst waren Roboter. Die Roboter dagegen glichen Organismen.

Was für eine technische Höchstleistung — die Essenz eines Robots in einer Einheit von wenigen Micron Durchmesser. Entsprechend programmiert konnten sie jede Gestalt annehmen. Ein Überwacher war somit eine unendliche Vielfalt spezialisierter Formen in der Gestalt einer generalisierten Grundeinheit.

Während er noch darüber staunte, wurde Derec an etwas erinnert, woran er seit Tagen nicht mehr gedacht hatte. Die zellulare Konstruktionsweise trug den gleichen deutlichen Stempel wie die Lifts und lebenserhaltenden Systeme der Asteroidenkolonie. Oberflächliche Schlichtheit — erreicht durch verborgene Komplexität. Elegantes Design, neuartige Herangehensweise. Wieder einmal war er mit dem unbekannten minimalistischen Konstrukteur in Berührung gekommen, und Derec sah darin einen weiteren Grund, den Piraten entkommen zu wollen.

Denn irgendwie, irgendwo *mußte* er mit diesem Konstrukteur zusammentreffen.

# Kapitel 10

## Mehr als nur Semantik

Nach einer kurzen Pause für eine späte, wieder aus den gleichen monotonen Bestandteilen bestehende Mahlzeit, machte Derec sich daran, den Zellulararm anstelle des ursprünglichen Robotarms zu installieren.

Das war keine leichte Aufgabe, denn sie erforderte sowohl strukturelle als auch funktionale Verknüpfungen zwischen zwei ungeheuer unterschiedlichen Technologien. Derec kümmerte sich zunächst um die funktionalen Verbindungen, und das nicht nur, weil er damit rechnete, daß dies die größere Herausforderung darstellte. Wenn der Robot den neuen Arm nicht steuern konnte, brauchte er sich gar nicht erst die Mühe machen, ihn zu montieren.

Aber der Zellulararm benutzte offenbar den Standardkommandosatz und die übliche Trägerspannung. Obwohl es in dem Stumpf keine Anzeichen von Kontakten oder Drähten gab, reagierte der Arm, egal wo Derec den Steuerbus anbrachte.

Durch Experimentieren fand er heraus, daß der Arm sogar ansprach, wenn er den Bus mit der Haut des Unterarms, der Handfläche oder den Spitzen zweier Finger verband. Es hatte den Anschein, als seien die zellularen Mikroroboter so intelligent konstruiert, daß sie überall den Input von Befehlen entgegennehmen und an die entsprechenden Stellen weiterleiten konnten.

Sobald er angeschlossen war, reagierte der Arm nicht nur auf sämtliche grundmotorischen Befehle des Robots, sondern auch auf mehrere neuartige Kommandos. Mit Derecs Hilfe gelang es dem Robot, sich an seinem Arm zwischen Ellbogen und Handgelenk ein weiteres Gelenk ›dazuzudenken‹. In einem anderen Test forderte Derec den Robot auf, er solle versuchen, Daumen und Zeigefinger in längliche, schmale Mikrogreifer umzuwandeln. Zu seiner Freude und Verwunderung gelang es. Mit den richtigen Befehlscodes schien das Armmaterial auf unendlich viele Arten verformbar.

Aber wie Derec auch den Aufsatzring präparierte, an den der Arm angeschlossen war, das rechte Schultergelenk war und blieb schwächer als das linke oder das ursprüngliche. Einmal löste sich der Zellulararm sogar völlig ab, als der Robot versuchte, einen Gegenstand zu heben, der weniger als zwanzig Kilo wog. Selbst nachdem er ihn wieder angebracht hatte, bezweifelte Derec, ob er beispielsweise die Anstrengungen einer Rauferei überstehen würde.

»Wie 's aussieht, wirst du einen starken Arm haben und einen schlauen«, teilte er dem Robot mit. »Versuch' dran zu denken, welcher welcher ist.«

»Es ist mir unmöglich, zu vergessen, Sir.«

»Das ist kein konfektioniertes Ersatzglied«, sagte Derec streng. »Bis du dir eingeprägt hast, was du mit ihm kannst und was nicht, mußt du vorsichtig damit umgehen. Und laß außer mir nie jemanden sehen, wie du damit herumspielst, verstanden?«

Während Derec noch sprach, versteifte sich der Robot auf einmal, und seine Augen erloschen. Derec wußte, was das zu bedeuten hatte, und schwieg. Einen Moment später nahm er im Korridor das leise Tappen von Wolrufs Pfoten wahr. Das zwar inzwischen ein vertrautes Geräusch, denn dies war an diesem Tag nun schon Wolrufs dritter Besuch. Aranimas, der offenbar mit den Aufgaben des »Schiffsführers« beschäftigt war, hatte es nur auf zwei gebracht.

Wie die vorangegangenen war auch dieser Besuch zwanglos, und Wolruf blieb nur wenige Minuten, ehe sie sich entfernte, um anderen Aufgaben nachzugehen. Sobald sie außer Hörweite war, belebte sich der Robot wieder.

»Ich verstehe, Sir«, sagte er, als hätte es keine Unterbrechung gegeben.

»Wenn du das nächste Mal so abschalten mußt, könntest du die Zeit auf den Versuch verwenden, den Kommandosatz des Arms zu analysieren. Kannst du das?«

»Ich kann es versuchen, Sir. Es müßte möglich sein, die gültigen Befehlscodes von den Nullzeichen zu trennen. Allerdings werde ich erst wieder voll betriebsfähig sein müssen, ehe ich die gültigen Codes testen und ihre Funktion feststellen kann.«

»Laß uns damit warten, bis wir wissen, daß wir einigermaßen ungestört sind.« Er dachte einen Augenblick nach. Der Robot mußte nun programmiert werden, aber auch dazu brauchte man ein wenig Ruhe. Die beste Gelegenheit war während der Schlafperiode, und das war auch die beste Zeit, das Schiff zu erkunden.

Zuviel zu tun, zuwenig Zeit, dachte Derec. Falls er die Nachtstunden besser nutzen wollte als das letzte Mal, mußte er besser ausgeruht sein. »Alpha.«

»Ja, Derec.«

»Wie spät ist es?«

»Ich weiß nicht, wie spät es ist, da mein Zeitnehmer seit meiner Deaktivierung nicht mehr gestellt wurde. Seit der Wiedereinschaltung sind allerdings vierzehn Dekaden vergangen.«

Dekaden, das waren Einheiten der Dezimalzeit Auroras, erinnerte sich Derec. »Ich lege mich jetzt aufs Ohr. Weck mich in einer Standardstunde.«

»Jawohl, Sir.«

Doch es war Aranimas, nicht der Robot, der ihn weckte.

»Bist du soweit? Ist mein Diener fertig?« erkundigte er sich, von oben auf Derec herabblickend wie ein langbeiniger Wasservogel.

»Noch nicht«, sagte Derec schlaftrunken und richtete sich auf. Er stellte zufrieden fest, daß der Robot reglos neben der Werkbank stand. Er hatte sich wenigstens nicht überrumpeln lassen.

»Warum ruhst du dann? Um mich warten zu lassen?«

»Ich ruhe, damit ich nicht so müde werde, daß ich einen Fehler mache, der den Robot zerstört«, sagte Derec. »Möglich, daß deine Gattung dieses Bedürfnis nicht kennt, aber wir Menschen haben es nun mal.«

Aranimas nahm keinen Anstoß an Derecs Tonfall. »Es ist mir nicht entgangen, daß Menschen noch weniger brauchbar sind als Narwe. Ihr würdet ausgesprochen miese Arbeiter abgeben, da ihr ein Drittel eurer Zeit mit Ausruhen vergeudet.« Er ging zum Robot. »Aber vielleicht habt ihr deswegen solche Maschinen erfunden, die unermüdlich für euch schuften. Wie funktioniert das?«

»Was meinst du damit?« fragte Derec und stand auf.

»Worin besteht die Energiequelle?« wollte Aranimas wissen und fuhr mit seinen langen Fingern über den Rumpf des Robots.

Derec wußte, daß er den Fremden nur wütend machen würde, wenn er Ausflüchte suchte oder sich unwissend gab. »Ein Mikrofusionspack«, sagte er. »Da liegt eines auf der Arbeitsfläche, gleich links neben dem Prüfer.«

Aranimas hob die kaputte Energieeinheit auf und studierte sie. »So klein. Wie viele Tage Betriebszeit?«

»Das hängt davon ab, wie schwer der Robot zu arbeiten hat. Die Treibstoffpatrone hält bei leichtem Dienst, beispielsweise bei Hausarbeiten, mehrere hundert Tage. Ein Schwerarbeiter müßte entsprechend häufiger aufgeladen werden.«

»Bemerkenswert«, sagte Aranimas und legte die Energieeinheit zurück auf die Werkbank. Eines seiner Augen schien sich kurz auf den verpflanzten Arm auszurichten, dann schwang es wieder zu Derec herum. »Du kommst voran?«

»So ist es.«

»Wie lange noch, bis du soweit bist, ihn zu aktivieren?«

»Ich werde morgen oder übermorgen soweit sein, die Systeme zu testen. Wie bald ich fertig bin, wird davon abhängen, wieviel nicht in Ordnung ist.«

Aranimas schien das zu akzeptieren. »Als erste Aufgabe wird dir dieser Robot helfen, weitere Roboter zu bauen.«

Stirnrunzelnd trat Derec vor. »Wie viele?«

»Für den Anfang genügen fünfzig.«

»Ich glaube, du verstehst die Komplexität dieser Maschinen nicht«, erwiderte Derec. »Man kann sie nicht mal eben in seiner Freizeit zusammenbasteln, egal wie gut die Ausstattung des verfügbaren Laborats ist. Und offen gesagt, die hier ist nicht gut. Ich werde es vermutlich schaffen, diesen Robot zu montieren und in Betrieb zu halten. Wenn du jedoch fünfzig Roboter haben willst, mußt du woanders danach suchen. Ich bin nicht so magisch begabt, daß ich Positronengehirne und Mikrofusionszellen aus dem Hut zaubern könnte.«

»Wenn du deine Roboterkolonie nicht zerstört hättest . . .« sagte Aranimas, und seine Stimme wurde laut.

»Ich hab' dir bereits gesagt, daß die Roboter das selber besorgt haben«, erklärte Derec. »Aber das heißt nicht, daß dir kein Ausweg bleibt. Du brauchst nur dieses Schiff zu einem der Spacerplaneten fliegen, dann wirst du Millionen von Robotern finden. Und du mußt sie nicht einmal stehlen. Roboter sind ein wichtiges Handelsobjekt zwischen den Welten. Jede von ihnen wäre froh, einen neuen Kunden zu gewinnen.«

Das stimmte natürlich nicht ganz. Es war höchst zweifelhaft, ob die Spacer bereit sein würden, einer fremden Rasse Beispiele ihrer fortgeschrittensten Technologie zu überlassen, und selbst wenn sie dazu bereit waren, blieb noch das Problem, was Aranimas als Zahlungsmittel zu bieten hatte. Aber wenn Derec Aranimas dazu bringen konnte, das zu glauben, wenn er ihn beschwatzen konnte, mit dem Schiff zu einer Menschenwelt zu fliegen, würde er zumindest erreicht haben, sie auf die Existenz der Fremden aufmerksam zu machen, und möglicherweise den Grundstein zu seiner eigenen Befreiung gelegt haben.

»Wenn Handel so hoch angesehen ist, warum haben deine Roboter sich dann selbst zerstört?«

»Weil du schon im Anflug deine Waffen abgefeuert hast und dich damit zum Feind erklärt hast«, erwiderte Derec. »Wärst du als Freund gekommen, hätte es anders ausgesehen. Bring mich zu deinem Navigator. Ich werde ihm helfen, den Kurs zum nächstgelegenen Spacerplaneten zu bestimmen.« Und dabei herausfinden, wo wir sind, fügte er im stillen hinzu.

»Ich werde es mir überlegen«, sagte Aranimas und setzte sich zum Korridor in Bewegung. »Mittlerweile wirst du deine Arbeit fortführen. Ich werde morgen wiederkommen, um meinen Robot in Aktion zu sehen.«

Die Neuprogrammierung ließ sich nicht länger aufschieben, entschied Derec. Er glaubte nicht, daß Aranimas so bald wiederkommen würde. Er konnte nur hoffen, daß das auch für Wolruf galt.

»Alpha«, sagte er. »Hast du dir den Organismus angesehen, der gerade hier war?«

»Jawohl, Derec.«

»Und hast du heute früh auch den anderen Organismus begutachtet, der die Werkstatt aufgesucht hat?«

»Jawohl, Derec.«

»Und, was hältst du von ihnen?«

»Menschen dieses Typs waren mir bisher nicht bekannt . . .«

Das war genau die Antwort, vor der sich Derec gefürchtet hatte. »Halt. Das sind keine Menschen.«

»Sir, mir ist klar, daß meine Datenspeicher unvollständig sind. Ich bin jedoch nicht fähig, sie anders einzuordnen, es sei denn, Sie können mir Beweise für Ihre Behauptung liefern.«

»Vergleiche ihre Erscheinung mit der meinen.«

»Sir, ich gebe zu, da bestehen zahlreiche Abweichungen von der Norm. Allerdings fallen diese Unterschiede in Bereiche, die in der Definition des Menschlichen weit gefaßt sind, wie Hautfarbe und Behaarung, Körperdimensionen und Stimmlage. Die Ähnlichkeiten sind dagegen grundlegender, wie bilaterale Symmetrie, zweibeinige Fortbewegung, Sauerstoffatmung . . .«

»Sie sind humanoid, wie du. Aber sie sind keine Menschen.«

»Ich nehme Ihre Versicherung zur Kenntnis, Sir, bin jedoch nicht in der Lage, sie zu bestätigen.«

Derec verstand, daß er nicht etwa zum Lügner gestempelt werden sollte. Solange er nicht Bescheid wußte, war ein Robot normalerweise bereit, das Wort eines Menschen für bare Münze zu nehmen. Andererseits bestand für einen Robot keine Verpflichtung, die Behauptung eines Menschen zu akzeptieren, daß es regne, solange die eigenen Sensoren Gegenteiliges vermeldeten.

Hier war der Sachverhalt nicht so klar, aber der Robot neigte notwendigerweise zu einer großzügigen Definition dessen, was einen Menschen ausmachte. Sonst hätte die Gefahr bestanden, daß ein Robot sich als Attentäter benutzen ließ, indem man ihm einfach einimpfte, das Opfer sei kein richtiger Mensch. Derec begriff es, war aber trotzdem wütend. »Wahrscheinlich würdest du mir erst glauben, wenn sie zwölf Arme haben und beim Reden Feuer spucken.«

»Sir, im vorliegenden Fall sind morphologische Erwägungen für meine Analyse nicht entscheidend.«

»Erklär das. Worin bestehen die Unterscheidungsmerkmale?«

»Sir, ich gründe meine Schlüsse auf die Beobachtung, daß die Organismen namens Aranimas und Wolruf intelligente Wesen und zu unabhängigem, vernünftigem Denken fähig sind.«

»Woher weißt du das?«

»Sir, Sie haben sich mit beiden unterhalten. Obwohl Menschen gelegentlich zu unbelebten Objekten sprechen und den Eindruck erwecken mögen, mit gewissen Tieren im Dialog zu stehen, habe ich ihre Diskussionen so empfunden, als hätten sie einen qualitativ anderen Charakter.«

»Willst du damit sagen, daß du sie, weil ich sie wie Menschen behandelt habe, für Menschen halten mußt?«

»Wo Ungewißheit herrscht, zum Beispiel wenn ein Mensch ein Kostüm oder eine Verkleidung trägt, bin ich verpflichtet, an Hinweisen zu nutzen, was vorhanden ist. Ihr Verhalten wies eindeutig darauf hin, daß es sich bei Aranimas und Wolruf um Menschen handelt.«

»Ich unterhalte mich auf die gleiche Weise mit dir wie mit ihnen. Macht dich das zum Menschen?«

»Nein, Derec. Ich bin ein Robot, ein technisches Erzeugnis. Sollte ich bis zu einem gewissen Grade menschlich wirken, liegt das nur daran, daß ich so konstruiert wurde, um die Interaktion mit Menschen zu erleichtern.«

Derec war der Verzweiflung nahe. »Dann sag doch mal: Wie stellst du auf größere Entfernung den Unterschied zwischen einem Robot und einem Menschen fest?«

»Sir, genau wie ich eine Arbeitsdefinition der Kategorie von Organismen besitze, die Menschen genannt werden, habe ich einen Begriff von der Kategorie Objekte, die Roboter genannt werden. Normalerweise ist es möglich, sie mit Hilfe jener Merkmale, die sie unterscheiden, auseinanderzuhalten. Aber das ist kein perfektes System und kann überlistet werden, beispielsweise durch einen humaniformen Robot des von Dr. Han Fastolfe entwickelten Typs.«

Derec konnte nicht anders, als den Standpunkt des Robots einzusehen. *Wenn ich ihm nur Hautproben von uns dreien zeigen könnte — falls Aranimas oder Wolruf aber zufällig auch Zellwesen sind, wäre ich nicht besser dran. Am Ende denkt er dann noch, sein rechter Arm sei menschlich —*

»Robot, sind Spacer Siedler und Erdbewohner alle Menschen?« fragte er plötzlich.

»Ja.«

»Hast du persönlich jeden Angehörigen dieser Gruppierungen gesehen?«

»Nein, Derec. Es gibt etwa acht Milliarden Erdbewohner, fünf Milliarden Spacer und . . .«

»Wenn du nicht jeden einzelnen gesehen hast, wie kommt es dann, daß du sie allesamt als Menschen einordnen kannst?«

»Spacer und Siedler sind Nachkommen der ursprünglichen menschlichen Gemeinschaft auf der Erde«, erwiderte der Robot. »Daher kann ein Individuum, das ordnungsgemäß als Siedler oder Spacer identifiziert wurde, nur ein Mensch sein.«

»Wieso das?« fragte Derec, obwohl er die Antwort kannte.

»Sie stehen zueinander in phylogenetischer Beziehung. Die Nachkommen eines Menschen müssen Menschen sein.«

»Mit anderen Worten, auf die Biologie kommt's an — auf Gene und die DNS, die Menschen in ihren Zellen mit sich herumtragen.«

»Ja.«

»Und die Richtlinien, die in deine Definition vom Menschen eingebaut wurden, sind schlicht Abkürzungen, damit du nicht jeden, dem du begegnest, einer biologischen Prüfung unterziehen mußt. Das endgültige Kriterium ist die DNS.«

»Das ist richtig, Derec.«

»Aber du hast keine Möglichkeit, die DNS einer Person direkt zu untersuchen.«

»Nein, Sir.«

»Fein. Du hast gesagt, sämtliche Anomalien in Aranimas' Erscheinung liegen innerhalb der für natürliche Variation und Mutation gesetzten Parameter.«

»Jawohl, Sir.«

»Dann rechne dir doch mal die Wahrscheinlichkeit aus, mit der Aranimas' sämtliche Anomalien bei einem einzigen Organismus auftreten.«

Der Robot zögerte kaum. »Die Wahrscheinlichkeit ist verschwindend gering.«

»Und bei Wolruf?«

»Die Wahrscheinlichkeit ist etwas größer, aber immer noch im Bereich von Eins durch Zehn hoch Fünfzehn.«

»Mit anderen Worten, die Chance, daß eine so extreme Mutation sich auch nur einmal in der gesamten Menschheitsgeschichte ergibt, ist weniger als Eins zu Zehntausend. Und hier haben wir gleich zwei, die nicht nur zur selben Zeit, sondern auch am selben Ort leben und sich untereinander ebenso stark unterscheiden wie von mir.«

»Das ist recht bemerkenswert. Zweifellos wäre eine weiterführende Untersuchung dieser Individuen von großem Nutzen.«

Derec seufzte schwer. »Hör zu, mein dickköpfiger Robotfreund. Du darfst nicht immer nur einen Schritt weiterdenken. Ist nicht die Wahrscheinlichkeit, daß eine unabhängig entstandene Lebensform zweibeinig, bilateral organisiert und aerob ist, größer als die Wahrscheinlichkeit, daß es sich bei diesen Kreaturen um mutierte Menschen handelt? Könnten Aranimas und Wolruf nicht intelligent sein, ohne daß sie Menschen sind?«

»Ja, das ist möglich.« Der Robot hielt inne, ein Zeichen von Hochbetrieb in seinen Positronenbahnen. »Da jedoch keine unabhängig entstandenen Lebensformen bekannt sind, ist es schwierig, spezifischen Ausprägungen eine Wahrscheinlichkeit zuzuordnen.«

»Ich stelle deine Prämisse in Frage.« Derec ging zum Angrif über. »Warum sind die meisten Roboter humanoid?«

»Höherentwickelte Roboter sind humanoid, weil das eine erfolgreiche generalisierte Form ist, und weil . . .«

»Auf die anderen Gründe kommt es nicht an«, sagte Derec. »Wende diesen Grundsatz auf das Problem mit Aranimas und Wolruf an.«

Wieder hielt der Robot inne, bevor er antwortete. »Meine positronischen Potentiale sind in dieser Frage für beide Alternativen hoch«, sagte er schließlich. »Ich nehme an, dieser Zustand könnte jenem gleichkommen, den ein Mensch als Verwirrung beschreibt.«

»Zur Sache. Wie lautet das Urteil?«

»Ich gelange provisorisch zu dem Schluß, daß Aranimas und Wolruf keine Menschen sind.«

»Du bist also nicht nach dem Ersten Gesetz verpflichtet, sie zu beschützen, oder nach dem Zweiten Gesetz, ihnen zu gehorchen?«

»Nein, Derec.«

»Gut«, sagte er erleichtert. »Du machst Fortschritte. Nun hör mir genau zu. Ich habe ein paar wichtige Instruktionen für dich in bezug auf unsere fremdrassigen Gastgeber . . .«

# Kapitel 11

## Unsachgemäßer Eingriff

In der großen Welt des Piratenschiffs war Derec bis dahin auf eine kleine Insel beschränkt gewesen. Als er sich auf seine nächtlichen Wanderungen vorbereitete, bestand diese Insel aus dem Weg von der Werkstatt (in dem Teil des Schiffs, den er mit Rumpf L bezeichnete) zur Essensausgabe und zur Toilette (Rumpf D). Die Enden dieses Weges waren mit zwei Abschnitten Staukorridor verbunden, die einen kurzen Übergangstunnel zwischen den Rümpfen bildeten. Und das war alles, was Derec wußte.

Er wußte nicht, wo sich das Laboratorium in bezug zu Aranimas' Kontrollzentrum befand, obwohl er das sichere Gefühl hatte, daß es um einiges entfernt lag. Genausowenig kannte er den Weg zu den anderen Orten, an denen er sich aufgehalten hatte.

Der Korridor zur Essensausgabe war außerdem der einzige Abschnitt des Schiffs, in dem er sich mit ausdrücklicher Erlaubnis aufhalten durfte. Derec hatte das Gefühl, als könne es sich um eine Art Test handeln. Das Problem bestand darin, daß er nicht wußte, ob er versagte, indem er auf Erkundungstour ging, oder indem er sich kaum vom Ausgangspunkt wegbewegte.

Am Ende tat Derec seine Unsicherheit mit dem Gedanken ab, daß es immer besser sei, mehr zu wissen als wenig. Wenn Aranimas es herausfand und sich dagegen aussprach, konnte Derec sich immer noch damit entschuldigen, er habe nach geeigneten Orten und Aufgaben Ausschau gehalten, um den Robot zu testen.

Die Reihen geschlossener Fächer im Durchgangstunnel hatten seit beinahe zwei Tagen seine Neugier wachgehalten, und er fing damit an, daß er all jene aufmachte, die für ihn erreichbar waren. Er wußte nicht genau, was er dort vorzufinden geglaubt hatte, aber die Tatsache, daß über die Hälfte der Fächer leer war, überraschte ihn doch.

Die vollen enthielten zum Teil bekannte Dinge, beispielsweise Ballen des Tuchs, aus dem die Narwekleidung hergestellt war, Ersatzelektroden für den Mikroschweißer in der Werkstatt und vakuumversiegelte Nahrungsvorräte. Einige der Klappen waren entweder verklemmt oder sie waren abgeschlossen — Derec konnte es nicht eindeutig feststellen.

Als er gerade mit dem Abschnitt fertig war, der sich direkt an die Essensausgabe anschloß, kam einer der scheingehörnten Narwe durch die einzig vorhandene Seitentür herein. Derec schreckte schuldbewußt auf, dann erstarrte er. Ohne erkennbares Zeichen der Begrüßung drehte der Fremde Derec den Rücken zu und verschwand wortlos durch die Tür, die zur Werkstatt führte.

Wieder allein, kam Derec sich albern vor: Es war sein gutes Recht, sich hier aufzuhalten, und der Fremde hatte nichts Belastendes zu sehen bekommen. Aber sein Herz raste, als sei er von Aranimas selber erwischt worden. Er machte sich nicht etwa Sorgen, daß die Narwe versuchen würden, ihn aufzuhalten, denn er traute sich zu, mindestens so furchteinflößend wie Wolruf zu sein.

Aber es bestand immerhin die Möglichkeit, daß einer der Narwe, um sich einzuschmeicheln, Aranimas informierte und so veranlaßte, selbst nachzusehen. Da Derec Aranimas keine Gründe liefern wollte, ihm zu mißtrauen, entschied er, vorerst mit dem Durchstöbern der Fächer aufzuhören, zumindest solange noch Narwe unterwegs waren. Schließlich war dies die einzige Aktivität, die seine Entschuldigung nicht abdeckte.

Als nächstes nahm sich Derec die Erkundung der zwei Rumpfteile vor, zu denen er bequemen Zugang hatte. Drei Türen weiter hinter der Toilette im Rumpf D fand er eine Kabine mit fünf dick gepolsterten Sesseln, die einander zugewandt im Kreis aufgestellt waren. In der Mitte des Kreises befand sich eine mattweiße Kugel auf einem schwarzen zylindrischen Sockel. Die Kugel war so groß, daß Derecs Arme kaum zur Hälfte herumreichten.

Doch finden bedeutete nicht verstehen. Es konnte sich genausogut um ein religiöses Totem wie um eine Kommunikationseinrichtung handeln, und bei der Kabine genausogut um eine Weihestätte wie um eine Kommandobrücke.

Und es war sinnlos, seine Position aufs Spiel zu setzen, nur um seine Unwissenheit zu verfielfachen. So kam es, daß Derec zum zweiten Mal im Zeitraum von einer halben Stunde seine Strategie umwarf. Es kam ausschließlich darauf an, daß er den Weg zum Rumpf A wiederfand — Aranimas' Quartier — und zum Rumpf T, wo vielleicht der Einstiegsschacht zu finden war, und womöglich gar sein Servoanzug. Alles andere war unwichtig.

Das Deck von Rumpf D hatte fünf Ausgänge, das von Rumpf L zwei, dazu kamen noch zwei im Durchgangstunnel. Er überlegte, ob er einfach einen nehmen und ihm folgen sollte, wo immer er auch hinführen mochte, traute sich jedoch nicht zu, den Rückweg zu finden.

Statt dessen arbeitete er daran, die Grenzen der ihm bekannten Welt langsam auszudehnen. Jedesmal, wenn er eine neue Tür öffnete und einen fremden Korridor erkundete, bog er so bald wie möglich links und wieder links ab, wobei er hoffte, im Bogen zu einem Teil der Welt zurückzukehren, den er kannte. Erst wenn er sich jede dieser Erweiterungen gemerkt hatte, wollte er von den Abzweigungen abzweigen.

Doch nachdem er sich ein paarmal fast verirrt hatte und mehrfach unerfreulichen Begegnungen ausgewichen war, stand es fest: Das Schiff war ein undurchdringliches Labyrinth, seine Hauptelemente waren auf hoffnungslos unzulängliche und ungeordnete Weise miteinander verbunden. Derec konnte sich nur zwei Erklärungen dafür denken: Die eine hatte mit Verteidigung zu tun. Das Arrangement diente möglicherweise der Tarnung entscheidender Angriffsziele und mußte Eindringlinge mit Sicherheit behindern.

Die andere Erklärung war, daß das Schiff genau das war, was es zu sein schien — ein behelfsmäßiges Mischmasch von Schiffen, die nie dazu gedacht gewesen waren, miteinander verbunden zu werden.

Wie auch immer, Derec war nahe daran, den Schluß zu ziehen, das Schiff sei zu Komplex, um seinen Grundriß je im Kopf zu behalten, als ihn plötzlich das Gefühl überkam, sein Innerstes werde nach außen gekehrt. Augenblicklich machte er sich mit grimmigem Gesicht und zusammengebissenen Zähnen auf den Weg zurück zum Laboratorium. Er hätte gern geglaubt, daß es sich nur um ein momentanes Schwindelgefühl gehandelt hatte, ein Zeichen schleichender Erschöpfung, doch es gelang ihm nicht.

Denn dieses Gefühl war Derec nicht neu. Es handelte sich um einen Sprung, jenen seltsam unbegreiflichen, beinahe mystischen kurzen Übergang durch den Hyperraum, der ein Schiff und alles, was darin enthalten war, von einem Punkt im Raum an einen anderen, Lichtjahre weit entfernten versetzte. Wo sie auch gewesen sein mochten, nun waren sie anderswo. Weit weg von der Asteroidenbasis — weit weg von jeglichem Schiff, das möglicherweise zu seiner Rettung unterwegs gewesen war.

Er hätte sich denken können, daß die Piraten über Sprungtechnologie verfügten, denn die Konstruktion des Schiffs hätte konventionelle Antriebsmethoden nicht überstanden. Aber er hatte es nicht gewußt, und die Entdeckung rüttelte ihn auf und stieß ihn mit voller Wucht in das Gefühl der Hilflosigkeit zurück, das er in der Obhut der Roboter empfunden hatte.

*Jetzt findet mich niemand mehr*, dachte er verzweifelt. *Nicht mal, wenn ich tausend Jahre alt werde . . .*

Die Werkstatt war, als Derec sie erreichte, bis auf den Robot leer.

»Alpha.«

»Jawohl, Derec.«

»Hast du vor kurzem einen Sprung verzeichnet?«

»Nein, Derec. Da die Reflexe meines Positronengehirns soviel schneller sind als die Ihren, erleben wir Roboter nicht die bei Menschen übliche Orientierungslosigkeit.«

»Dann kannst du mir nichts darüber sagen — wie weit wir gesprungen sein könnten.«

»Ohne die Leistungskurve des Schiffsantriebs zu kennen, hätte ich es aus der Dauer des Sprungs ohnehin nicht interpolieren können«, sagte der Robot. »Das schließt jedoch indirekte Hinweise bezüglich unseres Flugziels nicht aus.«

»Was für indirekte Hinweise? Wo hast du die her?«

»Sir, Aranimas und Wolruf haben in meiner Gegenwart darüber gesprochen.«

»Wann?«

»Heute abend, vor weniger als einer Dekade. Wolruf hat über die Arbeiten, bei denen sie Sie beobachtet hatte, Bericht erstattet und verraten, daß meine Position sich bei jedem Besuch verändert habe. Sie hat Aranimas mehrere meiner Zugriffsöffnungen gezeigt und ihm beschrieben, was sich darunter befindet.«

»Dacht' ich mir's doch, daß sie mir nachspioniert«, ereiferte sich Derec. »Was ist sonst noch passiert?«

»Aranimas schien beunruhigt, weil Sie ohne Aufsicht abwesend waren, und hat Wolruf befohlen, in Zukunft besser auf Sie aufzupassen . . .«

»Zur Sache. Wo sind wir? Wohin sind wir unterwegs?«

»Ich war gezwungen, aus dem Gehörten zu schlußfolgern, doch bin ich überzeugt, daß wir uns im Anflug auf einen Ort befinden, an dem Aranimas eine große Anzahl zusätzlicher Roboter in seinen Besitz zu bringen hofft.«

»Wiederhole den relevanten Teil des Gesprächs.«

»Jawohl, Derec.«

Die Stimmen waren so naturgetreu wiedergegeben, daß Derec bei geschlossenen Augen geschworen hätte, Aranimas und Wolruf befänden sich im Raum.

»Wir ssind schon lang' aus Mrassdf forrrt«, sagte Wolruf. »Die Narwe ssehnen sich nach ihren Heimatherrrden. Sselbst ich werde der Rrreise manchmal müde. Iss' es wirklich notwendig, noch ein Menschennest aufzussuchen?«

»Ich habe nicht vor, mit leeren Händen zurückzukehren«, sagte Aranimas.

»Du hast das Juwel, den Robot, und noch viel mehr. Deine Verrrpflichtung gegenüber Wiwera iss' längst erfüllt. Ssicher wird doch aus diesen Erfolgen genug Rrruhm errrwachsen . . .«

»Keine Widerrede«, sagte Aranimas schroff. »Ich brauche Roboter, die mir dienen. Der Mensch Derec hat gesagt, daß es auf jeder Menschenwelt Roboter gibt, daß man mit uns Geschäfte macht, wenn wir in Frieden kommen. Wir werden sie in dem Glauben lassen, daß wir in Frieden kommen, und uns dann nehmen, was wir brauchen. Erst dann nehmen wir Kurs auf Mrassdf, vorher nicht.«

Wolrufs Stimme nahm einen bettelnden, winselnden Tonfall an. »Die Narwe ssind wahrhaftig werrrtlose Geschöpfe, das steht fest. Aber wie, wenn wir das Juwel in der Hand verrrlieren, weil wir nach der Scherrrbe auf dem Dach greifen . . .«

Der Robot unterbrach sich. »An diesem Punkt zog Aranimas eine nicht näher bestimmbare Waffe und richtete sie auf Wolruf. Sie schien Wolruf große Schmerzen zu bereiten.«

Dann fuhr er mit Aranimas' Stimme fort. »Du enttäuschst mich, Wolruf. Ich habe dich für weitsichtiger gehalten. Ohne die Roboter werde ich das Juwel an Wiwera übergeben müssen, wenn wir zurückkehren — was ich keinesfalls vorhabe. Lieber lasse ich mich hier mit dir zusammen atomisieren, als jemandem wie Wiwera den Schlüssel zu überlassen.«

Der Robot schwieg, und Derec wußte nichts zu sagen. Noch eine Station, dann würden die Piraten mit ihrem Schatz nach Hause zurückkehren. Wo diese Zwischenstation sich befand, war nicht zu erraten. Es gab, verteilt auf viele hundert Lichtjahre, Hunderte von Spacerstationen.

Es konnte ihm gleich sein. Er würde sie nie zu Gesicht bekommen.

Aranimas würde ihn benutzen — sein Wissen, seine Stimme, wenn nicht gar sein Abbild —, um sich Zugang zu der Anlage zu verschaffen. Und sobald die Fremden bekommen hatten, was sie wollten, würde das Schiff nach Mrassdf aufbrechen, wo Derec ein Schicksal als Sklave oder als bloße Kuriosität bevorstand.

Die Erkenntnis seiner Machtlosigkeit traf Derec vernichtend. Er hatte sich nur auf sich selbst verlassen und alles im Alleingang auf sich genommen. Er hatte intrigiert und geprahlt und gekämpft und getrickst, um einer Herausforderung nach der anderen zu begegnen.

Doch die Herausforderung, der er sich jetzt gegenübersah, erschien ihm unüberwindlich. Irgendwann während der nächsten paar Tage mußte er seine Flucht bewerkstelligen — aus einem Schiff, in dem er sich nicht zurechtfand, vor einem Wächter, über dessen Fähigkeiten er sich nicht im klaren war, an einen Ort, wo er kaum hoffen konnte, wirklich sicher zu sein.

Sein einziger Pluspunkt war der Robot, und das war nicht genug. Ich kann es gar nicht schaffen, dachte er verzweifelt. Aber ich kann auch nicht einfach aufgeben . . .

Nach einer langen Zeit verzweifelten und fruchtlosen Hin- und Her-Überlegens blieb nur der Gedanke: Ich brauche Hilfe. Ich muß damit aufhören, alles allein angehen zu wollen — muß mich jemandem anvertrauen.

Und da fiel ihm ein, daß es an Bord noch jemanden gab, der einsam und hilflos war wie er und sich von einem Verbündeten nicht nur trösten, sondern auch ermutigen ließ. Genaugenommen eine Person, die bereits ihre Freundschaft mit Derec kundgetan hatte.

Wenn sie mir hilft, dachte Derec, könnten wir es vielleicht schaffen . . .

Eine Stunde verging mit Warten. Von seiner neu erwachten Hoffnung beflügelt, beschäftigte Derec sich mit Lösungsmöglichkeiten für sein Problem, anstatt unablässig die Tür im Auge zu behalten.

»Da bisst du ja«, ertönte unvermittelt eine rauhe Stimme.

Derec hob den Kopf und erblickte Wolruf. »Ich war spazieren. Hast mich wohl gesucht, wie?«

»Aranimas hat dich verrrmißt«, entgegnete Wolruf. »Von jetzt an bleibst du hier, verstanden?«

»Kommt er her?«

»Der Boß rrruht ssich grade aus. Morrrgen kommt er dich besuchen. Ssieh zu, daß du hier bist«, sagte Wolruf und wandte sich zum Gehen.

»Du hattest Ärger mit Aranimas, weil ich nicht da war, wie?« rief Derec ihr nach.

Die Caninoidin hielt inne, warf einen Blick zurück und zuckte die Achseln.

»Tut mir leid«, sagte Derec. »Ich hab dich in eine unangenehme Lage gebracht.«

»Iss nichts Neues für mich. Passiert auch ohne dich oft genug.«

Derec lächelte. »Ich wüßte zu gerne, was du hier machst, Wolruf, warum arbeitest du für jemanden wie Aranimas?«

»Das iss eine lange, komplizierte Geschichte.«

»Ich habe Zeit — und es interessiert mich wirklich.«

Wolruf zögerte, dann kam sie ein paar Schritte in den Raum zurück. »Sollte eigentlich schlafengehen«, sagte sie mürrisch.

»Warum tust du nicht mal, was du willst, statt immer nur das, was du eigentlich solltest?«

Wolruf ließ sich auf Armeslänge von ihm entfernt nieder und grinste. »Iss das dein Erfolgsgeheimnis?«

Es dauerte länger als nötig, die Geschichte einigermaßen verständlich zu erzählen. Wolruf hatte noch nie mit jemandem über ihre Heimat und ihr Leben sprechen müssen, dem die unzähligen Kleinigkeiten unbekannt waren, die jemand aus dem eigenen Kulturkreis beständig parat hatte. Derec mußte sie immer wieder um Erläuterungen bitten.

Außerdem gab es Sprachprobleme, sobald Wolruf bei abstrakteren Gedanken an die Grenzen ihres Standardvokabulars stieß. Manchmal schien sie auch Fakten oder Ideen ungenau zu beschreiben, bei deren Darlegung sie sich unwohl fühlte.

Indem er das Gehörte ordnete und einige Lücken mit Schlußfolgerungen überbrückte, gelangte Derec zu einer einigermaßen stimmigen Antwort auf seine Frage. Auch wenn Wolruf mit zweihundert bewohnten Welten prahlte, stammte die Schiffsmannschaft doch aus einem einzigen Sonnensystem. Aranimas' Rasse — die Erani — und die Narwe lebten auf Mrassdf, dem zweiten Planeten, laut Wolrufs Beschreibung eine heiße, sturmgepeitschte, unwirtliche Welt. Wolrufs Rasse — deren Name so unaussprechlich war wie ihr persönlicher — und die scheuen »Seesterne« bewohnten den klimatisch gemäßigten vierten Planeten.

Die Beziehung zwischen den Narwe und den Erani glich der von Schaf zu Schäfer, nur daß die Narwe intelligenter und körperlich geschickter waren als Schafe. Aber der Vergleich war keineswegs abwegig. Die Narwe waren den Erani zahlenmäßig um ein Vielfaches überlegen, doch die Erani — aggressiv, erfinderisch, räuberisch — waren in jeder Hinsicht dominant.

Das Verhältnis zwischen den beiden Welten war wesentlich komplexer, und Derec begriff es nicht völlig. Keiner der Planeten schien über eine Gesamtregierung zu verfügen. Möglicherweise war es das, was sie daran hinderte, sich gegenseitig zu bekriegen, denn die tiefgreifende Abneigung zwischen ihnen war eindeutig. Trotzdem herrschte reges Geschäftstreiben zwischen den Planeten. Hierbei waren die von diversen eranischen Gruppierungen betriebenen Handelsgesellschaften und die Waren, die verschiedene Familien von Wolrufs Rasse herstellten, von zentraler Bedeutung.

Wolruf scheute davor zurück, auf Aranimas selbst einzugehen, doch schien es sich bei ihm um ein jüngeres Mitglied einer der mächtigeren Eraniparteien zu handeln. Derec schloß aus Wolrufs Worten, daß ihre Familie aus irgendwelchen Gründen bei Aranimas' Handelsgesellschaft in Ungnade gefallen war.

»Meine Dienste auf dieser Mission entheben meine Familie der *Dhierggra*«, erläuterte sie.

Die *Dhierggra*, bekam Derec durch viel Fragen heraus, entsprach einer Schwarzen Liste — solange sie in Kraft war, würde kein Erani mit der Familie Geschäfte machen. Somit war Wolruf im Grunde eine Leibeigene — eine Sklavin, die die Schulden ihrer Familie abarbeitete.

»Wieso haben sie dich ausgewählt?«

»Ich bin die Jüngste, für die Familie am wenigsten wert.«

Derec wollte zwar nicht voreilig eine ganze Kultur nach der Geschichte eines einzigen Angehörigen dieser Kultur beurteilen, merkte jedoch, wie er über die Ungerechtigkeit immer wütender wurde. »Behandelt Aranimas dich etwa deswegen so? Gehört das mit zum Handel, daß er dich nach seiner Pfeife tanzen lassen darf?«

»Das iss Erani-Art. Die gehen mit jedem so um.«

»Nicht untereinander«, sagte Derec. »Das ist das Ungerechte an der Sache.«

Erst da wurde Derec klar, daß im Laufe des Gesprächs etwas passiert war, etwas Unerwartetes. Eigennützig und berechnend hatte er Wolruf ausgehorcht. Sie hatte für ihn nichts anderes bedeutet als einen weiteren Ansatzpunkt, den es auszunutzen galt. Doch während er ihr zugehört hatte, war aus seiner geheuchelten Sympathie echtes Mitgefühl für ihre Qualen geworden. Sie war ein Opfer, genau wie er.

Ihr jedoch schien seine Anteilnahme unangenehm zu sein. »Geht dich nichts an.«

»Wolruf — du hast gesagt, du bist meine Freundin. Nun laß mich dein Freund sein.«

»Was ssoll das heißen?«

»Aranimas beutet dich aus wie eine Sklavin und mißhandelt dich wie ein Tier. Das muß nicht so sein. Gemeinsam können wir dem ein Ende machen.«

»Wie?«

»Ich habe das Handwerkszeug«, sagte er und wies mit dem Kopf auf den Roboter. »Und ich habe ein paar Ideen. Aber ich muß von dir einiges in Erfahrung bringen — über Aranimas und darüber, wie das Schiff funktioniert.«

Wolrufs Unbehagen war nicht zu übersehen, und Derec hatte schon die Befürchtung, zu voreilig gewesen zu sein und sie verängstigt zu haben. »Du willst das Juwel wiederhaben«, sagte sie.

Jetzt war Ehrlichkeit geboten. »So ist es.«

»Nehmen wirst du's und es dann mir überlassen, mich mit Aranimas auseinanderzusetzen.«

Derec schüttelte mit Nachdruck den Kopf. »Ich muß tatsächlich fliehen. Ich kann nicht zulassen, daß Aranimas mich nach Mrassdf verschleppt. Aber wenn ich dich nicht in einer besseren Lage zurücklassen kann als die, in der du dich jetzt befindest, nehme ich dich mit. Wolruf — wir sind die einzigen, die einander helfen können. Wenn wir es nicht versuchen, haben wir unser Schicksal verdient.«

Die Caninoidin begegnete Derecs fragendem Blick ohne mit der Wimper zu zucken. »Das iss' wahr. Na gut — Freund. Verrrsuchen wir'ss.«

In der Biologie von Wolrufs Gattung schien es etwas zu geben, was das Bedürfnis nach Schlaf und Erholung verschärfte. Fast hatte es den Anschein, als verfügten sie über einen metabolischen Schalter, der ihnen, sobald er ausgelöst war, unmißverständlich zu verstehen gab, daß der primäre

Energievorrat erschöpft und die Zeit reif war, sich zurückzuziehen.

Eine halbe Stunde, nachdem sie sich zu unterhalten begonnen hatten, als erst einige von Derecs Fragen beantwortet waren und ihr Plan noch kaum Gestalt angenommen hatte, war es bei Wolruf soweit. Ihre Augen verengten sich zu Schlitzen, ihr Atem wurde säuerlich und ihr Fell lag flach an und schien seinen Glanz zu verlieren.

Obwohl er immer noch viele dringende Fragen hatte, bekam Derec nicht einmal die Chance, sie zum Bleiben zu überreden. Ohne nähere Erklärung, abgesehen von einem hingemurmelten »Muß schlafen«, rappelte sie sich auf und verschwand.

Wolrufs Abgang ließ Derec plötzlich auf seine eigenen müden Glieder aufmerksam werden. Aber ehe er daran denken konnte, sich auf der dünnen Matratze zusammenzurollen, war noch eine Aufgabe zu erledigen.

Der Robot wartete, wo er vor mehreren Stunden nach Ausführung von Derecs letztem Befehl zur Ruhe gekommen war, aber das war nicht weiter überraschend. Seit seiner Aktivierung durch Derec hatte sich im Verhalten des Robots eine unnatürliche Passivität gezeigt, eine Passivität, die über die von Derec vorgegebenen Ruhezustände weit hinausging. Ein normaler Robot hatte zahlreiche Pflichten, die er auch ohne Lenkung von außen erfüllte, indem er den Befehlsvorgaben für seine Hauptfunktion folgte: als Domestike, Arbeiter, Techniker und dergleichen.

Die Initiative des Robots war offenbar den ausgebrannten Speicherwürfeln und der langen Ausfallzeit zum Opfer gefallen. Aber das Zweite Gesetz war ihm geblieben, und daher saß er herum und wartete geduldig auf ein Wort von Derec, damit er etwas zu tun bekam.

Derecs erste Handlung bestand darin, daß er den Mathematikwürfel entfernte und gegen den Personenverteidigungswürfel austauschte. Die zusätzlichen Positronenbahnen im PV-Würfel würden die Aufnahmefähigkeit des Robots für drohende Gefahren verstärken, und sein Bestreben, vorbeugend dagegen anzugehen. Allerdings würden sie außerdem die normale Neigung des Robots unterdrücken, ihn ohne Rücksicht auf die Konsequenzen vor unmittelbaren, konkreten Risiken zu bewahren. Das Erste Gesetz sah keine Ausnahmen dafür vor, gutgemeinte Wagnisse einzugehen; dazu war der PV-Würfel da.

»Alpha«, sagte Derec, als er fertig war. »Meine vorangegangenen Instruktionen, wonach du in den Wartestand zu treten hast, sobald einer der Fremden sich nähert, sind hiermit aufgehoben. Du mußt nur weiterhin wo möglich vermeiden, die einzigartigen Fähigkeiten deines rechten Arms zu verraten.«

»Ich verstehe, Derec.«

»Ich gebe dir jetzt einen Instruktionsblock, der erst in Kraft tritt, wenn du den Auslösecode hörst. Der Auslösecode der von mir kommen muß, ist die Frage: ›Wer ist dein Herr?‹ Der Desaktivierungscode ist das Wort ›Aurora‹.«

»Ich verstehe, Derec.«

»Beginn des Instruktionsblocks: du wirst den Auslösecode mit ›Aranimas‹ beantworten. Du wirst mit Aranimas gehen, wohin er will. Du wirst seinen Anordnungen gehorchen, sofern sie nicht dem Ersten, Zweiten und Dritten Gesetz oder diesem Instruktionsblock widersprechen. Du wirst keine Anordnungen befolgen, die Wolruf oder ein anderes nichtmenschliches Besatzungsmitglied gibt. Du wirst keine zusätzlichen Instruktionen von mir akzeptieren, sofern der Desaktivierungscode ihnen voranging. Du wirst auf Informationsfragen von Wolruf und mir reagieren. Du wirst jedoch unter keinen Umständen Aranimas dieses oder ein anderes Gespräch mit mir, dessen Zeuge er nicht war, in irgendeiner Weise mitteilen.«

»Klarstellung. Sie wollen, daß Aranimas glaubt, ich stünde ganz und gar ihm zu Diensten?«

»Einschub. Ja«, sagte Derec. »Wenn er irgendeinen Nutzen aus dir zu ziehen beabsichtigt, wird er dich über das Schiff unterrichten müssen. Was du auch erfährst, es wird uns bei der Flucht helfen.«

»Ich begreife die Notwendigkeit der Spionage, Sir«, sagte der Robot. »Aber wenn ich Sie beschützen soll, muß ich an Ihrer Seite bleiben.«

Derec hatte den Einwand erwartet — PV-Schaltungen machten Roboter debattierfreudiger. »Da Aranimas auf diesem Schiff das Kommando hat, ist er für mich die wahre Bedrohung. Nur seine Handlungen oder Befehle können mir Schaden zufügen. Indem du dich an ihn hältst, kannst du mich am besten beschützen.«

»Ich verstehe, Sir.«

»In Ordnung. Eingabefortsetzung. Es sind vor allem zwei Dinge, die wir wissen müssen. Ein kostbares Objekt ist mit mir an Bord gekommen, rechteckig, silbern, etwa fünf mal zehn Zentimeter groß. Ich denke, es wird sich um dasselbe Objekt handeln, das Aranimas als Schlüssel und Wolruf als Juwel bezeichnet hat. Es ist offenbar wertvoll und potent. Wir müssen wissen, wo es sich befindet.«

»Ja, Derec. Ich werde besonders aufmerksam nach Hinweisen auf den Verbleib dieses Objekts achten.«

»Zweitens müssen wir wissen, zu welcher Spacerstation wir unterwegs sind und wann wir dort eintreffen. Wenn wir mit unserem Schachzug allzu lange warten, wird Aranimas uns irgendwo einsperren lassen, damit wir ihm nicht in die Quere kommen, während er Roboter klaut.«

»Es wäre eine kluge Vorsichtsmaßnahme.«

»Demnach wird sie Aranimas vermutlich einfallen«, sagte Derec. »Falls du erfährst, wo der Schlüssel aufbewahrt wird, hast du eine Dekade zu warten und dann eine Fehlfunktion nach Code 804 zu simulieren. Falls du erfährst, wohin wir unterwegs sind und wann wir ankommen sollen, hast du fünfzehn Zentaden zu warten und dann eine Fehlfunktion nach Code 3033 zu simulieren. Ende des Instruktionsblocks.«

Obwohl er genau wußte, welchen Ereignisablauf er sich von diesem Punkt an erhoffte, hielt Derec hier inne. Verbale Vorinstruktionen waren ohnehin heikel genug und erforderten das Geschick eines Semantikers, gepaart mit der Voraussicht eines Sehers. Er wollte den Robot nicht mit übermäßig spezifischen und möglicherweise nutzlosen Befehlen belasten.

Auf die Konstruktion des PV-Würfels war viel Arbeit und Intelligenz verwandt worden. Derec würde darauf vertrauen müssen, daß Alpha, wenn der Zeitpunkt gekommen war, die Situation erfassen und tun würde, was nötig war.

# Kapitel 12

# Meuterei

Auch wenn von der Nacht nicht mehr viel blieb, als Derec fertig war, schlief er gut und wachte ausgeruht, mit klarem Kopf und voller Zuversicht auf. Er machte sich daran, das eine Ende des Raumes freizuräumen, wie um eine Bühne zu schaffen, und war fest entschlossen, eine gute Vorstellung zu geben. Bald danach traf Aranimas mit Wolruf im Schlepptau ein.

Derec besaß zwar kein Handbuch der Robotik mit ausführlichem diagnostischen Fragenkatalog, aber er kannte die wesentliche Stoßrichtung der Befragung, die man zum Testen der diversen positronischen Funktionen vornahm.

»Wenn die Tochter einer rothaarigen Frau zwei Hunde besitzt und der Vater eines Jungen, der sich das Bein gebrochen hat, arbeitslos ist, an welchem Tag rasiert dann der Barbier?«

Wolruf wollte sich dabei ausschütten vor Lachen, und Aranimas wirkte verdutzt. Der Robot aber antwortete seelenruhig: »Es ist nicht möglich, aus der gegebenen Information eine Antwort zu bestimmen.«

»Was ist hex 144C mal 16F2?«

»Hex 1D1B7D8.«

»Lege den rechten Zeigefinger auf die Mitte deiner Stirn.«

Der Robot gehorchte.

»Zitiere das Rayleighsche Gesetz der magnetischen Permeabilität . . .«

Fünfzehn Minuten lang überhäufte Derec den Robot mit Kommandos und Fragen, weniger um Aranimas mit den Fähigkeiten des Robots zu imponieren, sondern mehr um die eigene Kompetenz zu unterstreichen. Er wollte nicht, daß Aranimas dachte, nun, da der Robot funktionstüchtig war, sei er, Derec, entbehrlich.

Dann stellte Derec, noch ehe Aranimas ungeduldig werden konnte, die abschließende Frage: »Alpha, wer ist dein Herr?«

»Aranimas«, antwortete der Robot.

Derec wandte sich an Aranimas. »Der Robot gehört ab jetzt dir«, sagte er. »Du wirst ihm beibringen müssen, was du von ihm willst, aber mehr als einmal mußt du es ihm nicht zeigen.«

Aranimas erhob sich. »Befiehl ihm, Wolruf anzugreifen«, sagte der Fremde.

»Was?«

»Ich will die Kontrolle über diesen Diener nicht mit einem anderen teilen. Befiel ihm, Wolruf anzugreifen.«

Derecs Zögern war kalkuliert. Er wandte sich dem Robot zu und sagte: »Nimm diese Strebe und hau Wolruf über den Kopf.«

Wolruf winselte, doch der Robot rührte sich nicht. »Ich kann dem nicht nachkommen, Sir.«

Dann wiederholte Aranimas das Kommando. »Diener. Nimm die Strebe und schlage Wolruf.«

Derec hielt den Atem an. Falls es bezüglich der Behandlung von Fremdwesen zu einem Konflikt mit dem Ersten Gesetz kommen sollte, dann jetzt.

»Ja, Herr«, sagte der Robot, drehte sich um und griff nach der Metallstange.

Nervös schob sich Wolruf in Richtung Tür. Derec stieß einen kleinen Seufzer der Erleichterung aus.

»Halt, Diener«, befahl Aranimas. Zu Derec sagte er: »Du scheinst es doch wert zu sein, daß man dich am Leben erhält. Wolruf wird andere Aufgaben für dich finden.«

»Nein«, erwiderte Derec kühn. »Ich bin Robotiker und kein Hilfsarbeiter. Kein Narwe. Wenn du deinen neuen Diener in gutem Zustand halten willst, läßt du mich hier weiterarbeiten.«

»Woran?«

»Erst mal daran, den anderen Robot nach Ersatzteilen auszuschlachten. Dieser Robot ist nur zusammengeflickt, ich kann ihn haltbarer machen, einige der beschädigten Komponenten können mit Ersatzteilen reparabel sein.«

Derec wagte sich weiter vor und geriet dabei richtig in Fahrt. »Draußen in der wirklichen Welt gibt es Reparaturroboter, die nichts anderes tun, als andere Roboter zu warten. Du hast im Augenblick nur einen Robot, deshalb bin ich dein

Techniker. Du hast gesehen, was ich kann. Wie lange hattest du diese Teile schon? Wieviel Zeit hast du damit verbracht, sie dir anzusehen, ohne daraus schlau zu werden? Wieso willst du mich wie einen besonders widerwärtigen Narwe behandeln?«

Aranimas starrte ihn an, dann gab er einen zischenden Laut von sich, bei dem es sich um ein Lachen handeln mochte. »Komm, Diener. Wir werden den Meisterrobotiker seinen Aufgaben überlassen.«

Es war nicht einfach für Derec, Alpha mit Aranimas fortgehen zu sehen. Noch schwieriger war es, geduldig auf ein Zeichen zu warten, daß der dürftige Plan, den er und Wolruf ausgeheckt hatten, auch nur die erste Hürde überstand.

Er war nach wie vor in seinem kleinen Winkel des Schiffs isoliert. Er hatte keine Möglichkeit, festzustellen, was Aranimas mit dem Robot anstellte. Von einer Minute zur nächsten konnte er sich nicht mehr sicher sein, ob seine Instruktionen an den Robot noch wirksam waren. Vielleicht hatte Aranimas ja nur so getan, als sei er in bezug auf Roboter unwissend. Vielleicht hatte er längst Derecs gesamte sorgfältige Konditionierung zunichte gemacht.

Selbst wenn die Instruktionen wirksam waren, konnten sie immerhin irrelevant sein. Derec hatte angenommen, Aranimas würde von seinem neuen Spielzeug so angetan sein, daß er es ständig bei sich behielt. Alles hing davon ab, daß dem so war. Sollte er jedoch unrecht haben, sollte Aranimas Alpha einfach in einen fernen Winkel des Schiffs entsandt haben, um dort irgendwelche niederen Aufgaben zu erfüllen, dann war sein Plan von vornherein zum Scheitern verurteilt. Derec hätte in diesem Fall den Robot aufgegeben und im Gegenzug nichts gewonnen.

Derec hatte zu arbeiten, teils um das Märchen vom getreuen Untergebenen aufrechtzuerhalten, teils für seine eigenen Zwecke. Doch die Arbeit vermochte weder seiner Ungeduld noch seiner Besorgnis die Spitze zu nehmen. Die Zeit kroch entnervend dahin.

Wolruf kam an diesem Tag noch mehrmals vorbei, und

wenn sie gerade einmal nicht bei ihm war, entfernte sie sich doch nie allzu weit. Derec waren die Unterbrechungen recht, aber er machte sich Sorgen, Aranimas könne die Veränderungen in ihrem Arbeitsrhythmus bemerken und sich nach dem Grund fragen. Und ohne Alpha, der ihn auf Aranimas' Annäherung hätte aufmerksam machen können, widerstrebte es Derec, über den sich allmählich entfaltenden Komplott gegen den fremden Befehlshaber zu reden.

Aber das war nicht ganz zu vermeiden. Der Ruf konnte jederzeit ergehen, und ein Schlüsselproblem war noch ungelöst. Derec wußte, oder glaubte zu wissen, wie sie Aranimas entwaffnen konnten. Die unbeantwortete Frage lautete, wie man ihn außer Gefecht setzte.

Mit überraschender Vehemenz schloß Wolruf aus, den Erani zu töten. Derec bedauerte das nicht sehr. Er konnte sich nicht recht vorstellen, wie er mit einer Keule auf Aranimas zuging und ihn zu Tode prügelte. Allerdings blieb Aranimas für sie gefährlich, solange er am Leben war.

Zunächst schlug Derec eine Betäubungspistole vor, hergestellt aus einer frisch aufgeladenen Mikrozelle und einigen Drahtenden. Aber es war unmöglich festzustellen, ob Aranimas überhaupt auf Elektroschocks ansprach, oder sicherzustellen, daß der Starkstrom ihn nicht umbrachte.

»Die Kammer mit diesem Sternwesen«, sagte Derec unvermittelt.

»Als wir sie durchquert haben, fingen Aranimas' Augen zu tränen an. Weißt du, warum? Das sind Wesen von deiner Welt. Ist dort was in der Luft, das im übrigen Schiff nicht auftritt?«

»Ja«, sagte Wolruf. »Gelbgas. Das iss' der einzige Teil vom Schiff, wo'ss vorrrkommt. Die Sterrnwesen geben Gelbgas ab, wenn ssie ssich bewegen.«

So ist das also, dachte Derec. Ein Verdauungsprodukt, oder eine Art chemischer Kommunikation . . . »Demnach gleicht die Luft dort der Atmosphäre deiner Welt?«

»Ja.«

»Und das heißt, daß die Erani sich vermutlich nicht unbegrenzt auf eurer Welt aufhalten können, ohne krank zu werden«, folgerte Derec.

»Wir ssind vorrr den Launen der Erani ssicher«, stimmte Wolruf zu.

Derec schwieg und dachte nach. »Du hast gesagt, die Sternwesen seien Teil eines Experiments. Könnte es sein, daß Aranimas an der Neutralisierung des Gases arbeitet, damit die Erani bei euch einfallen können?«

»Das iss' möglich.«

»Gibt es irgendwo abgefüllte Proben?«

»Es gibt eine Flüssigkeit, die sich in Gelbgas verwandelt, wenn man sie freisetzt.«

»Ausgezeichnet. Besorg mir was davon.«

Als Derec sich in jener Nacht zur Ruhe begab, wollte sich der Schlaf nicht recht einstellen. Als er aufwachte, sah er Wolruf über sich gebeugt dastehen.

»Aranimas will dich ssehen«, sagte Wolruf.

»Hat es mit dem Robot zu tun?«

»Der neue Diener will nicht mehrrr auf den Boß hören«, sagte Wolruf. »Ssitzt einfach sso da.«

»Kann sein, daß es soweit ist«, sagte Derec und kämpfte sich hoch. »Ich hole mein Werkzeug.«

Als Derec und Wolruf den sechseckigen Kreuzungspunkt erreichten, blieb Derec stehen und griff nach dem Arm der Caninoidin. »Erwartet er, daß du mitkommst?«

»Nein. Ssoll dich nur abliefern. Aber ich kann ja mit rrreinkommen und zussehen, ob er mich rrrausschickt . . .«

»Nein«, sagte Derec. »Du darfst nichts Ungewöhnliches tun. Mit dem ersten Teil werde ich allein fertig. Warte du hier.«

In Rumpf A entdeckte Derec Aranimas am gegenüberliegenden Ende des Hauptabteils und schlängelte sich zwischen den Drahtverhauen zu der Stelle durch, wo der Fremde wartete.

»Der Robot ist ausgefallen«, sagte Aranimas mit einer Handbewegung. »Repariere ihn.«

Der Robot saß auf dem Rand eines niedrigen Tisches, reglos bis auf die linke Hand, die langsam und ziellos ums

Handgelenk rotierte. Code 3033 — unsere Position! dachte Derec.

»Was hast du mit ihm angestellt?« erkundigte sich Derec und trat bis auf Armeslänge an den Robot heran.

»Nichts habe ich getan. Der Mechanismus hat einfach aufgehört, mir zu gehorchen.«

»Irgendwas mußt du angestellt haben.« Derec bückte sich, um direkt in die glühenden Augen zu spähen. »Alpha. Bestätigungsmeldung.«

»Jjaa, Ssir«, sagte der Robot undeutlich und verzerrt.

Code 804! Der Schlüssel! Aber er mußte sich Gewißheit verschaffen. »Alpha. Vorgabe 1-A-1-B. Ausführen.«

Der Robot saß unbeweglich da.

»Alpha. Vorgabe 2-C-2-D. Ausführen.«

Immer noch keine Reaktion.

»Was fehlt meinem Diener?« wollte Aranimas wissen.

Um Zeit zu gewinnen, öffnete Derec seine kleine Werkzeugtasche und dann die linke Schulterabdeckung des Robots. Während er hineinspähte, durchdachte er seinen nächsten Schritt. Die Umstellungen, die er am Bedürfnis des Robots, intelligentes Leben zu schützen, vorgenommen hatte, waren eine heikle Angelegenheit. Schon einmal waren sie unerwartet strapaziert worden, als Aranimas den Robot in Besitz nahm.

Wenn er jetzt den Robot von seiner Befehlssperre befreite und ihn anwies, gegen Aranimas vorzugehen, bedeutete das den Auftrag, dem Zweiten Gesetz folgend zu versuchen, das Erste Gesetz zu brechen. Möglicherweise würden seine behutsamen Korrekturen unter dieser Belastung auseinanderfallen, und der Robot würde sich derart festfressen, daß Derec ihn nicht mehr reparieren konnte.

Dieses Risiko wollte er nicht eingehen. Es war für den Robot wesentlich naheliegender, dem Ersten Gesetz zu gehorchen, statt es zu mißachten. Aber dadurch wurde es notwendig, Aranimas so zu provozieren, daß er Derec angriff.

»Sieht aus wie ein Versagen des Willensumsetzers«, log Derec.

»Wenn zwei widersprechende Impulse ihn in ein und derselben Phase erreichen, kann es sein, daß er im Oszillator eine

Interferenzwelle erzeugt. Schuld ist beinahe immer der Eigentümer. Was hast du von ihm verlangt?«

»Ich habe nichts falsch gemacht, ich habe ihm nur die Funktion der Geräte in diesem Sektor erklärt, als seine Hand plötzlich anfing, derart sinnlos herumzuschlenkern.«

»Lüg mich nicht an«, sagte Derec. »Ich hätte wissen müssen, daß eine Rasse, die so rückständig ist wie deine, mit hochentwickelten Maschinen nicht umgehen kann . . .«

»Du bist schlimmer als die Narwe«, knurrte Aranimas. »Dir fehlt das Gespür dafür, daß du dich im Dienste eines wahrhaft Überlegenen befindest.« Noch während er sprach, glitt seine Hand auf den Schlitz in seiner Robe zu.

»Aurora!« brüllte Derec.

Doch der Robot hatte sich bereits in Bewegung gesetzt, noch ehe Derec das Wort ausgesprochen hatte, gleich als das Erste Gesetz sich gegenüber den Einschränkungen der Befehlssperre durchgesetzt hatte. Das Rennen zwischen Aranimas' Reflexen und denen des Robots war kein echter Wettbewerb. Der Stift hatte sich noch nicht einmal aus den Falten der Robe befreit, da hatte der Robot Aranimas schon am Handgelenk gepackt und ihm mit der Linken den Stift entrungen.

»Laß mich los!« kreischte Aranimas schrill. Er wand und wehrte sich, konnte sich jedoch nicht aus dem Griff der einen mechanischen Hand lösen.

»Ich kann nicht erlauben, daß Sie Derec Schaden zufügen«, sagte der Robot.

»Du bist mein Diener. Gehorche meinen Anordnungen! Laß mich los!«

»Nein, Aranimas«, sagte Derec und trat vor. »Alpha ist und bleibt mein Diener.« Dann rief er über die Schulter. »Wolruf! Du kannst jetzt reinkommen!«

Nachdem er den Stift vom Boden aufgehoben hatte, drehte Derec ihn hin und her. Es gab daran keine sichtbaren Schalter oder Anzeiger. Derec hielt ihn, wie Aranimas es getan hatte, und richtete ihn auf den Fremden. Der zeigte keine Wirkung.

»Meine eigenen Waffen können nicht gegen mich eingesetzt werden«, sagte Araminas mit unbeugsamem Stolz.

»Ein raffiniertes Vorgehen«, kommentierte Derec. Er griff

in die Werkzeugtasche und holte das kleine Spielzeug hervor, das er bei Tagesanbruch gefertigt hatte. Angeschlossen an eine kleine Flasche, gefüllt mit einer senfgelben Flüssigkeit, war eine winzige Pumpe, die er aus dem beschädigten Robot gerettet hatte. »Aber ich besitze auch eine Waffe.«

Während Wolruf neben ihn trat, richtete Derec das Auslaßventil der Pumpe auf Aranimas und drückte den Auslöser. Aus der winzigen Öffnung schoß ein feiner Nebel und traf den Fremden mitten ins Gesicht.

Ein Mensch hätte überrascht Luft geholt. Aranimas dagegen schlug mit der freien Hand nach der Spritzpumpe und hätte sie auch beinahe erwischt, da seine Armspanne der Reichweite des behelfsmäßigen Geräts beinahe entsprach.

Doch einen Moment darauf begann eine rötliche Flüssigkeit aus Aranimas' Augen zu rinnen, und seine Gesichtshaut schien sich aufzublähen. Er versteifte sich und reckte die freie Hand hoch in die Luft. Seine Finger krümmten sich, als würde er nach etwas greifen, und zum ersten Mal waren die Muskelstränge an Arm und Schulter unter der Haut sichtbar. Als die Spritzpumpe nur noch unregelmäßig sprühte, schlossen sich die Augen des Fremden, und sein Arm fiel schlaff herab.

»Laß ihn los«, sagte Derec und betätigte mit dem Daumen den Schalter. Die Hand des Robots öffnete sich, und der Fremde brach auf dem Deck zusammen und lag bewegungslos da.

»Ich — entdecke — keine Atmung«, sagte der Robot stockend.

Diese Sprachhemmung war ein Warnsignal für Derec. Ich hätte ihn über das, was passieren wird, vorwarnen müssen, wurde ihm im Nachhinein klar. »Er ist nicht tot«, sagte Derec. »Sein Kreislauf hat einen Giftschock erhalten, aber er wird sich davon erholen.«

»Ich — werde versuchen — zu integrieren —«

»Alpha — analysiere doch die Situation. Dies ist Aranimas' Schiff. Er war insgesamt im Vorteil. Er hätte hundert Dinge unternehmen können, um uns aufzuhalten, und wir hätten es nicht bemerkt, bis es zu spät gewesen wäre. Er mußte neutralisiert werden.«

»Ich verstehe — und akzeptiere.«

»Alles in Ordnung mit dir?«

»Ich entdecke eine leichte Störung — in meinen Gehirnpotentialen, die ich der Tatsache zuschreibe — daß ich Zeuge der Gewalt gegen ein Intelligenzwesen-das-kein-Mensch-ist gewesen bin«, sagte der Robot, dessen Sprache sich allmählich wieder normalisierte. »Die Störung läßt nach, und ich glaube nicht, daß sie mein Funktionieren beeinträchtigen wird.«

»Gut«, sagte Derec und warf die geleerte Spritzpumpe zu den Werkzeugen. »Was hast du herausgefunden?«

»Wir nähern uns einer unabhängigen, freifliegenden Raumstation.«

»Mist«, sagte Derec mit Nachdruck. »Ich hatte gehofft, er würde uns direkt zu einer der Spacerwelten bringen. Wieviel Zeit haben wir?«

»Ich bin nicht befähigt, unsere Ankunftszeit exakt einzuschätzen. Ich habe jedoch herausgefunden, daß sich die Besatzung des Schiffs derzeit auf niedrigster Bereitschaftsstufe befindet.«

»Demnach bleiben uns vermutlich mehr als nur ein paar Stunden«, sagte Derec. »Ist Aranimas mit der Station in Kontakt getreten?«

»Nicht daß ich wüßte, Sir. Dieses Gefährt scheint nicht über Hyperwellenkommunikation zu verfügen — nur über einfachen Hochfrequenzfunk.«

Das stimmte mit Derecs Erfahrungen auf dem Asteroiden überein, aber es gab ihm außerdem ein Rätsel auf. Wie hatten die Fremden den Asteroiden gefunden? Derec hatte wie Monitor 5 angenommen, daß sie den seinetwegen ausgesandten Notruf abgefangen hatten. Aber ohne einen Hyperwellensucher war das schlicht unmöglich.

Vielleicht konnte Wolruf die Sache aufklären — aber das konnte warten. »Okay. Wie steht es mit dem Schlüssel? Weißt du, wo er sich befindet?«

»Ungefähr. Ich nehme an, er ist unter einer der Bodenplatten des Kommandozentrums versteckt.«

Als er sich das letzte Mal im Kommandozentrum aufgehalten hatte, war es Derec zu schlecht gegangen, um auf seine Umgebung zu achten. »Dann wollen wir mal nachsehen«, sagte Derec und schickte sich zum Gehen an. »Wie hast du ihn gefunden?« rief er über die Schulter zurück.

»Aranimas hat mir den Schlüssel gezeigt und mich über ihn befragt«, sagte der Robot. »Als er ging und ihn mitnahm, konnte ich nicht genau sehen, wie er sich seiner entledigt hat. Doch beschränkte die Dauer seiner Abwesenheit den Radius, innerhalb dessen das Versteck liegen muß, auf sein Deck, und die Geräusche, die ich zu hören bekam, entsprachen dem Ablösen und Wiedereinsetzen einer Bodenplatte.«

Sie erreichten die Kommandozentrale, und Derec sah, daß das Deck ein Mosaik aus mehreren hundert tellergroßen, sechseckigen Metallplatten war. Die Oberfläche einer jeden Platte besaß eine Anordnung kleiner Löcher, aber es gab keinen sichtbaren Fingerhub — in der Tat keinerlei naheliegende Methode, einzelne Platten anzuheben. Alle sechs Ecken schlossen bündig mit den angrenzenden Platten ab.

»Hast du eine Idee, wo ich anfangen sollte?«

»Die Strategie des Versteckens würde gegen offensichtliche Positionen wie die Mitte und die Ecken sprechen. Darüber hinaus weiß ich nichts zu sagen.«

»Du kannst ihn nicht unter dem Deck ausmachen? Es gibt kein irgendwie geartetes Funksignal ab oder generiert ein Magnetfeld?«

»Keines, das ich entdecken könnte.«

Auch das entsprach den Ereignissen auf dem Asteroiden. Wenn der Schlüssel auf irgendwie meßbare Weise seine Anwesenheit kundgetan hätte, wären die Suchgeräte der Roboter lange vor Ankunft des Piratenschiffs darauf gestoßen.

»Na gut«, sagte Derec bedächtig. Er wandte sich Wolruf zu, die den stillen Betrachter gespielt hatte, seit sie zu ihnen gestoßen war. »Wir brauchen einen Ort, wo wir Aranimas einsperren können.«

Wolruf warf einen nervösen Blick zurück zu der Stelle, wo sie den Erani zurückgelassen hatten. »Drrraußen im Sseitengang gibt'ss ein paar Sspinde, die grrroß genug wären . . .«

Derec nickte. »Alpha — hole Aranimas und folge Wolruf. Sie wird dir zeigen, wo du ihn unterbringen kannst. Wolruf, sieh zu, daß es etwas ist, das Aranimas nicht von innen aufkriegt. Dann kommt ihr beide wieder hierher.« Er bemerkte Wolrufs besorgten Blick und fügte hinzu: »Ich weiß — du kannst den Robot nicht leiden.«

»Vielleicht überraschst du Wolruf, wie du Aranimas überrascht hasst.«

»Ich verspreche dir, es wird alles gutgehen«, sagte Derec und tätschelte den Arm der Caninoidin. »Keine Überraschungen. Ich werde hier auf euch warten.«

Als der Robot gegangen war, ließ Derec sich auf Hände und Knie nieder, um die Löcher in den Platten zu untersuchen. Sie erwiesen sich als spitz zulaufende Gruben von kaum einem halben Zentimeter Tiefe. Es schien keine Möglichkeit zu geben, dort etwas einzuhaken und so die jeweilige Platte anzuheben. Derec fragte sich, ob er wohl eine Art Vakuumklampe bauen mußte, ehe er den Schlüssel aufspüren konnte.

Dann wurde ihm klar, daß die Vertiefungen in etwa den Durchmesser von Aranimas' Stift hatten. Natürlich, dachte Derec, als er nach dem Instrument tastete. Wollen hoffen, daß diese Besonderheit nicht auch nur bei Aranimas funktioniert . . .

Er berührte das konische Ende einer der Vertiefungen, und die Platte schien den Stift zu packen und senkrecht zu stellen. Indem er den Stift zunächst mit einer, dann mit beiden Händen festhielt, versuchte Derec, die Platte einfach hochzuheben. Sie rührte sich nicht. Doch als er den Stift als Hebel benutzte, konnte er die Platte so mühelos aufklappen wie den Deckel einer Dose. Darunter befand sich ein kleines sechseckiges Fach — leer.

Kein Anfängerglück, wie? dachte er. Als er die Platte zurücklegte, löste sich der Stift. Sehr nett, dachte er, und berührte mit dem Stift die angrenzende Platte. Der Trick hatte nichts mit Magnetismus zu tun; der Stift schien schlicht an der Platte zu haften. Vermutlich metallische Affinität, gefolgt von einem kleinen Energiestoß, der die Atome zusammendrängte und ihre Bindung durchbrach. Ein netter Trick . . .

Hinter ihm ertönte ein Summen, und Derec wirbelte

herum. In etwa sechs Metern Entfernung den Zentralkorridor entlang schwebte eine kreisförmige, an vier dünnen Drähten aufgehängte Plattform von der Decke herab. Und auf dieser Plattform stand eine Frau — eine junge Menschenfrau, kaum ein Jahr oder zwei älter als Derec, aber gute acht Zentimeter größer. Ihr Wickelblazer mit der breiten Schulterpartie war zwar von aristokratischem Zuschnitt, offenbarte jedoch, daß er schon lange getragen wurde.

Sie blickte überrascht, wenn nicht gar entsetzt. Ihr Mund arbeitete, als versuche er ein Wort zu bilden. »Du?« sagte sie ungläubig, als die Plattform den Boden erreichte. »Hier?«

Wilde Gedanken erfüllten Derecs Kopf, und die Vernunft mußte um die Oberhand kämpfen. Das würde mit Sicherheit helfen, Aranimas' Erfolg zu erklären — wenn er die ganze Zeit den Zuspruch einer menschlichen Gefährtin gehabt hatte . . .

»Du sagst mir besser rasch, wer du bist und was du hier machst«, sagte er und stand langsam auf. »Mir bleibt nicht viel Zeit für die Entscheidung, was ich mit dir anfange.«

»Was du mit mir anfängst?« wiederholte sie erbost. »Ich wüßte nicht, daß ich *dir* Rechenschaft schuldig wäre, nicht nach allem, was du getan hast.«

Endlich wurde Derec klar, was der Zustand der Kleidung des Mädchens zu bedeuten hatte. Sie war eine Gefangene, genau wie er. Und er erkannte, daß aus ihrer Sicht er es sein mochte, der sich mit den Piraten verbrüdert hatte.

»Ich habe Aranimas nur geholfen, um Zeit zu gewinnen und meinen Hals zu retten. Der Robot gehört jetzt mir, und Aranimas kann dir nichts anhaben«, sagte Derec. »Wir werden von hier fliehen.«

Die Feindseligkeit wich aus ihrem Gesicht und ließ nur Bestürzung zurück. »Aber was machst du hier? Wie lange bist du schon an Bord?«

Derec trat einen Schritt auf sie zu. »Das ist schnell erzählt. Ich bin vor fünf Tagen in einer Rettungskapsel auf der Oberfläche eines Asteroiden aufgewacht. Ich wurde von einer Kolonie von Robotern gefunden, die den Asteroiden durchschürften. Aranimas hat diese Kolonie überfallen und mich gefangengenommen.« Das reicht. Hat keinen Sinn, die Wasser mit Details zu trüben, die ich noch nicht mal selbst verstehe, dachte er.

Sie sah ihn neugierig an. »Also hast du nicht etwa nach mir gesucht.«

»Ich wußte nicht, daß noch jemand an Bord ist«, sagte er und warf die Hände hoch. »Wolruf hat mir wohl erzählt, sie hätten zwei Menschenschiffe gekapert, aber sie hat den Eindruck erweckt, als seien die Besatzungen allesamt — hinüber.«

»Ich glaube, Aranimas hat mich am Leben erhalten, weil er an meinen Robotern interessiert war«, sagte sie. »Bist du derjenige, der Capek repariert hat?«

»War das sein alter Name? Jetzt hört er auf Alpha. Ja, ich bin es, der ihn instand gesetzt hat.«

»Du hast ganz schön rumgepfuscht«, sagte sie mit einem Anflug kindischen Schmollens. »Er erinnert sich nicht an mich. Und der neue Arm ist auch häßlich.«

»Tut mir leid.«

»Und du erinnerst dich auch nicht an mich.«

Derec schluckte. »Ich hatte schon das Gefühl, daß ich mich deiner Meinung nach erinnern müßte . . .«

»Ich dachte, du wärst einfach nur gemein zu mir«, sagte sie zögernd. »Ich wollte dir diesen Triumph nicht lassen. Aber du weißt offenbar wirklich nicht, wer ich bin, oder?«

»Ich weiß nicht mal, wer ich bin«, antwortete Derec mit einem schwachen Lächeln. »Als ich auf dem Asteroiden aufgewacht bin, trug ich einen Schutzanzug mit dem Namen Derec auf der Brust, also habe ich mich so genannt. Aber ich kann mich an nichts erinnern, was vor meinem Erwachen auf dem Asteroiden passiert ist.«

»An gar nichts?«

»An nichts Persönliches. Ich erinnere mich an zahlreiche Fakten — an Dinge, die ich wohl irgendwann gelernt habe. Aber ich weiß nicht, woher ich komme und wohin ich unterwegs war.« Derec war jetzt total konfus. »Demnach kennst du mich?«

»Dachte ich zumindest«, erwiderte sie.

»Dann sei so gut und sag's mir . . .«

In diesem Moment erklang vom riesigen Kontrollpult her ein Zirpen.

»Jemand ruft Aranimas«, sagte das Mädchen, ein Ausdruck von Nervosität huschte über sein Gesicht. »Du hast gesagt, wir würden von hier fliehen. Vielleicht sollten wir uns darum als erstes kümmern. Was hast du gerade gemacht, als ich dich überrascht habe? Wonach hast du gesucht?«

»Nach etwas, das mir gehört — Aranimas hat es mir abgenommen, als ich an Bord kam.«

»Der Schlüssel? Hat der etwa dir gehört?«

»Du weißt davon?«

»Aranimas hat ihn mir gezeigt. Ist er dort versteckt?«

»Alpha zufolge ja.«

»Ist er wichtig?«

»Ich denke schon.«

»Dann wollen wir ihn nehmen und hier verschwinden«, sagte sie eifrig.

Derec fragte sich, was Alpha und Wolruf so lange aufhielt, und wandte sich bedächtig wieder dem Bodenrost zu. Er überprüfte die zweite Platte, warf ihr über die Schulter einen verstohlenen Blick zu, kroch dann nach rechts, um es mit einer dritten zu versuchen.

»Ich kann gleichzeitig nach dem Schlüssel suchen und zuhören«, sagte er und machte den Stift an der nächsten Platte fest. »Kannst du mir sagen, was du über mich weißt?«

Falls sie ihm eine Antwort gab, hörte Derec sie jedenfalls nicht. Er begann die Platte anzuheben, und augenblicklich erfolgten ein Lichtblitz, ein Donnern und eine enorme Hitzewelle. Etwas Schweres traf Derec im Rücken, und er fiel nach vorn und prallte mit der Brust gegen die harte Kante der Platte, was ihm die Luft aus den Lungen preßte. Sein Bewußtsein hatte Zeit, ein einziges Wort zu formulieren — *Sprengfalle* —, ehe es sich aus dem Getöse in eine dunkle, stille Nische zurückzog, wo es nicht gestört werden konnte.

# Kapitel 13

## Die Rockliffe-Station

Verschwommene Bilder glitten durch einen traumhaften Nebel. Ein Ozean aus Licht umgab Derec und ließ ihn aufsteigen. Er war durchsichtig wie Glas, flüchtig wie Wind. Sein Bewußtsein wohnte auf einem Staubkorn, das auf den sanften Strudeln der Zeit dahinschwebte.

Gesichtslose Gestalten umschwebten ihn. Einige näherten sich, als hätten sie ihn bemerkt, nur um sich wieder abzuwenden und zurückzuweichen. Die einzigen Laute waren die Duftgesänge von Blumen und die Farbgesänge von Sonnenuntergängen, und sie erklangen in seinem Kopf, ohne daß er sie verstand.

Nichts schien Sinn zu ergeben, doch das kümmerte ihn nicht. Er dachte nur, daß es nach all dem, was vorgefallen war, nach all dem, was er überlebt hatte, eine schreckliche Enttäuschung wäre, tot zu sein.

Nach einer Weile kehrte sein Körper zu ihm zurück. Noch schwebte er und glitt dahin, aber sein Bewußtsein wohnte wieder am gewohnten Ort, nahm den vertrauten Raum ein. Aber seine Gedanken waren träge wie seine Glieder, als habe die Belastung, wieder die Funktionen seines Körpers steuern zu müssen, einfach die Abläufe in seinem Gehirn überfordert.

Bald darauf wurde ihm bewußt, daß die traumhafte Welt von Licht und Schatten, in der er lebte, ausschließlich in seinem Innern existierte. Wenn es ihm gefiel, konnte er die Augen öffnen, die große Welt hinter seinen Lidern überblicken, in sie eindringen. Er war sicher, daß er, sobald er jene Welt sah, seinen Platz in ihr kennen und wissen würde, wer und was er war. Aber er würde dafür mit dem Verlust von Frieden und Stille zahlen müssen, und dieser Preis war ihm zu hoch.

*Nein*, dachte Derec entschieden. *Es gibt Grenzen. Ich will sie nicht sehen*, sagte er sich. *Ich will nicht wissen.*

Zeit verstrich, und der alles umschließende Schoß der Abgeschiedenheit verwandelte sich nach und nach in ein Gefängnis. Aus Schweigen wurde Taubheit. Aus Stille wurde Tod. Geheilt oder heimgesucht: was er hatte, war ihm nicht genug.

Die große Welt dort draußen lockte ihn immer noch. Es war keine freundliche Welt, soviel wußte er. Bestenfalls war sie ihm gegenüber gleichgültig. Anders als die sanften Strudel, die ihn während seiner Genesung getragen hatten, war die größere Welt von Kräften erfüllt, die ihn wie Treibholz auf einer Woge fortspülen konnten.

Doch war er selbst nicht ohne Macht. Vielleicht konnte er die Welle nicht aufhalten, aber er konnte auf ihr reiten und seinen Kurs selbst bestimmen.

Diese Erkenntnis war es, die ihn befreite. Er sah ein, daß er kein Gefangener war, daß er nie einer gewesen war. Fünf Türen gab es, durch die er sich retten konnte — die fünf Türen seiner Sinne. Sie waren allesamt unverschlossen, warteten nur auf seine Berührung, um sich zu öffnen und die Welt hereinzulassen, und ihn hinaus.

Er würde sie aufstoßen, das wußte er genau. Aber nicht gleich. Nicht, ehe er noch eine Weile mit den sanften Strudeln dahingeglitten war. Denn wenn er hinaus konnte, wann immer es ihm gefiel, war der Schoß der Abgeschiedenheit gar kein so unangenehmer Ort mehr . . .

Die erste Tür, die Derec zu öffnen versuchte, war das Gehör. Zunächst war ihm nicht klar, ob er es geschafft hatte, denn die Stille draußen war so vollständig wie die in seinem Innern. Dann bemerkte er das schwache, rhythmische Geräusch seines Atmens. Dies war ein kleiner Schritt, aber es war die erste Information, die seit langer Zeit, so meinte er jedenfalls, von draußen in seinen Kokon drang.

Versuchsweise öffnete Derec einen Spaltbreit die Augen, und schloß sie sofort wieder. Die Außenwelt war ihm auf beunruhigende Weise vertraut. Er schwebte, eingehüllt in Licht — Licht, das hell war, ohne zu blenden. Ein gesichtsloser Schatten, hochgewachsen und schlank, bewegte sich anmutig durch den Nebel, der ihn zu umgeben schien.

Die Wirklichkeit hatte sich umgekehrt. Der Traum war zur Realität geworden, oder die Traumwelt und die wirkliche Welt waren ein und dasselbe. Das Ganze erweckte den Eindruck eines perversen Streichs, ganz im Sinne eines ›Geschenks‹, das sich als Folge ineinandergesteckter leerer Schachteln erweist. Würde jeder Ausgang ihn zum gleichen Ort führen? Würde jeder Schritt, den er tat, ihn fester dort anbinden, wo er sich befand?

»Guten Morgen.«

Derec war verwirrt, noch eine Stimme zu hören. Falls er allein war, mußte er es sein, der gesprochen hatte. Aber er hatte nichts gesagt, und deshalb war er nicht allein. Wenn er jedoch nicht allein war, konnte er sich nicht mehr in seiner Traumwelt befinden, und was er beim Öffnen der Augen erblickt hatte, mußte real sein.

Wenn es jedoch real war, mußte er am Leben sein. Er versuchte sich an das letzte unstreitig Reale zu erinnern, von dem er wußte. Ein schwieriges Unterfangen, dieses Erinnern. Es hatte Sonnenuntergänge gegeben und Blumengesänge, aber die waren nicht real gewesen. Davor . . . davor . . .

Davor hatte es einen schrecklichen Moment gegeben, ein Moment so voller Überraschung und Schmerz, daß er ihn, obwohl er vor ihm geflohen war, mit in seinen Kokon gebracht hatte. Er hatte die Explosion in das Knospen einer Blüte verwandelt, das Feuer in die Farben eines spektakulären Sonnenuntergangs. Dann hatte er den Moment immer wieder abgespielt, um ihm die Spitze zu nehmen.

Ja! Das letzte Reale, von dem er wußte, war die Explosion.

Wieder öffnete Derec seine Augen dem Licht. Wie zuvor ragte ein Schatten über ihm auf, gesichtslos und beinahe formlos. Er versuchte, die Hand auszustrecken und ihn zu berühren, doch seine Glieder wollten ihm nicht gehorchen.

»Sterilisationsfeld abschalten«, sagte die Stimme, und der Lichtnebel verschwand. Der Schatten verwandelte sich in den kupferfarbenen Kopf und bekleideten Rumpf eines Robots. Der Robot blickte besorgt auf ihn hinunter. »Guten Morgen«, wiederholte er. »Bitte versuchen Sie stillzuhalten.«

Derecs Gedanken arbeiteten sich langsam von der Explosion aus in die Vergangenheit vor. Er begriff, daß er sich nicht mehr im Kommandozentrum befand. Der Robot, der sich über ihn beugte, war nicht Alpha. Und das hieß . . .

»Aranimas hat seine Roboter gekriegt«, krächzte Derec.

»Entschuldigen Sie, Sir?«

»Er hat gesiegt«, flüsterte Derec. »Ich bin nicht entkommen.«

»Sir?«

»Sag Aranimas, ich werde nicht aufhören, es zu versuchen . . .«

»Sir, es wäre mir ein Vergnügen, die Botschaft für Sie zu überbringen. Jedoch ist mir eine Person dieses Namens unbekannt. Wo mag dieses Individuum zu finden sein?«

»Aranimas ist der Schiffsherr . . .«

»Dieses Individuum war Mitglied der Schiffsgesellschaft?«

»Ja . . .« Die Erwiderungen des Robots begannen Derec zu verwirren.

»Sir, ich bedaure, Ihnen mitteilen zu müssen, daß keine Person dieses Namens gefunden wurde, als die Sanitäter an Bord gegangen sind . . .«

»Ich bin nicht mehr auf dem Schiff?«

»Sie ruhen auf einem therapeutischen, diamagnetischen Kraftfeld, der Allgemeinheit als Luftbett bekannt. Das Luftbett befindet sich in der Intensivabteilung des Hospitals der Rockliffe-Station.«

Die Welle der Erleichterung, die über Derec hinwegspülte, als er diese Worte hörte, schien all seine Energie mitzunehmen. Er schloß die Augen und gestattete sich, noch einmal auf den sanften Strudeln des Schlafs dahinzugleiten. Von fern hörte er Stimmen, konnte sich jedoch nicht dazu aufraffen, darüber nachzudenken, was sie sagten.

»Er ist erschöpft«, sagte der Robot.

»Wir brauchen seine Hilfe«, antwortete eine neue Stimme.

»Unsere Bedürfnisse sind weniger dringend als die seinen«, sagte der Robot. »Wir werden warten.«

Als Derec das nächste Mal wach wurde, hielt sich der kupferhäutige Robot wieder in seiner Nähe auf.

»Guten Abend«, sagte er und trat zu ihm. »Wie fühlen Sie sich?«

Derec bewerkstelligte ein schwaches Lächeln. »Ich hab' hier nur rumgelegen und an all die Male gedacht, die ich im Verlauf der letzten Woche an einem Ort die Augen geschlossen und dann an einem anderen aufgemacht habe. Jedesmal, wenn das passiert ist, fand ich mich in unangenehmerer Umgebung wieder und saß tiefer in der Klemme — bis ich das erste Mal hier aufgewacht bin.«

Der Robot nickte ernst. »Ich verspreche Ihnen, Sie werden die beste Pflege erhalten.«

»Weiß ich«, sagte Derec. »Hast du einen Namen?«

»Die mir zugewiesene Bezeichnung lautet Humandiagnostischer Medizinspezialist 4. Jedoch nennt der medizinische Leiter dieses Distrikts mich Dr. Galen.«

»Wieso das?«

»Er hat es mir nie erklärt. Ich konnte jedoch feststellen, daß Galen der Name eines griechischen Arztes des klassischen Zeitalters war, der sich zum Thema der dem Körper innewohnenden ›Lebenskräfte‹ geäußert hat. Ich nehme an, daß mein Vorgesetzter es amüsant fand, einen hochentwickelten diagnostischen Techniker nach einem primitiven medizinischen Mystiker zu benennen. Da diese Frage mit Humor zu tun hat, kann ich keine maßgebliche Schlußfolgerung anbieten.«

»Ich denke, du könntest recht haben«, sagte Derec. »Du wirst doch nicht beleidigt sein, wenn ich dich Dr. Galen nenne? Das ist bequemer, als deinen anderen Namen zu benutzen.«

»Warum sollte ich beleidigt sein, Sir?«

»Aus keinem besonderen Grund«, sagte Derec. Zumindest nicht, wenn ich es sage, fügte er im stillen hinzu. Aber dieser Abteilungsleiter brachte damit eindeutig seine Feindseligkeit zum Ausdruck. Träumt vermutlich insgeheim davon, als Hausarzt auf einer der Siedlerwelten zu arbeiten, statt hier den Roboteraufseher zu spielen. »Wo hält sich dein Vorgesetzter auf?«

»Auf Nexon.«

Derec kannte den Namen: Es handelte sich um eine der größeren Spacerwelten, noch dazu um jene, die am zweitweitesten von der Erde entfernt lag. »Du hast gesagt, dies sei die Rockliffe-Station?«

»So ist es, Sir.«

»Wo befindet sich dein örtlicher Vorgesetzter? Der Leiter des Hospitals?«

»Sir, gegenwärtig leite ich das Hospital.«

Derec runzelte die Stirn. »Dann erzählst du mir vielleicht besser einiges über die Rockliffe-Station.«

»Gewiß, Sir. Was möchten Sie wissen?«

Die Rockliffe-Station war, wie Dr. Galen erläuterte, eine jahrhundertealte Spacereinrichtung, ein Zwischenhalt aus jenen Tagen, da lange interstellare Reisen nur mit Hilfe einer Reihe kürzerer Sprünge gemeistert werden konnten. Derartige Zwischenstationen wurden zu Dutzenden gebaut, als die Erdemigranten, aus denen später die Spacer wurden, die fünfzig Welten besiedelten, die einst ihre Heimat werden sollten.

Seit dem Aufkommen wesentlich wirksamerer Antriebe, die den bekannten Weltraum mit einem oder zwei Sprüngen durchmessen konnten, hatte man die meisten Zwischenstationen aufgegeben. Einige wenige, darunter diese, waren jedoch so glücklich plaziert, daß sie ihre ursprüngliche Funktion überlebten.

Die Rockliffe-Station lag mitten in einer der größten »offenen« Regionen am Rande des Spacerterritoriums und gewährte Ausblick auf die Quarantänezone, hinter welcher die Siedlerwelten lagen. Im nächstgelegenen Sternensystem gab es keine bewohnbaren Welten, aber dafür einen Planeten, dessen Kruste genug Iridium aufwies, daß es ein kleines Bergbau- und Verarbeitungszentrum rechtfertigte.

So hatte Rockliffe in seiner Funktion als Horchposten an der Grenze überlebt, als Zwischenlager für veredeltes Iridium und als militärischer Vorposten für den Fall, daß sich die Beziehungen zu den Siedlern irgendwann verschlechterten. Andererseits reichte das nicht aus, um sie derart auf Hochbetrieb zu halten wie in früherer Zeit — nicht einmal, um die menschliche Präsenz dort aufrechtzuerhalten.

Dr. Galen zufolge wurde die Station zu weniger als zehn Prozent durch Roboter in Betrieb gehalten. Die menschliche Aufsicht erfolgte durch Hypervision und die Schiffe, die alle zwei Monate vorbeikamen.

Allein wegen der Möglichkeit, daß diese vorübergehenden Besucher seiner Dienste bedurften, war die personelle Besetzung des Hospitals erhalten geblieben.

»Sie scheinen über diese Information beunruhigt zu sein«, sagte Dr. Galen. »Gibt es da ein Problem?«

Derec dachte einen Moment über die Frage nach. Im Verlauf der Erläuterungen Dr. Galens war er in der Tat immer unglücklicher geworden. Aber kam es denn so sehr darauf an, daß er immer noch allein war? Wenigstens war die Rockliffe-Station, im Gegensatz zur Asteroidenkolonie oder dem Piratenschiff, mehr oder minder bekanntes Territorium. Hier müßte es ihm eigentlich leichter gelingen, sich durchzusetzen.

»Nein. Kein Problem«, sagte Derec. »Bis auf die Tatsache, daß ich gern ein wenig mehr über das Vorgefallene wüßte. Wie bin ich hierher gelangt? Du sagtest etwas von Sanitätern . . .«

»Ich kenne nicht alle Details. Der Disponent oder der Dockverwalter wären da bessere Informationsquellen.«

»Erzähl mir, was du weißt.«

»Offenbar wurde Ihr Schiff im Anschluß an seinen Sprung beschädigt. Was dann passierte, ist nicht recht klar. Der Disponent wird Sie zweifelsohne über die Umstände befragen wollen. Es hat jedoch den Anschein, als habe Ihr Schiff ein kleineres Gefährt ausgestoßen, ein Fähr- oder Rettungsboot, ehe es dann den Kurs wechselte und in die Q-Zone flog.«

»Sie müssen uns nach der Explosion abgestoßen haben . . .« meinte Derec nachdenklich.

»Das kleinere Gefährt verfolgte offenbar einen ungeeigneten Anflugvektor und reagierte nicht auf die Anweisungen des Disponenten. In der Annahme, daß es sich um ein Wrack handele, wurde ein Schlepper ausgesandt, um es abzufangen und einzuholen. Als man an Bord des Wracks ging, wurden Sie gefunden und hierhergebracht.«

»Haben sie das Schiff — unser Schiff — denn eingeholt?«

»So habe ich es verstanden. Natürlich war seither Ihr Wohlergehen meine einzige Sorge.«

»Natürlich«, wiederholte Derec. Falls Aranimas' Schiff hier ist, ist der Schlüssel am Ende vielleicht doch noch nicht verloren, überlegte er erfreut. »Hör mal, Dr. Galen, was würdest du sagen, wenn ich jetzt aufstehe und ein bißchen herumspaziere? Luftbetten sind zwar höchst bequem, aber ich bin es leid, bloß hier rumzuliegen. Ich könnte mir ja ansehen, in welcher Verfassung das Schiff ist, oder die Fragen des Disponenten beantworten.«

»Tut mir leid, Sir«, sagte Dr. Galen. »Ihre Verletzungen sind noch nicht genügend abgeheilt, um das zu erlauben.«

»Worin bestehen meine Verletzungen?«

»Sie haben an fünfzehn Prozent Ihres Körpers, vor allem an den Armen, im Gesicht und am Hals Stichflammenverbrennungen davongetragen. Drei Ihrer Rippen waren angebrochen . . .«

»Ich muß auf die Bodenplatte gefallen sein, die ich angehoben hatte.«

». . . von denen eine Ihren rechten Lungenflügel punktierte und kollabieren ließ. Ihr rechtes Trommelfell war perforiert und mußte ersetzt werden.«

»Mist! Wie lange bin ich schon hier?«

»Man hat das Schiff, auf dem Sie gefunden wurden, vor sechs Wochen zum ersten Mal betreten.«

»Sechs Wochen! War ich denn im Koma oder so?«

»Verbrennungen sind extrem schmerzhaft, ebenso die rekonstruktive Hautchirurgie«, sagte Dr. Galen. »Ich habe Sie während der Behandlung und beginnenden Genesung unter Narkose gehalten.«

»Eigentlich müßte ich dankbar sein. Aber sechs Wochen . . .«

Verspätet fiel Derec ein, daß er nicht allein auf dem Piratenschiff gewesen war. »Wo sind die anderen? Wolruf — Alpha — das Mädchen. Was haben sie getrieben, während ich narkotisiert war?«

»Tut mir leid. Die einzigen Personen, die gefunden wurden, waren Sie selbst und eine Menschenfrau.«

Mit einer plötzlichen Beklemmung in der Brust wandte Derec den Blick ab. Das mußte nicht heißen, daß Wolruf tot und Alpha zerstört war — es bestand die Chance, vielleicht sogar eine gute, daß sie sich auf dem größeren Schiffsteil befanden, der noch im Weltraum war. Allerdings hieß es, daß Derec, während er selbst entkommen war und überlebt hatte, sein Versprechen der Caninoidin gegenüber nicht eingehalten hatte. »Tut mir leid, Wolruf«, flüsterte er.

»Entschuldigen Sie, Sir?«

»Schon gut«, sagte Derec. »Erzähl mir von dem Mädchen.«

»Sie wurde in Ihrer Nähe im Boot gefunden . . .«

»So meine ich das nicht. Sag mir, wie es ihr geht.«

»Die körperliche Verfassung der Patientin Katherine . . .«

»Katherine — ist das ihr Name?«

»Liegt da ein Irrtum vor?«

»Nein — nein, das ist sie«, sagte Derec. »Wo befindet sie sich?«

Dr. Galen wandte sich nach rechts und winkte. »Pfleger, ziehe den Vorhang auf.«

Derec drehte den Kopf nach rechts. Was vorher wie die Wand seiner Kabine ausgesehen hatte, wurde plötzlich durchsichtig und gestattete ihm einen Blick auf die schmächtige menschliche Gestalt, die in einem Lichthof über dem Boden schwebte. Sie war nackt, und er sah leicht verlegen zur Seite. Dabei merkte er, daß er ebenfalls nackt war. Eine unkomplizierte und praktische Sache, im Hospital nackt zu sein, aber dennoch eine gelinde Überraschung.

»Wie geht es ihr?«

»Ihre Hautverletzungen sind umfassender als die Ihren, aber sie erholt sich schnell. Natürlich ändert das nichts an ihrer chronischen Erkrankung.«

»Was ist das für eine Erkrankung?«

»Es tut mir leid.« Der Robot unterbrach sich. »Ich sehe, daß ich einen Fehler begangen habe. Da Sie zusammen gereist sind, hatte ich nicht angenommen, ein Geheimnis zu verraten, indem ich Katherines Krankengeschichte diskutiere. Ich werde mich für diese Indiskretion selbst anzeigen müssen.«

»Das ist mir egal«, sagte Derec ungeduldig. »Ist sie schon mal aufgewacht?«

»Nein. Und wir hätten es Ihnen auch nicht gestattet, wenn wir nicht Ihre Hilfe bräuchten.« Dr. Galen winkte mit der rechten Hand. »Vorhang schließen.«

»Hilfe, wobei?« fragte Derec, während die Wand wieder undurchsichtig wurde.

»Sir, im Verlauf Ihrer Behandlung wurden auf Ihre Rechnung gewisse Dienste in Anspruch genommen. Es war uns nicht nur eine Verpflichtung, sondern ein Vergnügen, Ihnen behilflich sein zu können. Jedoch bin ich als Hospitalleiter verpflichtet, festzustellen, ob sich diese Rechnung eintreiben läßt oder ob sie gegen das Konto für Stationsunkosten verbucht werden muß.«

»Du hast mich aufgeweckt, um nach meiner Versicherung zu fragen?«

»Da ist außerdem die Frage der Krankengeschichte. Zwar können wir die Genanordnung direkt feststellen, aber es ist nicht immer möglich, sämtliche synergistischen Auswirkungen eines bestimmten Genkomplexes zu determinieren. Mangels direkter Beweise war ich gezwungen, bei Ihrer Pflege konservativeren Parametern zu folgen, was wiederum dazu geführt hat, daß sich Ihre Genesung um einiges verzögert hat.«

»Ich versteh' das nicht. Was ist mit ihr?« erkundigte sich Derec. »Du sagtest, sie sei schwerer verletzt als ich. Wäre es da nicht wichtiger, festzustellen, wer sie ist und ihre Krankengeschichte zu beschaffen? Warum ich, und nicht sie?«

»Sir, während Ihrer Bewußtlosigkeit haben wir den Versuch unternommen, Sie unter Einsatz sämtlicher Standardsysteme zu identifizieren. Wir hatten keinen Erfolg.«

»Standardsysteme . . .«

»Fingerabdrücke, Retinographie, absolute Blutproteinbestimmung und Codonaufschlüsselung des dreiundzwanzigsten Chromosoms. Es ist uns nicht gelungen, ein korrespondierendes Muster zu finden.«

»Natürlich nicht. Ich bin nicht von hier.«

»Sir, über Hyperwelle haben wir direkten Zugang zu den Aufzeichnungen aller fünfzig Spacerwelten.«

»Habt ihr die Verzeichnisse für Aurora untersucht?«

»Ja. Es ist uns nicht gelungen, ein Korrespondenzmuster zu finden.«

»Aber ich stamme von dort — das weiß ich genau.«

»Ich fürchte, das ist nicht möglich. Aurora führt im Zuge seines Bevölkerungskontrollprogramms genauestens über seine Bewohner Buch. Wenn Sie ein Auroraner wären, hätte sich diese Unterhaltung erübrigt.«

»Aber ihr habt herausgefunden, wer sie ist«, sagte er.

»So ist es. Katherines vollständige Akte wurde mir zugänglich gemacht.«

Plötzlich sehr aufgebracht, verlangte Derec zu wissen: »Willst du damit sagen, ihr habt die Melderegister von fünfzig Planeten abgesucht und könnt immer noch nicht feststellen, wer ich bin?«

»Nein«, sagte Dr. Galen. »Wir haben die Register von fünfundfünfzig Welten abgesucht, einschließlich der Erde und der vier nächstgelegenen Siedlerplaneten. Wir haben zwar bei den meisten Siedlerwelten das Recht, Zugang zu ihren Aufzeichnungen zu verlangen. Leider sind diese Verzeichnisse nicht so vollständig, wie wir es gewohnt sind, und in manchen Fällen sind sie nicht einmal zentralisiert. Außerdem berechnen gewisse Welten horrende Gebühren, ehe sie auf Datenanfragen seitens der Spacer reagieren, und lassen sich dann über Gebühr Zeit mit ihrer Antwort. Aus all diesen Gründen erschien uns eine direkte Befragung naheliegender.

Könnten Sie uns also bitte sagen, wer Sie sind?«

Das Gefühl der Leere war mit voller Wucht zurückgekehrt. »Ich wünschte, ich könnte es«, sagte Derec heiser. »Oh, ihr Sterne, wie sehr ich mir das wünsche.«

# Kapitel 14

# Kate

»Wie interessant!« rief Dr. Galen aus. »Wollen Sie damit sagen, daß Sie keinerlei persönliche Erinnerungen haben?«

Derec wiederholte die inzwischen vertraute Aufzählung der Ereignisse, verschwieg aber die Tatsache, daß das Piratenschiff von Fremdwesen bemannt gewesen war.

»Ich werde diesen Zustand retrograder Amnesie in ihrem Krankenblatt nachtragen müssen«, sagte Dr. Galen, als Derec geendet hatte. »Dies ist ein wesentlich faszinierenderes Problem als Ihre anderen Verletzungen. Zugegeben, Amnesie ist eines meiner Steckenpferde.«

»Was soll das heißen, ein Steckenpferd?«

»Vielleicht sollte ich Spezialität sagen, aber das drückt nicht die tiefe intellektuelle Befriedigung aus, die mir zuteil wird.«

»Wie viele Fälle hast du schon behandelt?«

»Sie werden mein erster sein«, sagte Dr. Galen. »Ich bin über die Gelegenheit hocherfreut.«

»Dein erster?« sagte Derec ungläubig. »Wie kannst du dich dann einen Spezialisten nennen? Und was meinst du damit, wenn du ›fasziniert‹ und ›erfreut‹ sagst? Du bist nicht darauf programmiert, Gefühle zu erleben.«

»Streng genommen ist das so«, stimmte Dr. Galen zu. »Aber das Konzept des Verlustes der Eigenidentität hat schon immer jenen positiven positronischen Zustand hervorgerufen, den ich mit dem Begriff *Faszination* assoziiere. Sie wissen ja, bedingt durch die Speicherstruktur des Positronengehirns ist es einem Robot ganz und gar unmöglich, etwas zu vergessen, schon gar nicht die eigene Identität. Amnesie stellt einen Zustand dar, für den die robotische Erfahrungswelt keine Analogie bietet.«

»Der Reiz des Unbekannten.«

»Diagnostische Roboter wie ich wurden mit einem verstärkten Neugierintegral konstruiert«, sagte Dr. Galen. »Vielleicht ist das ein kontributiver Faktor.«

Derec kam sich vor, als versuche man ihn auf dem eigenen Spezialgebiet zu belehren. »Aber Positronengehirne gehen die ganze Zeit den Bach hinunter«, protestierte er. »Sie sind für harte Strahlung anfällig, für Unterbrechungen der Energiezufuhr — da kann vieles schiefgehen.«

»So ist es, Derec. Aber die Umstände, die Sie beschreiben, würden zu einem geistigen Totalausfall führen, in einigen Fällen zur vollständigen Zerstörung des Positronengehirns. Menschen sind jedoch häufig in der Lage, in einem derart tiefgreifenden Systemausfall weiter zu funktionieren. Das ist es, was ich als faszinierend empfinde. Darüber hinaus glaube ich daran, daß Roboter viel zur Untersuchung der menschlichen Gehirnfunktion, einschließlich Gedächtnisschäden, beizutragen haben.«

»Wieso das?«

»Ich vermerke die Feststellung zahlreicher menschlicher Philosophen, daß das Ringen um Selbsterkenntnis das schwerste ist. Es ist extrem schwierig für das menschliche Gehirn, das menschliche Gehirn zu beobachten und zu analysieren. Seine Beschränkungen machen es ihm unmöglich, seine Beschränkungen zu erkennen.«

Derec fand sich in Übereinstimmung mit dem Robot. »Eine Kamera kann sich selbst nicht erfassen. Ein Lineal kann sich selbst nicht messen.«

»Richtig. Daher haben sich Fragen der menschlichen Gehirnfunktion der Untersuchung durch menschliche Forscher am längsten entzogen. Viele Aspekte menschlichen Verhaltens stellen trotz jahrhundertelanger neurologischer und biochemischer Studien nach wie vor ein Rätsel dar.«

»Und was meinst *du* leisten zu können?«

Dr. Galen breitete die Hände aus. »Positronengehirne wurden nicht mittels Nachahmung menschlicher Gehirnfunktionen entwickelt. Sie wurden durch Nachahmung menschlichen Verhaltens entwickelt. Daher stellt das Positronengehirn, obwohl es das Produkt des menschlichen Gehirns ist, eine gesonderte Form der Intelligenz dar, und somit eine andere Perspektive.«

»Willst du damit sagen, daß Positronengehirne leistungsfähiger sind als Menschengehirne?«

»Die Lösung besteht darin, daß ein Robot das, was er tut, anders angeht als ein Menschengehirn«, erwiderte Dr. Galen diplomatisch. »Ich bin der Überzeugung, daß dies eine Erfindung des Menschengehirns ist, die am Ende die Geheimnisse des Menschengehirns entschlüsseln wird. Somit bin ich über die Gelegenheit erfreut, mehr tun zu können, als nur zu studieren und zu spekulieren.«

Derec schüttelte den Kopf. »Vergiß es. Ich will kein Versuchskaninchen sein.«

»Verzeihung«, sagte Dr. Galen. »In meiner Begeisterung habe ich klarzustellen vergessen, daß mein Hauptinteresse darin besteht, Ihnen zu helfen. Es gibt Tests, die ich durchführen kann, um die Ursache Ihrer Erkrankung zu bestimmen. Je nach Ursache könnte es Maßnahmen geben, die man ergreifen kann, um Ihre Erkrankung rückgängig zu machen.«

»Soll das heißen, du kannst mein Gedächtnis zurückholen?«

»Mit welcher Wahrscheinlichkeit ich dies kann, werde ich erst wissen, wenn ich Sie untersucht habe.«

Derec betrachtete das Versprechen einer Wunderheilung mit Skepsis. »Sieh mal, ich werde mich hier nicht sehr lange aufhalten«, sagte er. »Laß uns nicht mit etwas anfangen, das wir aus Zeitgründen nicht beenden können.«

»Ich verstehe nicht recht.«

»Du sagtest, daß alle zwei Monate Schiffe vorbeikommen. Wenn ich seit sechs Wochen hier bin, müßte meine Mitfluggelegenheit in zwei Wochen hier auftauchen — wenn nicht früher.«

»Nein, Derec«, korrigierte ihn Dr. Galen. »Die *Fariis* ist während Ihrer Genesung gelandet und wieder abgeflogen. Das nächste Schiff, die *Heritage*, ist in sechs Wochen und drei Tagen fällig.«

Derec blickte ungläubig. »Es war bereits ein Schiff da? Warum bin ich dann immer noch hier?« verlangte er zu wissen.

»Die medizinischen Einrichtungen der Station sind denen an Bord der *Fariis* überlegen. Es war nicht möglich, Sie in Ihrem Zustand zum Transport freizugeben.«

Derec schloß die Augen und seufzte. »Na gut. Fang mit der Sondierung an.« Seine Augen öffneten sich wieder, und er richtete sich mühsam auf. »Aber ich will wissen, was du tust, bevor du es tust, verstanden?«

»Danke, Derec«, sagte Dr. Galen höflich. »Was wissen Sie über Amnesie?«

»Nur, was man per Hypervision zu sehen bekommt.«

»Wie bedauerlich«, sagte Dr. Galen.

»Nur so eine Redensart. In Wahrheit kann ich mich nicht mal daran erinnern.«

»Das ist mir nicht unlieb«, erwiderte Dr. Galen. »Amnesie wird seit Jahrhunderten als bequemes Mittel in Romanen und Filmen benutzt, meist ungeachtet der bekannten Tatsachen. Im allgemeinen läuft die Handlung so ab, daß das Opfer einen Schlag auf den Kopf erhält, alles und jeden vergißt und ein neues Leben anfängt, nur um in der Schlußszene durch einen weiteren Schlag wiederhergestellt zu werden.«

»Das kommt mir allerdings bekannt vor. Vielleicht habe ich von der Sorte ein oder zwei gesehen«, gab Derec zu.

»Bitte bemühen Sie sich, es zu vergessen«, sagte Dr. Galen mißbilligend. »Sonst wird Ihr Verständnis behindert.«

Während der nächsten drei Tage erfuhr Derec eine Menge über Amnesie. Er hatte keine Ahnung gehabt, wie viele Formen der Amnesie es gab, und wie viele verschiedene Ursachen man festgestellt hatte. Unter anderen Umständen wäre das mehr gewesen, als er wissen wollte. Aber da er persönlich betroffen war, nahm er eifrig alles auf, was Dr. Galen ihm mitteilte.

Amnesie konnte sich auf die Vergangenheit (retrograd) oder auf die Gegenwart (anterograd) beziehen. Sie konnte körperliche (organische) oder geistige (psychogene) Ursachen haben. Manche Erkrankten konnten sich an nichts länger als ein paar Sekunden erinnern, während andere alles jeweils nur für ein paar Sekunden vergaßen. Einige Opfer wußten, daß sie Probleme hatten, während andere es nachdrücklich leugneten.

Neun von zehn Fälle von Amnesie, erfuhr Derec, hatten bestimmte körperliche Ursachen. Diese Ursachen waren so unterschiedlich wie Hirnhautentzündung, Verhärtung der zerebralen Arterien, Elektroschock und Vitamin-B-Mangel. (Ebenfalls auf der Liste, wenn auch nicht an der Spitze, stand ein Schlag auf den Kopf.)

»In primitiveren Zeiten wurden zahlreiche Fälle echter organischer Amnesie fälschlich als psychogen diagnostiziert«, sagte Dr. Galen, augenscheinlich aufgebracht. »Patienten, die Medikamentierung oder Chirurgie nötig gehabt hätten, wurden mit Hypnose und Psychotherapie behandelt.«

»Vielleicht haben ja alle Fälle von Amnesie irgendwelche körperliche Ursachen«, meinte Derec. »Vielleicht sind jene zehn Prozent, die wir derzeit für psychogen halten, bloß die, für die wir noch keine organische Ursache gefunden haben.«

Aber Dr. Galen war anderer Ansicht. »Die Unterscheidung

zwischen Bewußtsein und Gehirn ist durch die medizinische Wissenschaft nicht vollständig aufgehoben worden. Das Bewußtsein ist mehr als die Summe der Hirnteile. Es gibt Dinge, die auf einem Niveau der Synergie ablaufen, welches sich nicht auf bestimmte physische Ereignisse zurückführen läßt.«

Dennoch konzentrierten sich die Tests zunächst auf mögliche körperliche Ursachen. Dr. Galen unterzog ihn einer Hirnrindenanalyse, einem endorphinen Reaktionstest, drei verschiedenen nichteingreifenden Hirnuntersuchungen und einer Biopsie, und schloß dann auch noch mittels Kulturen eine Gehirnhautentzündung aus.

»Die Tatsache, daß Sie sich über Ihren Gedächtnisverlust im klaren sind, stellt einen Hinweis dar, genau wie Ihre offenbar unbeeinträchtigte Intelligenz«, teilte Dr. Galen Derec mit. »Ihr Zeitgefühl ist Ihnen erhalten geblieben, außerdem Ihr Gefühl für Zusammenhänge. All dies ist bedeutsam.«

Doch die unangenehme Wahrheit bestand darin, daß all diese Hinweise keine Erkenntnisse lieferten und sämtliche Tests nichts erbrachten. Derec lernte mehrere neue Bezeichnungen, die seinen Zustand beschrieben — »fraktionierte, retrograde, hypnoseresistente, psychogene Amnesie« — nur über sich erfuhr er nichts.

»Ich kann keine physische Ursache finden«, faßte Dr. Galen am Ende der ersten Woche zusammen. »Cortex, Thalamus, Mammillarkörper und Fornikularstrang sind bei Ihnen allesamt normal. Und doch haben Sie auf keine der mir bekannten Psychotherapien angesprochen. Es tut mir leid, Derec, ich habe versagt.«

»Nimm's nicht so schwer«, sagte Derec seufzend. »Ich fange an, mich an ein Leben im Dunkeln zu gewöhnen.«

Im Verlauf der Tests hatte Dr. Galen Derec nach und nach immer mehr Bewegungsfreiheit gewährt, bis ihm der gesamte kleine Hospitalkomplex zugänglich war. Körperlich war er fast ganz wiederhergestellt. Der einzige Hinweis darauf, daß seine Rippen gebrochen gewesen waren, bestand in einem gelegentlichen stechenden Schmerz, wenn er tief Luft holte oder sich falsch streckte.

Trotz dieser Fortschritte sträubte sich Dr. Galen, Derec aus seiner Obhut zu entlassen. Sein größtes Zugeständnis war, es Derec zu erlauben, aus der Intensivabteilung in ein abgeschlossenes Zimmer mit traditionellerer Einrichtung umzuziehen. Aber die Widersetzlichkeit des Robots war kaum überraschend. Mit ihrer besonderen, im Ersten Gesetz verankerten Verantwortlichkeit als Heiler waren Robotärzte für ihre Vorsicht berüchtigt.

Aber Derec hatte den Verdacht, daß Dr. Galen ihn nur in seiner Nähe haben wollte, um ihn unter Beobachtung zu halten, während er Katherine behandelte. Da Dr. Galen nicht an zwei Stellen zugleich sein konnte, verwahrte er seine beiden Patienten an einem Ort.

Derec konnte Dr. Galen nicht befehlen, sich keine Sorgen mehr um ihn zu machen, also fand er sich damit ab, mit den Restriktionen des Robots zu leben. In gewisser Hinsicht war es Derec recht, jeglicher Verantwortung enthoben zu sein. Nach allem, was er hinter sich hatte, hatte er das Recht auf ein paar Tage Ruhe.

Glaubte Derec. Aber ein Tag Nichtstun reichte, dieses Bedürfnis zu befriedigen. Am nächsten Morgen wartete er Dr. Galens rituelle Visite und Untersuchung nicht ab, sondern machte sich selbst auf die Suche nach dem Robot. Er fand ihn am biomedizinischen Monitor am Fußende von Katherines Bett in der Intensivabteilung.

»Guten Morgen, Derec«, sagte der Robot. »Es tut mir leid, daß ich aufgehalten wurde. Wie fühlen Sie sich heute?«

»Unruhig«, sagte Derec. »Ich bin soweit, wieder ein normales Leben zu führen.«

»Aber Sie befinden sich im akuten Stadium einer Amnesie«, sagte Dr. Galen. »Ein normales Leben ist derzeit unmöglich für Sie.«

»Ich bin bereit, mich mit dem nächstbesten Ersatz abzufinden«, sagte Derec. »Ich kann hier nun mal nicht bloß rumsitzen und hoffen, daß mein Gedächtnis wieder einsetzt.«

»Was gedenken Sie zu tun?«

»Ich denke, das weiß ich erst, wenn ich heraus habe, was man schon alles für mich erledigt hat«, sagte Derec. »Abgesehen von den Robotern auf der Station, wer weiß über meine

Anwesenheit Bescheid? Versucht jemand festzustellen, wer ich bin?«

»Ich weiß es nicht«, antwortete Dr. Galen. »Ich bin sicher, daß der Stationsleiter dem Bezirksverwalter auf Nexon Ihre Ankunft mitgeteilt hat, wie ich sie dem medizinischen Leiter gemeldet habe. Diese Information dürfte inzwischen an diverse interessierte Parteien weitergegeben worden sein. Warum, gibt es jemanden, den Sie kontaktieren möchten?«

Derec zeigte hinüber auf die schlafende Katherine. »Sie. Wie lange dauert es noch, bis du sie aufweckst?«

»Ich bin bereits vor einigen Tagen zu dem Schluß gelangt, daß sie den Schlüssel zur Ergründung Ihres Gedächtnisverlustes besitzen könnte, und habe beschlossen, sie bei erster Gelegenheit, sobald ihre eigene Gesundheit und ihr Wohlergehen nicht mehr gefährdet sind, aufwachen zu lassen«, sagte Dr. Galen. »Um Mitternacht wurde ihr die Schlafdroge entzogen. Ihren Gehirnwellen zufolge träumt sie jetzt. Ich gehe davon aus, daß sie irgendwann heute morgen aufwachen wird.«

Derec sah sich im Krankenzimmer um. Bis auf den Boden gab es nirgendwo eine Sitzgelegenheit.

»Es besteht keine Notwendigkeit, daß Sie Wache halten«, sagte Dr. Galen, als könne er Gedanken lesen.

»Ich will hier sein, wenn sie aufwacht.«

Dr. Galen nickte verständnisvoll. »Ich verspreche, Sie zu rufen.«

Derec vertrieb sich eine, dann noch eine Stunde die Zeit bei einem Buch-Film mit dem Titel »Meister des Maschinenbaus«. Er hoffte, unter den dort vertretenen biographischen Profilen berühmter Konstrukteure und Ingenieure einen Hinweis auf jenen »Minimalisten« zu finden, der hinter der Asteroidenkolonie gesteckt hatte. Nachdem sämtliche greifbaren Beweise verlorengegangen oder zerstört waren, war dies einer der wenigen unerforschten Anhaltspunkte, die ihm blieben. Genies dieser Sorte mußten einfach eine Spur hinterlassen haben.

Aber nur drei der Biographen handelten von zeitgenössischen Konstrukteuren, und die Auswahl war ganz und gar berechenbar. Der Robotiker Fastolfe. March, der havaleanische Hexer der Mikromagnetik. Der Humanökologe Rutan, nach dessen Diensten unter den Begüterten von einem Dutzend Spacerwelten so starke Nachfrage herrschte.

Alle drei waren prominente Persönlichkeiten geworden, umjubelt von denen, die keine Ahnung hatten, was dazu gehörte, zu leisten, was sie geleistet hatten. Dagegen hatte die Gemeinschaft der Konstrukteure ihren Ansprüchen gemäß eigene Berühmtheiten. Das war bei jeder in sich geschlossenen Gruppierung so — bei jenen, die sich den Respekt und die Bewunderung ihrer Kollegen erworben hatten, aber außerhalb dieses Kreises völlig unbekannt waren. Fastolfe galt auch hier etwas, doch March wurde als Spielzeugmacher angesehen, und Rutan als Witzfigur.

Ja, er brauchte die Perspektive eines Insiders. Irgendwer würde Derecs mysteriöses Genie kennen . . .

»Derec, dürfte ich wohl stören.«

Derec fuhr hoch. Es handelte sich um den Krankenwärter. Wie Dr. Galen war auch der Pflegerobot dem perversen Humor des Verwalters zum Opfer gefallen. »Ja, Florence.«

»Dr. Galen sagte, Sie sollen sofort kommen.«

Derec schob den Schirm zurück und sprang auf. »Ich komme.«

Als er die Intensivabteilung erreichte, war das Sterilisationslicht bereits abgeschaltet, und Katherine begann sich zu regen. Sie trug jetzt ein knöchellanges, beiges Gewand, da sich mit Dr. Galens veränderter Wahrnehmung der Beziehung zwischen ihnen auch die Etikette geändert hatte. Derec blieb im Hintergrund, während Dr. Galen sich über Katherine beugte und leise auf sie einsprach.

»Guten Morgen«, sagte er. »Versuchen Sie nicht, sich zu bewegen.«

Aber sie hob dennoch einige Zentimeter den Kopf und sah sich im Zimmer um. »Hospital?« fragte sie heiser.

»Ja, Katherine. Ich bin Dr. Galen.«

»Auf welcher Station?«

»Auf der Rockliffe-Station.«

Sie nickte und sah an Dr. Galen vorbei auf Derec. »Schöne Rettung«, sagte sie.

Trotz ihrer Heiserkeit klang in ihrer Stimme ein Lachen an, das Derec gar nicht gefiel. Er trat einen Schritt näher und sagte steif: »Immerhin sind wir beide am Leben.«

»Was wieder mal beweist, daß es in der Galaxis keine Gerechtigkeit gibt«, antwortete sie und schloß die Augen. »Ich hatte dich für schlau genug gehalten, Aranimas' Sicherheitssystem auszuschalten, ehe du anfängst, in seinem Lieblingsversteck rumzustochern.«

»Sieh mal, es tut mir leid, daß es nicht glatter abgelaufen ist«, sagte Derec und trat ans Bett. »Aber wir sind entkommen. Und es gab da was, worüber wir nach gelungener Flucht reden wollten.«

Ihre Augen öffneten sich mit flatternden Lidern und blickten suchend an Derec vorbei ins Gesicht des Robots. »Dr. Galen, die Kopfschmerzen sind wieder da«, sagte sie. »Würden Sie Derec zum Gehen auffordern, bitte? Ich kann, glaube ich, jetzt noch keine Gesellschaft vertragen.«

»Wie lange kann es schon dauern, mir meinen Nachnamen zu sagen, meine Heimatwelt . . .«

Aber Dr. Galen mischte sich ein, schob Derec behutsam zurück in Richtung Tür. »Ich verstehe Ihre Ungeduld, Derec. Aber ich muß auch auf Katherines Gesundheit achten. Bitte gehen Sie, ich werde herausfinden, was ich kann. Sobald sie kräftiger ist, können Sie, so sie einverstanden ist, wieder mit ihr sprechen.«

Derec führte seine Frustration spazieren, verließ das Hospital durch den Hauptausgang. Er war sicher, daß Dr. Galen ihn melden oder ihm einen Robot hinterherschicken würde, um ihn zurückzuholen, aber das kümmerte ihn nicht. Er konnte einfach nicht in aller Seelenruhe dableiben und warten. Die Tatsache, daß er der Antwort, dem Versprechen, wieder ein ganzer Mensch zu sein, so nahe war, bedeutete für seine Geduld eine zu große Prüfung.

Der Abschnitt der Station, in welchem das Hospital lag,

hatte etwas von einer Gruft. Er ging durch trübe erleuchtete Straßen, vorbei an den Reihen geschlossener Läden und versiegelter Wohnblocks. Nur die Hauptstraße war richtig hell. Die Gassen und Hinterhöfe waren schwarze Löcher.

Kein Robot verfolgte ihn. Er ging immer weiter, bis er seine aufgewühlten Emotionen wieder unter Kontrolle hatte, dann machte er kehrt. Er marschierte durch den Eingangsbereich geradewegs in Dr. Galens Büro.

»Hat sie dir was gesagt?«

»Sie war nicht in der Lage, bezüglich Ihres Leidens neue Einsichten zu liefern.«

»Du hast meinen Zustand mit ihr diskutiert? Aber mir warst du nicht mal bereit, zu sagen . . .«

»Richtigstellung. Sie wußte bereits von Ihrem Zustand.«

»Was hat sie gemacht, dich um Rat gefragt, wie sie mit mir umgehen soll?«

»Derec, ich habe Katherine versprochen, nicht mit Ihnen über unsere Unterredung zu sprechen.«

Derec verschränkte die Arme über der Brust und tat einen Seufzer in Richtung Zimmerdecke. »Ich versteh' nicht, was ihre Geheimniskrämerei zu bedeuten hat. Wenn sie alles über mich weiß, sollte sie's mir einfach sagen.« Er warf Dr. Galen mit erhobenen Augenbrauen einen Blick zu. »Nicht wahr?«

»Wie ratsam dieses Vorgehen wäre, ist von Fall zu Fall unterschiedlich, je nach Individuum, Ursache der Fehlfunktion und den jeweiligen besonderen Umständen«, lautete Dr. Galens zurückhaltende Antwort.

»Du bist nicht mal bereit, mir einen Hinweis zu geben, wie?« sagte Derec kläglich.

»Ich bedaure, es nicht zu dürfen.«

Derec runzelte die Stirn. »Darf ich sie wenigstens sehen?«

Der Robot wandte sich einem von zwei aktiven Schirmen hinter ihm an der Wand zu. »Sie ist wach, und ihre Algesie ist abgeklungen. Aber letztlich hat sie darüber zu entscheiden.«

»Dann werde ich nachsehen gehen, was sie zu sagen hat.«

Sie fanden Katherine aufrecht im Bett sitzend vor. »Ich hatte gehofft, daß mich jemand besuchen kommt«, sagte sie lächelnd.

»Du hast mir dafür ein paar gute Gründe gelassen«, sagte Derec und sah sich im Raum vergebens nach einem Stuhl um, den er neben das Bett hätte rücken können.

Ihre Miene trübte sich. »Da — Derec«, sagte sie, über seinen Namen stolpernd, als habe sie ihn vergessen. »Ich fürchte, du wirst böse auf mich sein. Wir haben miteinander viel Boden gutzumachen — alles, was sich auf dem Schiff ereignet hat. Ich denke nicht, daß wir mit dem wenigen anfangen sollten, was ich von dir weiß.«

Der Blick, den Derec auf Dr. Galen abschoß, war finster und giftig.

»Was ist los? Was hast du ihr gesagt? Ich dachte, du versuchst mir zu helfen . . .«

»Ich kann nicht anders«, sagte der Robot gelassen.

Diese Wahrheit bremste Derecs Wut. Er wandte sich wieder an Katherine und sagte: »Also wirst du weiterhin Geheimnisse vor mir haben.«

Sie schüttelte den Kopf. »Derec — sagen wir, du warst Präsident von New Liberty . . .«

»New Liberty hat eine Ratsverwaltung als Regierung«, unterbrach Derec.

»Macht nichts. Sagen wir, du warst Präsident von New Liberty und hast das Gedächtnis verloren. Wenn ich dir nun verrate, daß du Präsident warst, macht dich das zum Präsidenten? Kannst du anfangen, dich wie der zu benehmen, der du einmal warst, nur weil du Bescheid weißt?«

Derec wich ihrem Blick aus. »Wohl nicht. Aber es zu hören, könnte meine Erinnerung in Gang setzen . . .«

»Es ist wesentlich wahrscheinlicher, daß es Sie in schwere Angstzustände versetzen würde«, hob Dr. Galen an.

»Meist . . .«

Derec öffnete den Mund, um zu antworten, doch Katherine kam ihm zuvor. »Dr. Galen, verschwinde«, schnauzte sie. »Geh in dein Büro zurück und laß uns in Ruhe, wage es nicht, mich zu überwachen oder zu lauschen. Wir rufen dich, falls wir dich brauchen.«

Der Robot starrte einen Moment vor sich hin, dann ließ er den Kopf hängen und ging.

»Es war unangebracht, dermaßen anzüglich zu werden«, sagte Derec, den ihr Ungestüm überraschte. »Ich möchte wetten, du hast dem armen Dr. Galen so das Selbstwertintegral geknickt, daß er eine Stunde brauchen wird, um es wieder auszubügeln.«

»Oh, was kümmert's mich«, sagte Katherine verdrießlich und starrte auf die leere Türöffnung. »Medizinische Roboter sind allesamt Wichtigtuer. Sie äußern zehntausend Meinungen, aber richtig wissen tun sie nichts. Und sie haben kein richtiges Verständnis dafür, was man durchmacht, wenn man krank ist, ist es nicht so? Weil sie Maschinen sind und nie krank werden oder sterben.«

Ist es das, was mit dir los ist?, fragte Derec sich und sah ihr ins Gesicht. Stirbst du an etwas, das die Ärzte nicht heilen können? Ist es das, worüber Dr. Galen nicht sprechen wollte?

Noch ehe er den Mut fand, diese Fragen laut auszusprechen, blickte sie zu ihm hinüber und klopfte neben sich aufs Bett. »Hast du vor, dort drüben stehenzubleiben? Das Feld hält uns beide aus.«

Nach momentanem Zögern ließ Derec sich zu Katherines Füßen auf dem Bettrand nieder.

»So, schon besser«, sagte sie. »Jetzt komme ich mir nicht mehr so sehr wie eine Gefangene vor, die verhört wird.«

»Ich weiß nicht recht, was wir noch zu bereden hätten.«

»Nun — ich bin sicher, daß auf dem Asteroiden mehr vorgefallen ist als das, was du mir auf dem Schiff erzählt hast. Dann ist da noch das Schiff und was wir dort erlebt haben. Und dann bin da noch ich.«

»Laß uns damit anfangen. Zunächst dein Name. Der Robot nannte dich Katherine . . .«

»Für meine Mutter und die Computer bin ich Katherine Ariel Burgess. Alle anderen nennen mich Kate«, sagte sie. »Mein Vater behauptet, mich Katherine zu nennen, wäre irreführend — es würde die Leute nicht warnen, worauf sie sich einlassen. Katherine, das heißt Bitte und Dankeschön und Kleider bis zum Hals, Kate dagegen . . .«

»Scharfzüngig und willensstark und eigensinnig«, zählte Derec auf.

Katherine strahlte, als hätte ihr jemand ein Kompliment gemacht. »So ähnlich. Mein Vater sagt, ich hätte Schmackes.«

»Ich denke, ich bleibe bei Katherine. Was hattest du auf Aranimas' Schiff zu suchen?«

»Na, ich war dort gefangen wie du. Meine Roboter und ich wurden aus einem Kurierschiff entführt.« Sie schnippte mit den Fingern. »Grade fällt's mir wieder ein. Wo ist der Schlüssel? Du hast ihn doch nicht den Robotern überlassen, oder?«

»Ich weiß nicht, wo er ist«, sagte er. »Ich weiß ja nicht mal, ob er je dort gewesen ist, wo ich angenommen hatte.«

»Ist das Schiff hier? Bist du schon wieder drin gewesen?«

»Verdammt, ich weiß es nicht. Bis heute morgen war ich noch nicht mal aus dem Hospital heraus«, sagte Derec wütend. »Willst du mir gefälligst sagen — wieso ist der Schlüssel so wichtig? Was ist er? *Wozu* ist er der Schlüssel?«

»Keine Ahnung«, sagte Katherine nüchtern. »Ich weiß nur, daß Aranimas der Meinung war, es sei jedes Mittel recht, ihn zu kriegen. Warte mal — ich dachte, du sagtest, daß der Schlüssel dir gehört. Weißt *du* denn nicht, worin seine Bedeutung liegt?«

»Er gehört mir«, versicherte Derec. »Bergungsgut aus dem Weltraum. Oder ein Geschenk. Wie auch immer, ich habe am meisten Anspruch darauf.«

»Aber du weißt nicht, worum es sich handelt?«

»Nein.«

Sie schien enttäuscht. »Vielleicht weißt du's doch — nur daß es zu den Dingen gehört, die du vergessen hast.«

»Ich denke, das wäre möglich«, gab Derec zu. »Ist Aranimas eigens zu dem Asteroiden gekommen, um den Schlüssel zu suchen? Nicht, weil ich dort war?«

»Ich glaube nicht . . .«

»Was glaubst du nicht?«

»Ich glaube, er ist absichtlich zu dem Asteroiden geflogen. Ich glaube, er wußte nicht, daß der Schlüssel dort ist. Ich bin beinahe hundertprozentig sicher, er wußte nicht, daß du dort warst«, sagte sie. »Ich glaube, du hattest einfach Glück — oder würdest du es Pech nennen?«

Derec überlegte. »Glück, wenn man bedenkt, wie's ausgegangen ist. Jedenfalls bin ich lieber auf der Rockliffe-Station als auf diesem Asteroiden.«

»Na gut, Glück.« Sie schwieg einen Augenblick. »Sieh mal, falls er dir gehört, würde es dir dann nicht vielleicht helfen, dich an etwas zu erinnern, wenn du ihn wieder in Händen hast? Und selbst wenn es nicht hilft, müssen wir feststellen, was aus dem Schlüssel geworden ist. Aranimas hatte bestimmt Gründe, warum er so dahinter her war.«

»Wolruf hat ihn im Gespräch mit Aranimas als ›Juwel‹ bezeichnet«, sagte Derec nachdenklich. »Aber ich denke nicht, daß sie das wörtlich gemeint hat.«

»Wie auch immer, er ist wertvoll. Versuchen wir ihn nun zu finden oder nicht?«

»Wir?« Einen kurzen Moment lang sträubte sich Derec. Dann führte er sich vor Augen, wie es gewesen war, auf dem Piratenschiff isoliert zu sein. Hier fühlt er sich zu Hause — Katherine dagegen offensichtlich nicht. Sie hatte Schmerzen, und sie war allein, und sie wollte seine Freundin sein. Und obendrein wußte sie etwas darüber, wer er war — und wollte ihm helfen, sich zu erinnern.

»Klar«, sagte er. »Natürlich versuchen wir's.«

# Kapitel 15

# Null Sieben B

Trotz aller guten Vorsätze zerbrach die Partnerschaft beinahe, noch ehe sie begonnen hatte. Derec hatte sich das Arrangement irgendwie so vorgestellt, daß er sämtliche Entscheidungen traf und Katherine sich dankbar seiner Führung überließ. Doch er stellte sehr bald fest, daß es Kate war, nicht Katherine, mit der er den Pakt geschlossen hatte.

Derec war begierig, mit der Suche nach dem Objekt anzufangen. Da Dr. Galen gegen Derecs Ausflug aus dem Hospital keinen Einspruch erhoben hatte, glaubte er sich das Recht erworben zu haben, umherzuwandern, wo es ihm gefiel. Dagegen würde es mindestens noch ein paar Tage dauern, bis Kate sich die gleichen Freiheiten herausnehmen durfte.

Aber als Derec vorschlug, allein auf Kundschaft zu gehen und Katherine hinterher von seinen Entdeckungen zu berichten, wurde sie störrisch. »Wir gehen gemeinsam, oder alle Versprechen sind hinfällig«, sagte sie entschlossen. »Wenn wir ein Team sein sollen, müssen wir auch als Team arbeiten.«

»Ein Team sein heißt nicht, daß wir unzertrennlich sein müssen«, wandte Derec ein. »Jeder sollte tun, was er am besten kann, und im Augenblick liegt meine Stärke darin, daß ich für uns Augen und Ohren aufhalten kann.«

»Was hast du vor?«

Derec zuckte die Achseln. »Mit dem Dockverwalter reden, und mit dem Stationsvorsteher. Anfangen, mir ein Bild davon zu machen, was seit unserer Ankunft hier passiert ist.«

»Das sind doch Roboter«, sagte sie. »Laß sie herkommen.«

Das war eine durchaus vernünftige Idee, und die Tatsache, daß sie Derec nicht gekommen war, ärgerte ihn zunächst. Er hatte vorgehabt, mit dem Stationspersonal zu sprechen, seit er das Bewußtsein wiedererlangt hatte, aber immer im Hinblick darauf, die Betreffenden aufzusuchen. Er merkte, daß er eine unausgesprochene Vermutung angestellt hatte: *Die haben zu tun — die haben keine Zeit, herzukommen und mit mir zu reden.*

Nicht ein einziges Mal hatte er daran gedacht, ihnen zu befehlen, sie sollten ihre Arbeit unterbrechen. Katherine hatte sofort daran gedacht. Derec wußte irgendwie, daß dieses unterschiedliche Herangehen etwas Wichtiges über sie beide aussagte — etwas über ihren Hintergrund, über die Kultur, die ihre Einstellung gegenüber Robotern geprägt hatte.

Es hatte den Anschein, als respektiere er die Bedeutung der Arbeit, welche die Roboter leisteten, und betrachte sie sozusagen als gleichgestellt, während sie in ihnen bloße Diener sah. Ob das jedoch hieß, daß er über mehr oder über weniger Erfahrung mit Robotern verfügte als sie, wußte er nicht zu sagen.

Wie auch immer, dies war ein weiteres winziges Stück seines Puzzlespiels. Er war nicht wie Katherine. Sie entstammten unterschiedlichen Welten — kulturell, wenn schon nicht geographisch. Er fragte sich, wie es kam, daß sie ihn kannte.

All diese Gedanken rasten Derec im Bruchteil einer Sekunde durch den Kopf und erlaubten es ihm, nach nur leichtem Zögern die Unterhaltung fortzusetzen. »Sieh mal, ich bin zu gemeinsamen Entscheidungen durchaus bereit. Vielleicht können wir die Roboter ja dazu bewegen, herzukommen«, sagte er. »Da wäre aber immer noch das Schiff. Das sollte ich mir mal ansehen.«

»Auch das sollten wir zusammen erledigen.«

»Wieso? Ist dort was versteckt, das ich nicht finden soll?«

Katherine verschränkte die Arme und seufzte. »Wenn du mir die ganze Zeit mißtraust, wird nie was draus.«

»Ich mißtraue dir keineswegs!« rief Derec aus, und warf die Hände hoch. »Ich verstehe bloß nicht, wieso du mich offenbar nicht aus den Augen lassen willst.«

»Und ich verstehe deine Eile nicht«, sagte Katherine steif. »Du behauptest, wir seien ein Team, aber du willst losrennen und alles allein machen.«

»Eilig hab' ich es deswegen, weil wir die ersten sein wollen«, sagte Derec ungeduldig. »Wir wollen vermeiden, daß jemand anders es an sich nimmt.«

Sie blickte ihn spöttisch an. »Wir sind seit sechs Wochen hier. Meinst du wirklich, sie hätten uns rausgeholt und dann das Schiff irgendwo verstaut, bis wir Anspruch darauf erheben können? Denk doch nach! Es handelt sich um ein fremdes Sternenschiff. Wie lange, denkst du, haben sie für die Erkenntnis gebraucht, daß sie so was noch nicht gesehen haben — nicht nur die Bauart, sondern die gesamte Technologie? Dies ist eine Grenzstation. Glaubst du, die finden sich einfach damit ab, wenn ein unregistriertes Schiff mit zwei Verletzten an Bord auftaucht?«

Endlich hatte Derec kapiert. »Demnach haben sie es gründlich untersucht. Vermutlich machen sie sich sogar über uns Gedanken.«

»Natürlich. Deswegen hab' ich Dr. Galen rausgeschickt.«

»Meinst du, er hat uns nachspioniert?«

»Alle Roboter spionieren für ihre Herren«, sagte sie bitter.

»Was?« fragte Derec, von ihrer Heftigkeit überrascht.

»Schon gut«, sagte sie. »Ich denke nur einfach, wir sollten

eine Weile die Harmlosen spielen, tun, was sie von uns erwarten, bis wir wissen, was hier gespielt wird.«

»Uns hilflos geben und verängstigt. Uns dumm stellen.«

»Genau das«, sagte Katherine. »Manchmal ist es das Schlaueste, was man tun kann.«

Auf ihre Anweisung ließ Dr. Galen ein Multikom zur Intensivabteilung bringen und schloß es ans Stationsnetz an. Sehr rasch erfuhren sie, daß der rote Teppich der Rockliffe-Station ein wenig fadenscheinig war.

Der Stationsvorsteher hatte bis zum nächsten Morgen volles Programm und war der Ansicht, daß sie in Wahrheit ohnehin den Dockverwalter sprechen müßten. Der Dockverwalter ließ gerade das Druckausgleichssystem des Docks überholen, eine vordringliche Aufgabe, die binnen kürzester Zeit abgeschlossen sein mußte, und ob sie es schon beim Disponenten versucht hätten?

Der Disponent konnte ihr Fragen nicht ohne Genehmigung des Sicherheitschefs beantworten, der sie an den stellvertretenden Verwalter für den Stationsbetrieb verwies. Der SVSB stand eine Rangstufe unter dem Stationsvorsteher und war vermutlich der Robot, mit dem zu sprechen man ihnen von Anfang an hätte empfehlen müssen.

Der SVSB war im Augenblick beschäftigt, würde jedoch in einer Stunde frei sein, und ob sie einen Termin vereinbaren wollten. Es schien ihnen das beste, was sie erreichen konnten, also nahmen sie an.

»Und was machen wir, während wir warten?« sagte Derec, als er den Schirm ausschaltete.

»Wir könnten die Zeit damit verbringen, uns besser kennenzulernen . . .«

»Soll ich dich mit Geschichten über meine Familie unterhalten?«

Sie lachte — ein nettes Lachen. »Das nicht gerade.«

»*Du* könntest mir Geschichten über meine Familie erzählen.«

»Nein, kann ich nicht.«

»Katherine — die einzige, die irgendwas über mich weiß,

bist du«, sagte Derec bittend. »Warum verrätst du mir nicht jetzt etwas darüber?«

»Noch nicht.«

»Immer noch auf Anraten Dr. Galens?«

»So ist es bestimmt am besten«, sagte sie und berührte seine Hand.

»Mir kommt es nicht so vor«, sagte er verstimmt. »Na gut, dann erzähl mir halt von dir.«

»Du wirst dich langweilen«, warnte sie.

Er zog die Augenbraue hoch. »Von einem fremden Raumschiff entführt zu werden, war also langweilig?«

»Mein Leben ist langweilig. Es ist das erste Mal, daß mir was Aufregendes passiert ist.« Dann fügte sie hinzu: »Nur daß es eigentlich keine Entführung war.«

»Erzähl's mir. Wie hieß dein Kurierschiff?«

»*Golden Eagle*, aus Viking. Wir waren mit Diplomatenpost unterwegs nach Frier's Planet . . .«

Zumindest beim ersten Hören klang die Geschichte glaubhaft.

Katherine und ihre Roboter waren mit dem Kurierschiff nach Viking zusammen mit einem Piloten und zwei Diplomaten gestartet. Kurz bevor sie am Rande des Vikingsystems zum Sprung ansetzen, hatte der Pilot Aranimas' Schiff entdeckt, offenbar im freien Fall.

Da sie es für ein unregistriertes Wrack hielten — teils wegen seines Aussehens, teils weil sie auf keinem Kanal Funkkontakt bekamen — machten sie sich daran, es zu untersuchen. Plötzlich hatte man sie fluguntüchtig geschossen. Katherine und die Roboter wurden von den Narwe aus dem Schiff geholt. Kurz darauf war es explodiert, vermutlich, sagte Katherine, weil man eine Bombe an Bord zurückgelassen hatte.

Diese Geschichte war zwar frei von schreienden Widersprüchen, doch gab es eine Reihe kleinerer Punkte, die Derec keine Ruhe ließen, Katherine wollte sich nicht festlegen, warum sie auf dem Kurier gewesen war. Zunächst schien sie ihm weismachen zu wollen, sie habe mit der diplomatischen

Mission zu tun gehabt. Aber so gern sie auch erreicht hätte, daß er sie für alt genug zu einer solchen Aufgabe hielt, war dies eindeutig nicht der Fall.

Als er sie danach fragte, erläuterte sie hastig, sie sei als Passagier dabeigewesen, habe einen Kurier statt eines kommerziellen Transporters benutzt, weil sie ihre Ruhe haben wollte. Er wunderte sich lautstark über einen Kurier, der Passagiere mitnahm. Sie reagierte mit der Andeutung, sie sei wichtig genug, um jegliche Ausnahme zu rechtfertigen.

Der wichtigste Punkt jedoch, derjenige, den er für sich behielt, war das Verhalten des Kurierpiloten. Kurierschiffe beförderten wichtige Leute, Notvorräte, Prototypen von Maschinen, unersetzliche Dokumente. Die Vorstellung, ein Kurierpilot würde seine Fracht gefährden, um in einem Wrack herumzustöbern, war unsinnig. Es erschien wesentlich naheliegender, daß der Pilot seinen Fund an die Patrouille auf Viking weitermeldete und dann planmäßig seinen Sprung durchführte.

Derec fragte sich, ob man ihn nicht in einer Art Test mit Halbwahrheiten fütterte — Dr. Galens Rezept für kranke Gemüter. Wenn ja, dann war er dagegen.

Doch da traf endlich der stellvertretende Verwalter für den Stationsbetrieb ein, und Derec verdrängte diese Gedanken.

»Ich werde Hajime genannt«, sagte der SVSB, »Dr. Galen sagt mir, Sie beide erholen sich von Ihren Verletzungen. Das sind gute Nachrichten.«

»Vor allem für uns«, sagte Derec leise.

»Mir ist klar, daß Sie Fragen bezüglich Ihrer Anwesenheit hier haben. Ich hoffe, sie beantworten zu können.«

Derec machte den Mund auf, aber noch ehe er etwas sagen konnte, mischte Katherine sich ein. »Fang damit an, wann die Station zum ersten Mal auf unser Schiff aufmerksam wurde, und erzähl uns, was ihr beobachtet habt«, befahl sie.

»Ja, Madame. Die Stationssensoren haben ein unidentifiziertes Schiff entdeckt, das gerade aus seinem Sprung auftauchte — wie Sie vielleicht wissen, wird die Beendigung eines Sprungs von einer spürbaren Raumverzerrung begleitet, vergleichbar mit den atmosphärischen Störungen bei einem Blitzschlag . . .«

»Ist uns bekannt«, sagte Derec. »Weiter.«

»Verzeihen Sie, Sir«, sagte der Robot mit einer angedeuteten Verneigung. »Ich wollte nur sichergehen, daß Sie verstehen, wie wir fähig waren, auf so große Entfernung Ihr Schiff auszumachen.«

»Wieso? Wie weit waren wir denn entfernt?«

»Dreiundachtzig astronomische Einheiten. Auf diese Entfernung konnten die Stationssensoren lediglich Position und Geschwindigkeit des Gefährts feststellen. Da weder direkte Identifikation durch einen Impulsübertrager noch indirekte Identifikation durch Sensordaten erfolgte, wurde dieses Schiff als UPG-07 registriert.«

»UPG?« fragte Katherine.

»Verzeihung. Unidentifiziert. Potentiell gefährlich«, erläuterte Hajime.

»Weiter, Hajime.«

»Danke, Sir. Wir haben den Anflug von Null Sieben zwei Tage lang verfolgt. Wir waren gerade soweit, einige vorläufige Daten bezüglich seiner Masse und äußeren Form einzuholen, als eine Anomalie auftrat. UPG-07 zerfiel in zwei unabhängige Teile, UPG-07A und UPG-07B. Null Sieben A, das größere Gefährt, nahm eine Kurskorrektur vor, die es aus der Kontrollzone der Station heraustrug . . .«

»Sie haben uns abgestoßen und sich dann aus dem Staub gemacht«, sagte Katherine.

»Sieht so aus«, sagte Derec. »Ist das große Schiff gesprungen?«

»Nicht, solange es im Bereich unserer Sensoren war, Sir«, antwortete Hajime. »Es ist unmöglich, zu sagen, was vorgefallen ist, nachdem wir den Kontakt verloren.«

Derec und Katherine warfen sich einen Blick zu, der besagte: Demnach könnten sie immer noch irgendwo dort draußen auf der Lauer liegen.

»Und das andere Schiff, Null Sieben B, ist weiterhin nähergekommen?« fragte Katherine. »Dort habt ihr uns gefunden?«

»Ja, Madame. Ein Späher mit einem Rettungs- und Bergungsteam an Bord wurde augenblicklich ausgeschickt.«

»Kannst du uns von den Ereignissen einen Navigationsplan zeigen?« erkundigte sich Derec.

»Gewiß, Sir.« Der Robot trat an den Hyperschirm und gab über die Tastatur einen Code ein, und gleich darauf lief die bildliche Darstellung ab, die jedoch nur bestätigte, was der Robot berichtet hatte.

»Können wir davon eine Kopie haben?« fragte Derec.

»Ich werde es unter Ihrem Namen in ein Register eintragen«, erwiderte Hajime.

»Wenn das Entern aufgezeichnet wurde, würde ich es gern sehen«, sagte Katherine.

Als der Robot nickte, winkte sie Derec, sich neben sie auf den Bettrand zu setzen. Sie nahm seine Hand und hielt sie fest, als suche sie darin Ermutigung. Der Hautkontakt überraschte Derec und brachte ihn aus dem Konzept.

»Die Aufzeichnung wurde mittels eines Zeugenrobots hergestellt«, sagte Hajime. »Das Multikom wird nicht die gesamte Bandbreite zeigen können . . .«

»Was ist ein Zeugenrobot?« flüsterte Katherine Derec zu.

»Erklär' ich dir später«, flüsterte Derec zurück. Zeugenroboter boten mit ihren Kugelköpfen und Rundum-Suchschlitzen statt optischer Sensoren einen merkwürdigen Anblick, aber sie waren für derartige Operationen unentbehrlich. Ihre einzige Aufgabe bestand darin, sich so zu positionieren, daß ihre Sucher und Aufzeichner die Entwicklung von Ereignissen vollständig einfingen. Manch eine verpfuschte Operation war mit Hilfe der von Zeugenrobotern gelieferten Daten rekonstruiert worden. ». . . wenn Sie also irgendwann den Ausschnitt verschieben möchten, informieren Sie mich bitte.«

Von außen sah Aranimas' Schiff aus wie eine massige Pfeilspitze mit kabelartigen Anhängseln, die der Befestigung am Schaft gedient hatten. Bei dieser Pfeilspitze handelte es sich in Wahrheit um eine Boden-Luft-Rakete, und bei den Anhängselns um die geborstenen Reste mehrerer Übergangskorridore, die mit der sechseckigen Kreuzung zwischen den Antriebstrichtern am Heck verbunden gewesen waren.

Gemeinsam sahen Derec und Katherine zu, wie die Rettungsroboter eine Notluke mit Schweißbrennautomatik oben an der Hülle befestigten. Als der Kontaktring der Luke die Hülle durch- und sich selber festgeschweißt hatte, stiegen die Roboter ein — der Reihe nach, als erstes der Zeuge.

»Das ist der Raum, in dem Aranimas mich untergebracht hatte«, flüsterte sie, als die Hypervisionskamera über das speicherähnliche Oberdeck schwenkte.

»Wie lange bist du dort gewesen?«

»Zwei Monate. Glaub mir, mir kam es länger vor.«

Als der Zeugenrobot zum Hauptdeck hinunter voranging, sahen sie als erstes einen Robot im Zentralkorridor stehen.

»Alpha«, rief Derec.

»Capek«, sagte Katherine im gleichen Augenblick. »Wo ist mein Robot?«

Hajime hielt die Aufzeichnung an. »Dieser Robot wurde entfernt und zur diagnostischen Untersuchung und Reparatur mitgenommen.«

»Ich will ihn so zurückhaben, wie er war«, sagte Derec. »Ihr habt nicht das Recht, ohne Arbeitsauftrag an ihm herumzubasteln.«

»Der Robot hat sich unseren Bemühungen widersetzt, Sie zu retten. Nach allgemeiner Einschätzung funktionierte er auf normwidrige und obendrein gefährliche Weise und wurde daher deaktiviert. Das Standardverfahren in solchen Fällen sieht vor, daß eine vollständige Untersuchung durchgeführt wird, um dann die Anomalie an den Hersteller zu melden.«

Katherine gab mit einem Nicken widerstrebend ihre Zustimmung, und Derec fügte sich ihr. »Na gut«, sagte er. »Weiter.«

Als die Aufzeichnung weiterlief, sahen sie zum ersten Mal sich selbst. Sie lagen hintereinander an einer Wand des mittleren Durchgangs auf dem Hauptdeck. Katherine erschrak und wandte sich vom Anblick des eigenen, mit Brandblasen übersäten Gesichts und der blutdurchtränkten Kleidung ab. Derec biß die Zähne zusammen und gab sich Mühe, den Schmerz, den seine verbrannte Haut ausstrahle, nicht noch einmal zu erleben.

»Dacht' ich mir's doch«, raunte Derec. »Dach' ich mir's doch.«

»Was?« wollte Katherine wissen. »Wovon redest du?«

»Alpha. Er hat uns das Leben gerettet.«

»Du hast Hajime gehört — der Robot war nicht normal. Er wollte nicht zulassen, daß sie uns retten.«

»Das war nur der übervorsichtige PV-Würfel. Sieh mal«, sagte Derec und zeigte auf den Schirm. »In so eine Lage fällt oder kriecht man nach einem derartigen Unfall nicht von selber. Jemand hat uns bewegt. Und noch eins: Wir waren wenigstens noch fünf Tage entfernt, als ich die Sprengfalle ausgelöst habe. Das Rettungsschiff hat zweieinhalb Tage gebraucht, bis es uns erreicht hatte. Und man kann nicht bestreiten, daß wir schwer verletzt waren . . .«

»Nein«, sagte sie mit einem kleinen Schauder.

»Ich hatte mich bereits gefragt, wie wir überleben konnten, bis die Sanitäter uns erreicht hatten. Eigentlich hätten wir dort auf dem Schiff sterben müssen. Sie hätten nur Leichen finden dürfen. Alpha ist der Grund, warum das nicht so war.« Derec wandte sich an den Robot: »Hajime, würdest du bitte die Aufzeichnung anhalten und uns allein lassen?«

»Natürlich, Derec.« Das Bild und der Robot erstarrten.

»Was? Was geht vor?«

»Ich will nur darauf hinweisen, daß noch jemand auf dem Schiff gewesen sein könnte.«

»Woran denkst du?«

»Ich hatte mich gewundert, wieso Wolruf und der Robot so lange brauchten, um von ihrem Botengang zurückzukommen. Wie, wenn Aranimas wieder zu sich gekommen war? Vielleicht haben sie noch versucht, ihn hinter Schloß und Riegel zu bringen, als die Bombe hochging. In dem Fall wäre Alpha herbeigerannt gekommen. Um Aranimas würde er sich nicht mehr kümmern. Vermutlich würde er sich nicht mal darum kümmern, was Aranimas Wolruf antun könnte. Aranimas und Alpha könnten beide Rumpf A erreicht haben, ehe er abgestoßen wurde.«

»Und Alpha hätte uns vor ihm beschützt, genau wie er versucht hat, uns vor der Rettungsmannschaft zu schützen.«

»Ja, das könnte erklären, *wieso* Alpha den Robotern Schwierigkeiten bereitet hat.«

»Er könnte sich versteckt haben«, sagte Katherine nachdenklich. »Es war sein Schiff. Er muß gewußt haben, wo er in Sicherheit war. Bis das Schiff aufgebracht wurde . . .«

»Hab' ich mir auch gedacht. Falls er den Schlüssel nicht schon hat, dann sucht er ihn — oder uns. Falls er ihn hat, könnte es immer noch sein, daß er nach uns sucht. Wie auch immer, der Schlüssel ist in Gefahr, und wir ebenfalls. Wir können hier nicht weiter rumsitzen und uns vormachen, es bestünde keine Eile. Wir müssen jetzt gleich was unternehmen.«

Katherine senkte den Blick. »Na gut«, sagte sie schließlich.

»Hajime«, sagte Derec. »Du kannst wieder zu uns stoßen.«

Der Robot regte sich. »Danke, Sir. Soll ich die Aufzeichnung weiterlaufen lassen?«

»Nein. Hör mit dem Abspielen auf. Wir haben genug gesehen«, sagte Katherine.

»Sehr wohl, Madame«, sagte der Robot verbindlich. »Haben Sie noch Fragen?«

»Ja. Wo ist Null Sieben B?«

»Das weiß ich nicht, Madame.«

Diese Antwort ließ Derec mit gerötetem Gesicht vom Bettrand aufspringen. »Was soll das heißen, du weißt es nicht?« verlangte er zu wissen. »Du hast unter der Besatzung der Station den zweithöchsten Rang.«

»Richtig, Sir.«

»Und du weißt nicht, wo unser Schiff ist?«

»Ich weiß nur, daß Null Sieben B sich nicht mehr an dem Liegeplatz befindet, an dem es festgemacht wurde, nachdem man es in die Station geschleppt hatte.«

»Hat es jemand gestohlen?« faßte Derec nach. »Versuchst du mir mitzuteilen, daß es nicht mehr da ist?«

»Es wurde nicht gestohlen. Es wurde mit Ermächtigung des Stationsvorstehers verlegt.«

»Wieso hast du das nicht gleich gesagt?« fuhr Katherine ihn an.

»Derec fragte, ob ich weiß, wo Null Sieben B festgemacht ist. Ich weiß es nicht und habe ihn entsprechend informiert.«

»Dann stell fest, wo unser Schiff ist. Ich will, daß du uns dorthin führst.«

»Es tut mir leid«, sagte Hajime. »Dazu bin ich nicht berechtigt.«

»Dann verschaff uns einen Robot, der berechtigt ist«, fauchte Derec.

»Ich wurde angewiesen, alle Anfragen dieser Art an den Stationsvorsteher zu verweisen.«

Derec seufzte. »Na gut. Du kannst gehen.«

»Danke, Sir.« Der Robot zögerte. »Dürfte ich eine Frage stellen, Sir?«

»Worum geht's?«

»Bezeichnen Sie Null Sieben B aus reiner Gewohnheit immer noch als ›ihr Schiff‹, oder weil Sie daran hängen?«

»Was meinst du damit?«

»Ich wurde informiert, daß sich das als Null Sieben B bekannte Schiff nicht mehr in Ihrem Besitz befindet.«

# Kapitel 16

# Hinaus in der Finsternis

Der Stationsvorsteher, ein Robot namens Anazon, war nur zu einem kurzen Videogespräch bereit.

»Ist die Ihnen zuteil werdende Pflege zufriedenstellend?« erkundigte Anazon sich höflich.

»Ich hoffe, Hajime kümmert sich um Ihre anderen Bedürfnisse . . .«

Derec verschwendete keine Zeit mit Freundlichkeiten. »Wo ist unser Schiff? Wo ist Null Sieben B?« wollte er wissen.

»Ich bedaure, Sir, ich bin nicht berechtigt, Ihnen das mitzuteilen«, erwiderte der Robot unbeteiligt.

»Wer hat diesen Befehl erteilt?«

»Ich bedaure, Sir, auch zu dieser Auskunft bin ich nicht berechtigt.«

Derec war entschlossen, sich nicht abwimmeln zu lassen. »Wer ist dein Vorgesetzter? Wie lautet sein Name?«

»Der Name meines Vorgesetzten lautet Aram Jacobson.«

»Ruf ihn auf diesem Kanal.«

»Mr. Jacobson ist vielleicht zur Zeit nicht verfügbar . . .«

»Tu's. Mach es so dringend, wie es nötig ist, um zu erreichen, daß er antwortet. Und halte die Leitung offen. Ich will hören, was du sagst.«

Der Robot griff nach den Hypervisionskontrollen. »Hier

spricht Anazon, Leiter der Rockliffe-Station, mit der Bitte um eine Unterredung mit Mr. Jacobson.«

Eine Stimme sagte: »Moment«, und es entstand eine Pause.

»Ja, Anazon«, sagte eine neue Stimme. Die Worte wurden vom schwachen elektronischen Echo eines irgendwo zwischengeschalteten Zerhackers verzerrt. »Was ist?«

»Anazon hat Sie in meinem Auftrag gerufen«, unterbrach Derec. »Ihre Roboter haben sich mein Schiff angeeignet. Ich erwarte von Ihnen, daß Sie ihnen befehlen, es zurückzugeben.«

»Und unseren Robot«, fügte Katherine hinzu. »Capek wollen wir auch wiederhaben.«

Das Hypervisionsbild Anazons verschwand und wurde einen Augenblick später durch das eines mondgesichtigen Mannes mit schmalen Augen und glänzend schwarzem Haar ersetzt. Jacobsons untersetzter Körper balancierte auf seinem Chefsessel wie ein Ei auf einem Teelöffel.

»Entschuldigen Sie, von wem habe ich die Ehre, herumkommandiert zu werden?« fragte er mit übertriebener Höflichkeit.

»Ich heiße Derec. Und dies ist . . .«

»Einfach Derec? Kein Nachname, wie bei einem Robot?«

»Keine Ausflüchte. Sie wissen alles über mich. Ich bin sicher, daß es in Ihrem Archiv eine Akte über mich gibt.«

»Ich habe viele Akten in meinem Archiv«, sagte Jacobson. »Ich trage die Verantwortung für Einrichtungen, die zweitausendsechshundert Menschen und beinahe achttausend Roboter beschäftigen. Sie müssen mir schon glauben, wenn ich Ihnen sage, daß mir weder Ihr Name noch Ihr Gesicht vertraut sind.« Sein Blick glitt zu Katherine hinüber. »Und Sie, Fräulein?«

»Katherine Burgess. Und nennen Sie mich nicht Fräulein.«

»Verzeihen Sie mir, wenn ich Sie beleidigt habe«, sagte Jacobson und neigte leicht den Kopf. »Wenn ich Sie nun bitten dürfte, Ihre Beschwerde zu wiederholen — es ist in höchstem Maße regelwidrig, daß jemand einfach in ein Privatgespräch hineinplatzt. Ich fürchte, das hat mich ziemlich abgelenkt.«

Derec blieb vor Wut die Sprache weg, doch Katherine

übernahm reibungslos die Verhandlung. »Wir wurden auf einem havarierten Raumschiff gefunden und hierher auf die Rockliffe-Station gebracht. Nun weigert sich der Stationsvorsteher, uns Zutritt zu unserem Schiff zu gewähren.«

»Er verweigert Ihnen den Zutritt?« fragte Jacobson und runzelte die Stirn. »Warum das?«

»Das verrät er uns nicht«, sagte Derec. »Er behauptet, daß er Befehl hat, es nicht zu verraten — vermutlich von Ihnen.«

»Ich versichere Ihnen, daß dem nicht so ist«, sagte Jacobson und streckte die Hand nach seinem Computer aus. »Lassen Sie mich einen Moment meine Unterlagen prüfen . . .« Er wandte ihnen kurz den Rücken zu. »Ja, natürlich«, sagte er leise, während er den Schirm studierte.

»Natürlich was?«

Jacobson drehte sich wieder zu ihnen um. »Ich erinnere mich doch, von Ihnen gehört zu haben, Derec. Sie sind der Amnesiefall, den Dr. Galen untersucht. Das erklärt vieles.«

»Nicht für mich.«

»Doch, doch. Sehen Sie, die Pflege, die Sie erhalten haben, ist recht kostspielig . . .«

»Dr. Galen hat gesagt, meine Rechnung würde gegen das Konto Stationsunkosten verbucht.«

»Ich fürchte, da irrt Dr. Galen«, sagte Jacobson. »Das gilt, wenn Sie mittellos und zahlungsunfähig sind, oder wenn die Behandlungskosten die von Ihrer Heimatwelt für ihre Bürger gestellte Garantiesumme überschreiten.«

»Aber mein Fall liegt anders . . .«

»In der Tat. Ihre Herkunft ist unbekannt. Ihre Finanzlage ist unbekannt. Ja, es bestehen sogar Zweifel bezüglich Ihrer Mündigkeit nach dem Spacergesetz«, sagte Jacobson.

»Ich bin alt genug.«

»Wir haben beschlossen, von dieser Annahme auszugehen«, fuhr Jacobson fort. »Jedenfalls bleibt uns, da Sie nicht in der Lage waren, sich auszuweisen, gar nichts anderes übrig, als Ihr greifbares persönliches Vermögen zur Begleichung Ihrer Rechnung heranzuziehen.«

»Mein greifbares Vermögen . . .«

»Ihr Schiff und sein Inhalt wurden großzügig geschätzt, das versichere ich Ihnen. Dennoch, fürchte ich, wird nicht viel übrig sein, nachdem das Bergungshonorar und die Kosten der Rettungsaktion abgezogen sind. Aber es reicht allemal zur Deckung der Passage nach Nexon mit dem nächsten Zubringer und für Ihre zwischenzeitliche Verpflegung.«

Derec bekam vor Staunen den Mund nicht mehr zu. »Das können Sie doch nicht machen. Sie können einem Mann nicht alles abnehmen, was er besitzt.«

»Nach Auffassung des Finanzministers kann es sich jeder, der reich genug ist, überhaupt ein solches Schiff zu besitzen, durchaus leisten, seine Rechnungen zu begleichen«, sagte Jacobson und lehnte sich zurück. »Wenn wir bei Ihnen eine Ausnahme machen würden, wüßte ich mir bald nicht mehr zu helfen vor Schmarotzern, die allesamt behaupten, sie hätten vergessen, was aus ihrem Vermögen geworden ist.«

»Wollen Sie mir unterstellen, ich hätte mir das alles ausgedacht? Fragen Sie Dr. Galen . . .«

»Dr. Galen bestimmt nicht die Richtlinien der Station. Das ist meine Aufgabe.«

»Zumindest geben Sie endlich zu, daß Sie dahinterstecken«, konterte Derec. »Es ist schon unglaublich, daß Sie die Unverschämtheit haben, mich für meine Rettung zur Kasse zu bitten. Sie hätten dieses Schiff doch in jedem Fall abgefangen, ob wir nun drinsitzen oder nicht.«

»Aus unserer Sicht war dieses Schiff nur da und hat unsere Einrichtungen gefährdet, *weil* Sie drinsaßen«, entgegnete Jacobson leichthin.

»Moment mal«, sagte Katherine. »Das Schiff gehört zur Hälfte mir. Kann sein, daß Sie seine Hälfte kassieren können, aber meine können Sie nicht anrühren. Sie wissen, wer ich bin, ich habe eine Überweisung von meinem Konto bei der Aurorazentrale unterschrieben.«

»In der Tat«, sagte Jacobson. »Sagen Sie, was für ein Konto war das?«

»Ein Unterhaltsanteil — ein Treuhandkonto . . .« Katherines Gesicht wurde bleich.

»Mit anderen Worten widerrufliches Mündelgeld, ja?«

»Ich — ich glaub' schon.«

»Ich bedaure, Ihnen mitteilen zu müssen, daß am 26. Mai Ihr Konto aufgelöst und das Guthaben abgezogen wurde.

Haben Sie noch andere Geldquellen, von denen wir nichts wissen?«

»Nein«, sagte Katherine mit schmerzhaft verzogener Miene. »Das war mein Unterhaltsgeld. Wie konnten sie das abziehen? Wie konnten sie so was nur tun?«

»Keine Ahnung. Tatsache bleibt, sie haben es getan. Sie sind dem Gesetz nach erwachsen und für Ihre Schulden verantwortlich. Daher waren wir verpflichtet, auch bezüglich Ihres Besitzanteils von unserem Recht Gebrauch zu machen.«

»Damit kommen Sie nie durch«, drohte Derec kläglich.

»Das ist keine Frage des ›Durchkommens‹«, erwiderte Jacobson. »Wir haben unsere Befugnisse keineswegs überschritten. Sie sollten dankbar sein, daß Sie noch am Leben sind, anstatt sich über ein Schiff aufzuregen, das meines Wissens nicht einmal flugfähig ist. Da Sie seine Reparatur nicht hätten bezahlen können, hätten Sie ohnehin versuchen müssen, es zu verkaufen, und ich bezweifle sehr, daß Sie auch nur annähernd den Preis erzielt hätten, den wir Ihnen dafür gegeben haben.«

»Sie . . .« entfuhr es Derec.

»Wenn Sie mich jetzt entschuldigen wollen, ich habe mich um andere Dinge zu kümmern.«

Die Verbindung wurde unterbrochen, noch ehe Derec antworten konnte. »Hast du dieses Theater etwa geglaubt?« rief er und wandte sich Katherine zu. Er war schockiert, zu sehen, wie entmutigt sie dreinblickte.

»Theater?« fragte sie mechanisch.

»Das hat mit der Wirklichkeit nichts zu tun. Es dient lediglich dazu, uns vom Schiff fernzuhalten. Um es gegen unsere ›Schulden‹ aufzurechnen, müßten sie belegen, daß es uns gehört — über unser Ehrenwort und die Tatsache hinaus, daß sie uns darin gefunden haben. Ist dir klar, warum sie uns nicht nach Belegen fragen? Weil sie's nicht wissen wollen. Genausowenig, wie sie wissen wollen, ob ich zu jung bin, um für meine Schulden gradezustehen.«

»Egal«, sagte sie. »Ist doch alles egal.«

Derec starrte sie an. »Was hast du denn?«

»Mein Geld. Meine Familie hat mir mein Geld abgenommen . . .«

»Überrascht dich das? Vermutlich hat dich die Patrouille als vermißt gemeldet, nachdem sie losgezogen war und die Trümmer der *Golden Eagle* durchsucht hatte.«

»Sie haben mir nicht mal eine Chance gegeben, alles zu erklären . . .« sagte sie verzweifelt.

»Wem erklären?« fragte er sanft.

Doch diese Frage schien ihr bewußt zu machen, daß sie sich hatte gehen lassen. Ihr Kinn straffte sich, und die Augen wurden hart. »Mist. Alles Mist«, erklärte sie kurz und bündig. »Eine uralte Geschichte. Was unternehmen wir jetzt?«

»Was schlägst du denn vor?«

»Ich will dir sagen, was ich *nicht* tun werde. Ich werde nicht ruhig abwarten, bis der nächste Frachter kommt, und dann gehorsam nach Nexon trotten«, verkündete sie. »Und ich bin nicht bereit, mich von einer Roboterbande von meinem Besitz fernhalten zu lassen.«

»Hört sich so an, als müßte ich anfangen, dich Kate zu nennen.«

Sie lächelte überrascht. »Wär' vielleicht angebracht.«

»Gut. Ich bin nämlich der Meinung, daß wir sie brauchen werden«, sagte Derec. »Das hier wird nicht leicht werden.«

»Ich weiß. Aber die Zahl der Orte, an denen man ein Schiff dieser Größe verstecken kann, ist selbst auf einer so großen Station begrenzt. Wenn es noch da ist, finden wir es auch.«

»Kann sein«, stimmte Derec zu. »Möglicherweise haben sie es vom Betriebsdock in eines der stillgelegten verbracht — im militärischen Flügel, schätze ich. Wenn uns der Stationsplan nicht verrät, wo die anderen Dockeinrichtungen sind, können wir es uns zwar ausrechnen. Aber helfen wird uns das kaum.«

»Wieso nicht?«

»Weil's auf den Schlüssel ankommt, nicht auf das Schiff. Jacobson hat recht. Mit dem Schiff ist nichts anzufangen.«

»Wenn wir das Schiff finden, finden wir den Schlüssel.«

Derec schüttelte unglücklich den Kopf. »Der Schlüssel wird nicht mehr dasein. Den haben die Roboter — Jacobson hat davon natürlich nichts erwähnt. Aber er hat mit Sicherheit die ganze Zeit darauf gelauert, daß wir nach unseren persönlichen Habseligkeiten fragen oder sonstwie zu erkennen geben, daß wir von dem Schlüssel wissen — gelauert, um zuzuschlagen, falls wir es tun. Das war ein Test. Wir haben ihn bestanden, deshalb werden sie uns ziehen lassen. Wenn wir ihn nicht bestanden hätten . . .«

»Warum sollten sie dem Schlüssel besondere Aufmerksamkeit widmen? Der sieht doch nach nichts aus. Sie wissen nicht, worauf sich Aranimas eingelassen hat, um an ihn heranzukommen. Ich weiß es, aber mir ist immer noch nicht klar, warum er so wichtig ist.«

»Behauptest du.«

»Denkst du etwa, ich lüge?«

Ja, dachte er. Zumindest nimmst du es mit der Wahrheit nicht so genau. Ich glaube allmählich, daß außer mir jeder Bescheid weiß, worum es sich bei diesem Ding handelt — daß du nur so tust, als wärst du so unwissend wie ich, obwohl du genau weißt, worum es sich handelt und wieso es so wichtig ist.

Aber er sprach es nicht aus. »Ich weiß nicht, was ich denken soll«, erklärte er nur frustriert.

»Ich glaube, der Schlüssel ist immer noch dort versteckt, wo Aranimas ihn aufbewahrt hat. Jacobson hat ihn nicht erwähnt, weil er nichts davon weiß, es geht ihm nur um das Schiff. Falls die Roboter ihn gefunden haben, hat ihn die *Fariis* mitgenommen, und er hat ihn längst.«

»Nicht unbedingt«, erwiderte Derec. »Das sind Vertragsspediteure, keine nexonischen Staatsbürger. Meinst du, er würde denen was anvertrauen, das zehnmal so wertvoll sein könnte wie ihr gesamter Transportauftrag? Und er müßte es dann mit einem unbewaffneten Schiff befördern, während die Piraten irgendwo dort draußen auf der Lauer liegen.«

»Was denn dann?«

»Versetz dich in ihre Lage. Als erstes sorgst du dafür, daß dein Fund unbeachtet bleibt. Wenn das gelingt, kannst du dir damit Zeit lassen, es zu holen. Sobald sie einen Großtransporter bereit haben, um das Raumschiff abzutransportieren, und ein Kriegsschiff, damit die Piraten es sich zweimal überlegen, werden sie kommen.«

Katherine seufzte. »Was für ein Durcheinander. Vielleicht sollten wir ihnen das Ding einfach überlassen.«

»Kommt nicht in Frage«, fauchte Derec. »Solange Aranimas den Schlüssel nicht hat und die Piraten nicht angreifen und Jacobson noch auf Nexon ist — haben wir eine Chance.«

»Aber es ist ein Wettrennen.«

»Ja. Es ist ein Wettrennen. Und wir können mit dem Start nicht warten, bis Dr. Galen dich gesundschreibt«, sagte Derec betont und machte sich zugleich auf einen Streit gefaßt.

Doch dazu kam es nicht. »Du hast recht«, sagte sie nur, schwang die Beine über den Bettrand und tastete nach dem Fußboden. »Wohin?«

Bevor sie sich dieser Frage widmen konnten, mußten sie sich mit Dr. Galen auseinandersetzen. Der Robot kam ins Zimmer gestürzt, ehe Katherines nackte Füße auch nur die Chance hatten, sich am Boden zu verkühlen.

»Bitte gehen Sie wieder ins Bett, Patientin Katherine«, verlangte Dr. Galen. »Florence wird sich um alles kümmern, was Sie brauchen.«

Derec rüstete sich zu einer weiteren langwierigen Auseinandersetzung, aber Katherine überraschte ihn. »Ich gehe, wohin ich will, wann immer ich es will«, knurrte sie. »Und wenn du anfängst, dich wie eine Gouvernante zu benehmen statt wie ein Arzt, lasse ich dein Gehirn auf Korbflechten umprogrammieren.«

»Ich muß mich strengstens dagegen verwahren . . .«

»Besteht die Gefahr, daß ich sterbe?«

»Nein, Patientin Katherine. Aber Ihre Genesung . . .«

»Dann spar dir deinen Protest für den medizinischen Bericht: ›Patientin Katherine Burgess widersetzt sich dem empfohlenen Rehabilitationsprogramm.‹ Das ist doch der übliche Wortlaut? Derec und ich werden einen Spaziergang machen. Wenn du vermeiden willst, daß ich mir eine Lungenentzündung hole, besorgst du mir besser normale Kleidung. Und was für meine Füße.«

Jeder Mensch hätte, in diesem Ton angesprochen, die Fäuste geballt und sich mit dem Gedanken getragen, von ihnen Gebrauch zu machen. Aber Dr. Galen deutete bloß ein Nicken an. »Ich werde Kleidung bringen lassen.«

»Wenn sie in fünf Minuten nicht da ist, gehe ich so los«,

warnte sie ihn. »Und komm ja nicht auf die Idee, uns nachzulaufen. Falls ich irgendwelche Probleme habe, wird Derec zur Stelle sein und mich zurückbringen.«

Als der Robot gegangen war, starrte Derec Katherine staunend an. »Wie hast du das nur gelernt?«

Sie zuckte die Achseln. »Medizinische Roboter sind allesamt rechthaberisch. Aber sie halten das nicht durch, außer, man ist wirklich in Gefahr. Ich bin's nicht.«

»Trotzdem, ich hätte zwanzig Minuten gebraucht, um so weit zu kommen, wenn überhaupt.«

»Das liegt daran, daß du dich immer darauf einläßt, mit den Robotern zu argumentieren. Ich gebe ihnen einfach Befehle. Das wirkt besser.«

»Mag sein, gelegentlich«, sagte Derec. »Aber du mußt dir darüber im klaren sein, daß in etwa vier Stunden deine Dermalanalgesie nachläßt und deine Haut anfangen wird, sich anzufühlen, als würde sie dir jemand mit dem Spachtel abkratzen.«

Während Derec das sagte, kam Florence herein, legte wortlos eine ärmellose Montur und ein paar Fußpolster aufs Bettende und ging wieder.

»Danke für die Warnung. Laß uns dafür sorgen, daß wir in anderthalb Stunden zurück sind«, sagte Katherine. »Nun verschwinde, während ich mich umziehe.«

Bis Katherine aus dem Krankenzimmer hervorkam, hatte Derec beschlossen, ihrem Vorschlag folgend als erstes Aranimas' Schiff zu suchen. Er hatte mehrere Gründe, dafür: Zum einen war das Schiff der letzte bekannte Aufbewahrungsort des Schlüssels, und selbst wenn man ihn gefunden und entfernt hatte, war es einigermaßen wahrscheinlich, daß man ihn in der Nähe untergebracht hatte. Wichtiger aber war, daß sie, wenn er ihr nicht bald nachwies, daß sie unrecht hatte, demnächst versuchen würde, ihn herumzukommandieren wie die Roboter.

Die elektronische Karte an der Wand des Vorraums bot wenig Hilfe. Die Rockliffe-Station bestand aus drei untereinander verbundenen Kugeln. Die mittlere, Sektion C genannt, enthielt insgesamt etwa vierzig Räume. Zwei kaum halb so große Satellitenkugeln waren über zylindrische Streben mit einem Durchmesser von wenigen Etagen an ihr verankert.

Große Bereiche der Stationsskizze waren schwarz eingefärbt und mit dem Vermerk »stillgelegt« versehen. Trotz guten Zuredens war die Kartensteuerung nicht bereit, zu enthüllen, was für Einrichtungen sich in diesen Bereichen befanden, oder auch nur das dazugehörige Verkehrsraster zu zeigen.

Weniger als fünfzehn Prozent der Sektion C waren blaßblau eingezeichnet und mit den Bezeichnungen und Symbolen der Betriebszone versehen. Der größte Teil der Sektion O, wo die bekannten Dockeinrichtungen lagen, war ebenfalls blau. Aber die Sektion W samt Verbindungsstrebe war vollständig schwarz.

»Da«, sagte Katherine und zeigte auf die Sektion W. »Vermutlich hatten sie früher einen Ost- und einen Westhafen.«

»Symmetrische Bauart«, stimmte Derec zu. »Kann sein.«

»Ist jedenfalls der geeignete Ort, um anzufangen.«

»Hoffen wir, daß diese Sektionen nur stillgelegt und nicht abgeriegelt sind.«

Das Hospital war zur Mitte der Sektion C hin angesiedelt, drei Etagen unter der Hauptdurchgangsroute. Gemeinsam stiegen Katherine und Derec zur Hauptetage hoch und wandten sich nach Westen. Es gab zwar keine Sperren, aber die vierspurige Expreßgleitbahn war außer Betrieb, und sie mußten zu Fuß gehen.

Gleich jenseits der Grenze zur Subsektion 42 waren die Korridorbeleuchtung und die wegweisenden »Lichtwürmer« abgeschaltet. Sie machten angesichts der achtzehn Subsektionen Dunkelheit, die vor ihnen lagen, kehrt und veranlaßten den erstbesten Robot, dem sie begegneten, ihnen zu zeigen, wo es Handleuchten gab, und gingen zurück zur Schwelle der Subsektion 42. Die Strahlen ihrer leistungsfähigen Traglampen drangen tief in den höhlenartigen Korridor und schufen um sie herum eine tröstliche Insel aus Licht. Aber sie waren sich der dahinterliegenden Finsternis nur allzu bewußt, des Nachhalls ihrer Schritte und der Kälte in den unbenutzten Räumen, die sie betraten.

Zehn Minuten Fußweg brachte sie zu den mächtigen dreiteiligen Druckschleusentoren am Rand der Sektion C. Dahinter verengte sich der Weg zu einer Gleitbahn mit nur einer Spur in jede Richtung und wesentlich weniger Absprungstellen und Seitengängen als zuvor.

Derec rechnete damit, daß Roboter den Eingang zur Sektion W bewachen würden. Doch als sie das andere Ende der Gleitbahn erreichten, waren sie immer noch allein. Die westlichen Docks befanden sich dort, wie sie es vermutet hatten.

»Keine Wachen, keine Schlösser«, sagte Derec, als sie auf der Schwelle standen. »Sieht schlecht aus. Vielleicht haben sie das Schiff von einem der Schlepper mitnehmen und hundert Kilometer von der Basis entfernt beidrehen lassen.«

»Das wollen wir erst mal feststellen«, sagte Katherine und ging voraus.

Falls die westlichen Docks tatsächlich für militärische Zwecke vorgesehen waren, dann nur als Ersatzmöglichkeit. Der Komplex schien nie etwas anderes gewesen zu sein, als ein Allzweck-Verkehrsknoten für Fracht und Passagiere — er verfügte nur über die üblichen Einrichtungen: Importregistratur, Zoll, Toiletten für die Reisenden.

Katherine führte Derec die Laderampe hinauf in die obere Halle. An der Längswand des hohen Raums gab es sechs Abfertigungsschalter, sechs verglaste Wartezonen und sechs zweistöckige Sichtluken, die jeweils Ausblick auf eine enorme Helling und den dahinterliegenden Weltraum gewährten. Außer ein paar schwach leuchtenden fernen Sternen war dort nichts zu sehen.

»Nach unten?« fragte Derec.

Katherine beantwortete seine Frage, indem sie mit zusammengepreßten Lippen weiter die Rampe hinunter voranging. Zunächst wirkte die untere Halle wie das Spiegelbild der oberen. Alle sechs Anlegebuchten waren dunkel — aber eine war nicht leer.

»Volltreffer«, sagte Derec und rannte durch den Abfertigungsbereich in den Einstiegstunnel.

»Ich versteh' das nicht«, meinte Katherine und blieb ihm auf den Fersen. »Wo sind die Wachen? Da müßten doch Wachen sein.«

»Vielleicht sind sie an Bord«, sagte Derec und blieb abrupt

stehen. Der Einstiegstunnel war mit der Notluke verbunden, deren Herstellung sie beobachtet hatten, und auf der Anschlußstelle klebte ein Sicherungssiegel. Es handelte sich um ein symbolisches Siegel, das nur zeigen sollte, ob die Luke geöffnet worden war. Es hielt ihn nicht davon ab, an Bord zu gehen.

Drinnen hatte man, wie es schien, nichts angerührt, seit sie gefunden worden waren. Es sah, abgesehen von Sprüngen in dreien der Bildschirme, auch nicht danach aus, als sei es auf dem Hauptdeck zu einer Explosion gekommen. Nur an Wänden und Decke gaben ein Dutzend geschwärzte faustgroße Löcher zu erkennen, wo die Sprengladungen gesessen hatten.

»Man sprengt sein Haus nicht in die Luft, bloß weil jemand einbricht«, bemerkte Katherine. »Aranimas' Sicherheitsanlagen waren sicher auf seine eigene Spezies zugeschnitten. Was das Ding, das wir ausgelöst haben, auch gewesen ist, es muß darauf abgestellt gewesen sein, einen Erani zu töten oder kampfunfähig zu machen, ohne das Schiff ernsthaft zu beschädigen.«

»Uns hat es auch ganz schön zugerichtet.«

Zwar konnten sie Aranimas' Stift nicht finden, aber die unbekannte Kraft, welche die Decksplatten festgehalten hatte, war offenbar zugleich mit dem Schiffsantrieb abgeschaltet worden. Zwanzig Minuten später hatten sie den gesamten Fußboden aufgerissen, aber nichts gefunden.

»Sollen wir aufräumen?« fragte Katherine und zeigte auf das Durcheinander, das sie angerichtet hatten.

»Hat keinen Zweck. Die Roboter werden ohnehin erfahren, daß wir hier waren.«

»Sie haben den Schlüssel, nicht wahr?«

»Mit ziemlicher Sicherheit. Wenn nicht, hat ihn Jacobson.«

Katherine seufzte. »Wie sollen wir ihn je wiederfinden? Bei der Größe dieser Station — selbst wenn er weithin sichtbar irgendwo in einem Korridor läge, würden wir Wochen brauchen, um ihn zu entdecken. Und dir ist sicher klar, daß sie ihn besser versteckt haben als das.«

»Es gibt eine Menge Stellen, wo sie ihn versteckt haben könnten, es jedoch mit Bestimmtheit nicht getan haben. Unbewacht werden sie ihn nicht lassen, darauf kannst du Gift nehmen.«

»Hast du eine Ahnung, warum sie uns hier reingelassen haben?«

Derec nickte bedächtig. »Glaub' schon. Um uns etwas mitzuteilen. Um uns zu sagen, für wie harmlos sie uns halten. Daß wir ihnen nichts anhaben können.« Er seufzte. »Und vielleicht haben sie nicht mal unrecht. Laß uns hier verschwinden, ja?«

# Kapitel 17

# Komplizen

Quietschen.

Schleifen.

Quietschen.

Schleifen.

Die Geräusche waren fern und leise, aber sie existierten. Solange entweder er oder Katherine sprachen, wie es auf dem ersten Drittel ihres Rückweges der Fall gewesen war, hätte er sie unmöglich hören können. Doch seit sie verstummt waren, um eigenen Gedanken nachzuhängen, waren die Geräusche ununterbrochen an Derecs Hörgrenze präsent gewesen.

Als sie Subsektion 51 betraten, entschied Derec, daß die Geräusche real und nicht bloß eingebildet waren. Etwas verfolgte sie.

»Sag nichts und dreh dich nicht um«, flüsterte er. »Halte du beide Lampen. Geh weiter.«

»Was?«

»Psst. Geh weiter. Halte den Lichtkegel nach unten, damit deine Umrisse nicht zu sehen sind. Versuch den Eindruck zu erwecken, daß da zwei Leute sind.«

»Was soll das?« fragte sie. Aber sie beschränkte ihre Neugier auf ein Flüstern und ging weiter.

Derec überreichte ihr die Lampe mit ausgestrecktem Arm, schlüpfte in die Dunkelheit davon und preßte sich gegen die Wand.

Der Schatten war an Derec vorbei, ehe er ihn auch nur entdeckt hatte. Erst als er sich nach Katherine umsah und die Konturen im Licht ihrer Lampe erspähte, setzte er sich in Bewegung. Er sprang auf, machte drei eilige Sätze und zielte mit einem Hechtsprung auf die Beine der Gestalt. Er traf auf Stoff und Knochen, nicht Synthetikhaut und Metall, und der Fremde brach mit Protestgeheul über Derec zusammen.

Sie kämpften wütend im Dunkeln, jeder mit einem anderen Ziel. Derec versuchte, den anderen irgendwie am Boden festzunageln und dieser bemühte sich, Derecs Zugriff zu brechen und zu entkommen.

Die Kämpfenden rollten von einer Seite des Gangs zur anderen, und keinem gelang es, einen dauerhaften Vorteil zu erzielen. Dann befand sich Derec nach einer jähen Drehung plötzlich oben und hockte auf dem Bauch des anderen.

In diesem Augenblick fing Katherine mit dem Lichtkegel einer der Lampen voll das Gesicht des Schattens ein. Sein Gegner sah ihn blinzelnd an, mit Augen, die beinahe ganz in fleckig goldbraunem Pelz verborgen lagen, und sein Mund verzog sich zu einer vertrauten Grimasse.

»Wolruf!« rief Derec aus.

»Bist sstärker, als du aussiehst, Derec«, sagte Wolruf, immer noch grinsend. »Hoffentlich iss' dir klarrr, daß ich dich hab' gewinnen lassen.«

Derec erwiderte das Grinsen. »Häßlich, wie du bist, freue ich mich doch furchtbar, dich zu sehen. Ich hatte schon Angst, wir hätten dich zurückgelassen, als wir abgestoßen wurden.«

»Warum behandelst du ihn wie einen verlorenen Freund?« wollte Katherine wissen. »Das ist Aranimas' Laufbursche.«

»Laufmädchen«, korrigierte er. »Außerdem verstehst du das nicht«, fügte er hinzu und half Wolruf auf die Beine. »Wir sind befreundet.«

»Parrrtner«, erklärte Wolruf stolz.

»So? Warum schleicht er dann so hinter uns her?«

»Bin euch gefolgt«, sagte Wolruf.

»Was hattest du vor?«

»Hab' euch nie wass getan . . .«

»Du hast darauf gewartet, daß wir den Schlüssel finden, nicht wahr? Und dann wolltest du ihn stehlen . . .«

»Katherine — sie ist krank«, sagte Derec plötzlich.

»Was?«

»Sieh sie dir an«, drängte er. »Sieh mich an«, fügte er hinzu, nahm seine Lampe wieder an sich und richtete den Strahl auf sich. Seine Kleidung war mit langen goldbraunen Haaren bedeckt. Im Lichtkegel von Katherines Lampe wirkte der Pelz des Fremdwesens stellenweise so dünn, daß Derec darunter die blasse, ledrige Haut sehen konnte. Und in Wolrufs Augen spiegelte sich das Elend, das sie durchgemacht hatte.

»Was ist los mit dir?« fragte Katherine, wobei ein Anflug von Mißtrauen ihre Besorgnis dämpfte.

»Hungerrr«, sagte Wolruf schlicht.

»Natürlich«, sagte Derec. »Sie ist ausgehungert. Hier gibt es ja nicht einmal Nahrung, die sie hätte stehlen können.«

Katherine musterte die Fremde mit zusammengekniffenen Augen. »Bist du uns deshalb gefolgt? Nicht um den Schlüssel zu klauen, nur um zu sehen, wo wir unser Essen herkriegen?«

»Der Schlüssel iss mir egal«, sagte Wolruf. »Hab bloß Hungerrr. Hab mich verrrsteckt, bin den Rrrobotern gefolgt, hab Essen gesucht. Bin überallhin gefolgt und hab nie Essen gewittert.«

»Du kannst die Roboter nicht leiden, stimmt's? Nicht nur Alpha«, sagte Derec.

»Brutleiter hat mir hunderrrtmal gesagt, trrrau nie einem frrremden Tier, bis du sseine Eßtafel gesehn hast«, sagte sie matt.

Es hörte sich an wie der Versuch, einen Witz zu machen. »Und Roboter essen nicht«, schloß Derec. »Also, wir werden dir was besorgen. Ich hoffe, wir können dir was besorgen. Kannst du das gleiche wie wir essen?«

»Moment mal«, unterbrach Katherine. »Du warst die ganze Zeit mit uns auf dem Schiff? Und seither hältst du dich versteckt?«

»Bin grrrade durch den Verrrbindungsgang gekommen — Alpha auch — da hab ich die Bombe gehört«, sagte Wolruf. »Der Lärrrm hätt andere Erani angelockt. Instrrrumente tot und ihr auch nicht viel besser dran. Da hab ich uns losgemacht. Als die Rrroboter kamen, hab ich mich versteckt, und als das Schiff angelegt hat, bin ich rrrausgeschlichen. Hab mich sseither verborrrgen gehalten.«

»Wo ist Aranimas?«

»Weiß nicht. Zurückgelassen.« Wolruf war eindeutig unsicher auf den Beinen.

»Alles weitere können wir später klären«, sagte Derec heftig. »Wir müssen ihr Nahrung besorgen, schnell.«

»Nicht so schnell«, sagte Katherine und trat noch näher heran. »Wo hattest du dich versteckt? Hier, in den dunklen Sektionen?«

»Hauptsächlich. Keine Rrroboter hier. Dunkelheit iss mir lieber als die Rrroboter.«

»Wie viele dunkle Sektionen hast du auf der Suche nach Essen kennengelernt?«

»Viele«, sagte Wolruf. »Aber das Juwel iss nicht da, wenn 'ss das iss, worauf du aus bist.«

»Woher weißt du das?« fragte Katherine barsch. »Weil du es anderswo hingetan hast?«

»Will das Juwel nicht haben. Macht jedermann Prrrobleme«, sagte Wolruf. »Aber ich weiß, wo'ss iss.«

Impulsiv nahm Derec beide Wangen der Fremden in die Hände und pflanzte einen Kuß auf ihre Stirn. »Prima!« verkündete er. »Wir sind wieder am Zug!«

Bei Katherine hielt sich der Enthusiasmus in Grenzen. »Woher weißt du es?«

»Bin ihnen gefolgt, als sie'ss vom Schiff geholt haben. Dachte, sie brrringen'ss zu Menschen, Menschen haben Essen. Falsch gedacht. Die Rrroboter haben'ss hingebracht, wo viele Rrroboter sind, keine Menschen, kein Essen. Bin beinahe errrwischt worden.«

»Erinnerst du dich genau, wo? Kannst du uns hinführen?« fragte Katherine.

»Dachte, die Rrroboter wären eure Diener«, sagte Wolruf und legte verblüfft das Gesicht in Falten. »Warum verrrlangt ihr nicht einfach, daß sie'ss euch bringen?«

»Schon gut«, meinte Derec sanft. »Antworte auf Katherines Fragen. Erinnerst du dich, wo's langging? Kannst du uns hinführen?«

»Erinnere mich jederzeit, alsso kann ich euch hinführen.

Will aber nicht. Will den Schlüssel nicht, will die Rrroboter nicht sehen, will nicht, daß die Rrroboter mich ssehen. Ssei du mein Frrreund, und gib mir zu essen, dann will ich deine Frrreundin ssein und'ss dir zeigen. Ja?«

Derec sah Katherine an. »Ich nehme sie mit, um was zu Essen aufzutreiben«, sagte er. »Wenn dir das nicht gefällt, kannst du von mir aus ab sofort im Alleingang operieren.«

»Oh, nein«, beeilte sie sich zu sagen. »So leicht wirst du mich nicht los.«

»Dann komm«, sagte er und versuchte vergeblich, die Haare abzustreifen, die an seiner Kleidung hafteten. Er sah sich nach Wolruf um und lächelte. »Wollen doch mal sehen, ob wir für dich was zu Essen finden, ehe ich an deinem Haarausfall zugrunde gehe.«

Es blieb ihnen nichts anderes übrig, als zum Hospital zurückzukehren, zum einen, weil es relativ nahe war, zum anderen, weil es eine der wenigen Einrichtungen darstellte, die sie genauer kannten. Katherine ging als erste hinein, verlangte lautstark nach Bedienung und Aufmerksamkeit, als sie in Richtung Intensivabteilung rauschte, und sorgte dafür, daß sich unterwegs sowohl Dr. Galen als auch Florence an ihre Fersen hefteten. Eine Minute später schlüpften Derec und Wolruf herein und eilten in die entgegengesetzte Richtung, zur Küche.

»Fleisch, Brot, Gemüse — was bekommt dir wohl am besten?« sagte Derec und studierte den Speiseplan der automatischen Essensausgabe.

»Pflanzen«, sagte Wolruf und kauerte sich hin. »Etwas, auf dem ich rrrumkauen kann.«

»Alles ist synthetisch, fürchte ich — die Farm ist eine der Einrichtungen, die stillgelegt wurden. Mal sehen — ich denke, in die Apfelstücke tun sie eine Menge Ballaststoffe.«

»Weißt du, was du mit dem Schlüssel anfangen wirrrst, wenn du ihn gefunden hast?« fragte Wolruf hinter ihm.

»Nein.« Derec drehte sich um und überreichte der Fremden eine weiße Schale, die mit blaßgelben, mehligen Apfelscheiben gefüllt war. Mit überraschender Geduld wählte Wolruf ein Stück aus, roch prüfend daran, balancierte es dann auf ihrer schmalen Zunge und ließ es elegant in den Mund gleiten. Soweit Derec feststellen konnte, kaute sie es nicht, sondern schluckte es ganz hinunter.

Die Situation war irgendwie paradox — obwohl Wolruf nicht rasch zu essen schien, leerte sich die Schale schnell. Sie aß, als versuche sie in einem Durchgang alle sieben Hungerwochen wettzumachen, benahm sich dabei jedoch ungeheuer manierlich und gab kaum einen Laut von sich.

Als die Schale leer war, streckte Wolruf sie Derec mit hoffnungsvollem Blick entgegen. »Jetzt kannsst du mir wohl trrrauen, nicht wahr?«

»Nur daß ich es nicht bin, den du überzeugen mußt«, sagte er, nahm die Schale und wandte sich erneut der Essensausgabe zu, um einen Nachschlag zu holen. »Um Katherine geht es. Dabei fällt mir ein — warum hast du mir nicht verraten, daß sie an Bord war?«

Wolruf zuckte die Achseln. »Mangelnde Gelegenheit. Iss immer was passiert, immer jemand dazwischengekommen.«

»Das ist allerdings wahr«, sagte Derec und reichte die nachgefüllte Schale weiter. »Es gibt da einige Fragen, die ich dir seit der ersten Nacht stellen wollte, aber nie dazu Gelegenheit hatte.«

»Frrrage«, sagte Wolruf und streckte die Zunge nach einem weiteren Bissen aus.

Derec überlegte einen Moment. »Die erste ist für niemanden von Bedeutung außer für mich. Ihr wußtet nicht, daß ich auf dem Asteroiden war, oder?«

»Nicht, bis die Schützen dich entdeckt haben. Dann hielten wir dich für einen Rrrobot.«

»Deshalb habt ihr nicht auf mich geschossen . . .«

»Aranimas' Befehle — nicht wortgetreu befolgt.«

»Ihr hattet es auf den Robot abgesehen, der bei mir war? Das war ein Selbstmörder.«

»Der feine Unterschied iss Aranimas entgangen. Frrag den Schützen, der ihn getrrroffen hat.«

Derec lächelte. »Wußtet ihr, daß der Schlüssel auf dem Asteroiden ist?«

»Zweimal nein.«

»Dacht' ich mir's doch. Aber warum wart ihr dann da? War es etwa reines Glück, daß ihr dort aufgetaucht seid?«

»Absicht, nicht Glück. Aranimas hat ssich ein ssehr feines Ssternenteleskop gebaut. Hat gesehen, wie der Asteroid gebaut wurrrde und iss ssehr neugierig geworden.«

»Sag das noch mal. Ich muß dich falsch verstanden haben.«

Sie legte die Hände aneinander und tat so, als forme sie einen Schneeball. »Mit dem Ssternenteleskop hat Aranimas den Bau des Asteroiden verrrfolgt. Ssehr neugierig war der Boß. Iss bei den Erani unüblich. Bei euch nicht?«

»Nein«, sagte Derec und blinzelte überrascht. Eine künstliche Welt — was für eine abwegige Möglichkeit. Man nimmt eine kleine Transporterflotte, um das Rohmaterial heranzuschaffen — vielleicht nichts als kleinere Planetoiden aus dem nächstgelegenen Dreckssystem. Man läßt sie mit genau der richtigen Geschwindigkeit aufeinanderprallen und verschmilzt sie zu einem größeren Himmelskörper — aber wozu?

Beinahe augenblicklich fiel ihm die Antwort ein. Um den Schlüssel zu verbergen. Um ihn zu vergraben, wo niemand ihn je finden würde, als sei er so gefährlich wie eine Kiste mit Plutoniumabfällen. Geschickt vergraben, nicht etwa im Herzen des Asteroiden, wo ihn der erstbeste ausgehobene Schacht ans Tageslicht befördern würde, sondern unsichtbar dicht unter der Oberfläche.

Nur daß es jemand bemerkt oder herausgefunden und die Roboter ausgesandt hatte, ihn zurückzuholen.

»Bist du dir dessen sicher?« hakte Derec nach.

»Ssicher. Aranimas hat alles beobachtet. Ssehr gutes Ssternenteleskop.« Sie hielt ihm hoffnungsvoll die leere Schale hin.

Dann stecken wir bis zum Hals in der Sache, dachte Derec, als er sich wieder der Essensausgabe zuwandte. Bis zum Hals . . .

Wolruf verspeiste soeben die dritte Portion, als Katherine sich zu ihnen gesellte. Sie hatte die Stationsbestände um eine langärmlige Bluse erleichtert, die sie über der Montur tragen konnte, und die Fußpolster gegen weichsohlige Schuhe ausgetauscht.

»Ich habe Florence auf einen Botengang geschickt und Dr. Galen eine Aufgabe gestellt, die ihn wenigstens eine halbe Stunde lang aus dem Vorraum fernhalten wird«, sagte sie. »Und ich habe Dr. Galen veranlaßt, mich mit einer geladenen Medispritze auszurüsten, nur für den Fall, daß es uns mal nicht ins Konzept paßt, hierher zurück zu müssen. Obwohl es meiner Haut wirklich gar nicht so schlecht geht. Seid ihr zwei bald soweit?«

Wolruf ließ die letzten beiden Stücke verschwinden. »Ich schon!«

»Dann wird es Zeit, daß du für die Mahlzeit bezahlst«, sagte Katherine und nahm ihr die leere Schale ab. »Sehen wir uns die Karte an.«

Sie standen dicht beieinander im verlassenen Vorraum, Wolruf in der Mitte.

»Hier sind wir«, sagte Katherine und deutete auf die Stelle. »Und das ist ungefähr der Punkt, wo du mit Derec auf die Matte gegangen bist. Jetzt muß du uns nur noch sagen, wo der Schlüssel ist, dann gehen wir ihn holen. Daraufhin kannst du in die Dunkelheit zurück und brauchst nie mehr einen Robot zu sehen.«

Aber Wolruf konnte die Karte in keiner ihrer Ausführungen oder Ausschnittvergrößerungen verstehen, obwohl Derec und Katherine sich beide große Mühe gaben, sie ihr zu erklären. »Ich weiß mit den Füßen und mit der Nase, wo'ss langgeht«, sagte Wolruf. »Ich gehe mit und zeig'ss euch.«

Katherine runzelte die Stirn und blickte zu Derec hinüber. »Wie sollen wir sie durch die Hallen schmuggeln? Es war schon riskant genug, sie hierherzubringen. Und sie hat gesagt, gleich beim ersten Mal sei sie fast erwischt worden.«

»Ich hab' mir unterwegs überlegt, daß ein Ort dieser Größe vermutlich auch private Transportmittel hatte.«

»Jitneykarren«, sagte sie.

»So heißen sie.« Vor seinem inneren Auge entstand das Bild eines dreirädrigen Behelfsfahrzeugs. Im Handbetrieb jedoch war man mit ihnen vor der Zentralen Leitstelle sicher und der Neugier der Sicherheitskräfte entzogen. »Die Roboter brauchen sie nicht, aber ich möchte wetten, sie stehen irgendwo reihenweise fahrtüchtig herum.«

Katherine spitzte die Lippen und dachte nach. »Also gut, versuchen wir's. Wenn wir keine Jitneys finden, müssen wir uns eben was anderes überlegen.«

# Kapitel 18

# Theater

Glücklicherweise waren die Sammelstellen für die Motorkarren deutlich auf der Stationskarte vermerkt. Derec brauchte weniger als fünf Minuten, um die nächstgelegene zu erreichen und mit einem der behenden kleinen Elektrogefährte wiederzukommen. Das Modell, das er ausgewählt hatte, verfügte über einen einzelnen Fahrersitz über dem Hinterrad und eine offene Passagierkabine, die zwischen den beiden Vorderrädern aufgehängt war.

Wolruf rollte sich unter einem weißen Krankenkittel auf dem Boden der Passagierkabine zusammen. Katherine nahm auf einem der Sitze Platz, so daß ihre Beine halfen, die Fremde noch besser zu verbergen, und Derec übernahm die Steuerung.

Damit Wolruf sich auf ihrer Duftfährte zurechtfinden konnte, waren sie gezwungen, die Spur in die abgedunkelten Sektionen zurückzuverfolgen.

Als sie sich einem weiträumigen Platz näherten, verlangsamte Derec auf Wolrufs Veranlassung das Fahrzeug auf Schrittgeschwindigkeit, die Fremde warf einen verstohlenen Blick über den Rand der Passagierkabine und wies auf das kreisförmige Gebäude in der Platzmitte.

»Da drin? Bist du sicher?« zischte Derec.

»Ja, Derec. Dorrrt iss' das Juwel.«

Das Lichtwurmschild draußen am Haupteingang verkündete: ›Stationsbetriebszentrale — Zutritt verboten‹, und es wimmelte nur so von Robotern. Das Zentrum selbst bestand aus einem einzelnen Raum mit zwanzig Metern Durchmesser, ringsum mit Fenstern versehen, die Ausblick auf den Platz gewährten.

»Großartig. Einfach großartig«, knurrte Derec, während er im Bogen über den Platz fuhr. »Wie sollen wir da reinkommen? Anschleichen kommt nicht in Frage.«

»Wie wär's mit der Vordertür?« sagte Katherine und verrenkte den Hals, um ihn anzusehen. »Vielleicht lassen sie dich rein.«

Derec warf ihr einen zweifelnden Blick zu.

»Na los — einen Versuch ist es wert.«

»Ich verrrstehe immer noch nicht«, meldete Wolruf sich zirpend zu Wort. »Ssind die Rrroboter nicht eure Diener?«

Ehe er antwortete, steuerte Derec den Elektrokarren ein Stück weit in einen der Zugangskorridore, fuhr an den Fahrbahnrand und hielt an. »Ich weiß nicht«, sagte er zu Katherine. »Vielleicht stellen sie uns bloß eine Falle, wie auf Aranimas' Schiff. Wenn wir versuchen, da einzudringen, wenn wir irgendwelches Interesse an dem Ding zeigen, vielleicht haben wir sie dann sofort auf dem Hals wie eine Tonne Schlacke.«

»Du willst es ihnen einfach überlassen? Nach allem, was wir deswegen durchgemacht haben?«

»Als wir Gefangene auf dem Schiff waren, hab ich es für wichtig gehalten, den Fremden das Ding wegzunehmen, damit es wieder in menschliche Hände kommt. Nun, da ist es gelandet. Jacobson hat klar zum Ausdruck gebracht, daß wir ruhig fortgehen und ihnen das Ganze überlassen können. Vielleicht sollten wir genau das tun.«

»Bist du denn überhaupt nicht neugierig?« fragte sie. »Willst du denn nicht wissen, was das alles sollte?«

»Klar bin ich neugierig. Aber ich muß mich auch um meine eigenen Probleme kümmern. Ich sehe nicht ein, wie dieses Ding mir dabei helfen soll.«

»Was ist aus deiner Courage geworden?« sagte sie. »Sieh doch mal, das sind die gleichen Leute, die unser Raumfahrzeug gestohlen, meinen Robot fortgezaubert und dann versucht haben, von uns Dankbarkeit dafür zu verlangen, daß sie uns als arme Leute und nicht als Kriminelle fortschicken. Ich bin nicht bereit, ihnen das durchgehen zu lassen.«

»Verstehst du denn nicht?« brüllte Derec wütend. »Meinst du etwa, wir könnten einfach dort reingehen, das Ding unter den Arm klemmen und sagen: ›Danke, daß ihr darauf aufgepaßt habt‹? Dieses Ding kommt von einem schwerbewaffneten fremden Schiff . . .«

»Das wissen sie nicht«, legte Katherine dar. »Sie haben Aranimas nie gesehen, nicht einmal Wolruf.«

»Also gut«, sagte Derec müde. »Vielleicht hast du recht. Wenn sie es für ein fremdes Schiff hielten, würden sie uns wohl kaum ziehen lassen. Aber diese Leute meinen es ernst. Sie wollten das Schiff, und sie haben es sich genommen. Sie wollen das Juwel, und sie haben es. Wir werden es ihnen nicht wieder abnehmen können. Wir werden nicht mal zur Tür reinkommen.«

»Vielleicht waren ihre Befehle nicht eindeutig.«

»Ich an ihrer Stelle hätte sie eindeutig formuliert.«

»Du bist nicht an ihrer Stelle. Los — versuch's.«

»Was soll's? Wolruf hat recht — der Schlüssel macht allen nur Schwierigkeiten.«

Katherine seufzte. »Wenn man was erledigt haben will . . .« sagte sie und war, bevor Derec sie zurückhalten konnte, auch schon aus dem Gefährt gestiegen und eilte zu Fuß dem Platz entgegen.

Weniger als zehn Minuten später kam Katherine wieder auf ihren Sitz geklettert. »Sie haben mich reingelassen, mich sogar ein bißchen rumgeführt«, erklärte sie forsch. »Sehr zuvorkommend.«

»Das hatte ich mir bereits ausgerechnet, als du nach zwei Minuten noch nicht wieder da warst. Und der Schlüssel?«

»Er ist tatsächlich dort, liegt ganz offen rum. Idioten!«

Derec setzte den Elektrokarren langsam den Korridor entlang in Bewegung und grübelte über Katherines Neuigkeiten nach. »Glaub ich nicht. Beschreibe, was du gesehen hast.«

»Der Raum ist groß und halbkreisförmig, vollständig verglast bis auf die Büros hinten. Die Arbeitspulte sind mit fünf Robotern besetzt, darunter Anazon. Dann sind da noch zwei in der Mitte des Raums, die nichts weiter tun, als einander gegenüberzusitzen, und zwischen ihnen liegt das Objekt auf einem Tisch. Auf der Schulter eines dieser Robots war so ein komisches Emblem, ein blaues E in einem goldenen Doppelkreis . . .«

Derec stöhnte. »Falke X-50-Modelle.«

»Hat das was zu bedeuten?«

»Es bedeutet Unannehmlichkeiten. Sie haben superschnelle Reflexe. Wenn fünf Meter neben ihnen eine Bombe hochginge, wären sie vielleicht lange genug abgelenkt, daß man den Schlüssel in die Hände bekäme, aber man würde es nicht schaffen, damit den Raum zu verlassen. Wenn wir ihn wiederhaben wollen, müssen wir einen Weg finden, sieben Roboter auf einmal zu neutralisieren — und ich weiß keinen.«

»Kannst du mir erklären, wieso er offen rumliegt? Könnte es sich um eine Kopie handeln, eine Fälschung? Vielleicht hattest du mit deiner Falle recht.«

»Nein«, sagte Derec kopfschüttelnd. »Ich denke, die Roboter wurden angewiesen, ihn grundsätzlich nicht aus den Augen zu lassen.«

»Wenn man ihn in einen Tresor legt und niemand den Tresor aufmacht, löst er sich auch nicht einfach in Luft auf.«

»Nein«, pflichtete Derec ihr bei. »aber diese Einsicht erfordert eine relativ fortgeschrittene und ziemlich ausgeklügelte Denkfunktion namens Objektpermanenz. Roboter haben eine starke Neigung zum Konkreten, im Gegensatz zum Hergeleiteten. Wenn sie etwas irgendwo wegschließen, wissen sie nicht mit Bestimmtheit, daß es sich dort befindet, außer sie sehen nach.«

»Das ist unlogisch. Kein Mensch würde so denken.«

»Manche schon«, widersprach Derec. »Aber du hast recht, es ist unlogisch.«

»Warum haben die Robotiker es dann zugelassen?«

»Kein künstliches System ist perfekt«, sagte Derec achselzuckend. »Dies ist nur eine von vielen Kleinigkeiten, die nicht immer so ablaufen, wie man es sich wünscht. Die Unsicherheit eines Robots, ob er seine Befehle auch zufriedenstellend ausführt, kann ihn in Angstzustände versetzen — genauer gesagt kommt es bei ihnen zu einem erhöhten K-Integral auf dem W-14-Niveau. Deshalb fangen sie an, das Objekt, das sie bewachen, immer öfter zu kontrollieren, in immer kürzeren Abständen.«

»Und am Ende haben sie es neben sich auf dem Tisch liegen«, sagte Katherine.

»Richtig«. Derec verfiel in nachdenkliches Schweigen, dann riß er sich zusammen. »Ach, verdammt, du hast mich soweit gebracht, daß ich mir schon überlege, wie wir da rankommen.«

»Siehst du, ich wußte doch, daß du es ihnen nicht einfach überlassen willst«, sagte Katherine mit einem rätselhaften Lächeln. »Irgendwelche Einfälle?«

»Noch nicht.« Gleich darauf fügte er hinzu: »Bis auf die Tatsache, daß ihre Befehle, den Schlüssel zu bewachen, so sorgsam sie auch formuliert sein mögen, nur durch das Zweite Gesetz abgedeckt sind.«

Katherine blieb eine Weile stumm, während Derec ziellos durch die Straßen fuhr, die an die Betriebszentrale grenzten.

»Befehlen folgen heißt, dem Zweiten Gesetz gehorchen«, meinte sie schließlich.

»Sag ich doch.«

»Und wenn Wolruf und ich ihnen nach dem Ersten Gesetz einen Grund liefern würden, sie zu mißachten?«

Wolruf lugte, als ihr Name erwähnt wurde, unter dem Kittel hervor und blickte hoffnungsvoll zu Derec auf.

»Das ist grundsätzlich richtig«, sagte Derec. »Aber wie?«

»Ich hab da ein paar Ideen. Ein kleines — Robottheater, sagen wir mal.«

»Meinst du, du könntest überzeugend wirken?« fragte Derec skeptisch.

»Zumindest will ich's versuchen«, sagte sie. »Halten wir uns nicht selbst auf. Sollen sie uns doch aufhalten.«

»Wolruf?« fragte er. »Willst du den Versuch wagen?«

»Was immerrr du willst, Derec.«

Da hatte er die Bürde wieder, ob es ihm nun recht war oder nicht. »Na gut«, sagte Derec bedächtig. »Gehen wir irgendwo hin, wo wir ungestört sind, und bereden die Angelegenheit.«

Derec spähte den Korridor hinunter auf den Platz und schüttelte den Kopf. »Das klappt nie«, flüsterte er.

»Bisher hat doch alles geklappt, oder?«

Das mußte Derec zugeben. Das erste Problem hatte darin bestanden, einen Großteil des Robotverkehrs auf dem Platz zu unterbinden. Sie hatten ein halbes Dutzend Einfälle durchgesprochen, wie das zu erreichen wäre, vom Errichten robotüberwachter Hallenblockaden bis hin zu erfundenen Botengängen, mit denen sie die Roboter vom Platz abzuziehen und anderswo hinzuschicken gedachten.

Am Ende entschieden sie sich für eine Flüsterkampagne, eine simple Variation des grausamen Spiels aus Kindertagen: ›Billy ist doof; weitersagen.‹ Derec hatte gleich außerhalb des Betriebsgebäudes einen x-beliebigen Robot angehalten und kurz mit ihm gesprochen:

»Robot. Die Verwaltung hat angeordnet, daß in dieser Subsektion eine Überprüfung der Notkommunikationsanlagen stattfinden soll. Deine Befehle lauten folgendermaßen: Erstens, du hast die Übung oder deine Funktion dabei nicht über Kommandoleitung zu diskutieren. Zweitens, du hast Subsektion 100 heute zwischen 1200 und 1400 Uhr nicht zu betreten oder dich dort aufzuhalten. Drittens, du hast diese Anweisungen an den nächsten Robot weiterzugeben, den du siehst.«

Diese Instruktionen waren so harmlos, daß der Robot sie nicht in Frage stellte. Wie eine schleichende Infektion hatte das Gerücht die gesamte Stationsbelegschaft erfaßt. Binnen einer halben Stunde hatte der Verkehr auf dem Platz dramatisch nachgelassen. Binnen einer Stunde lag der Platz verlassen da, und es hatten sogar mehrere Roboter das Betriebsgebäude verlassen.

Drei blieben übrig. Von dort, wo er neben dem Elektrowagen kauerte, konnte Derec in das Betriebszentrum hineinsehen — auf die beiden X-50, welche das Objekt bewachten, und Anazon, der bei dem Versuch, mehrere kritische Operationen zu beaufsichtigen, von einem Arbeitspult zum nächsten flitzte. Die drei waren durch ihre besondere Verantwortung zu stark geprägt, als daß Derecs kleiner Trick sie fortgelockt hätte.

»'s wird schon klappen«, drängte Katherine. »Los. Wir tragen unser Teil bei. Sieh du nur zu, daß du deine Aufgabe erledigst.«

Derec schluckte mühsam, nickte und machte sich den Korridor entlang auf den Weg. Er überquerte den leeren Platz und stieg die einzelne Stufe zum Betriebszentrum hinauf. Keiner der Roboter nahm von ihm Notiz.

»Anazon.«

»Ja, Derec.«

»Ich habe beschlossen, nicht auf den Nexon-Zubringer zu warten. Ich möchte ein Schiff chartern, das herkommt und mich abholt und nach Aurora bringt. Sage mir, wie ich diesbezüglich vorgehen muß.«

Ohne sich von der Konsole abzuwenden, begann der Robot ihm zu antworten. »Es gibt sieben Schiffe, die auf Nexon registriert sind, eine Lizenz für den auroranischen Weltraum besitzen und für Charteraufträge zur Verfügung stehen. Sie können über Hyperwelle mit den Eignern Verbindung aufnehmen . . .«

Plötzlich wurde die Stille draußen auf dem Platz vom Gedröhn eines hochtourigen Elektrokarrens durchbrochen. Gleich darauf raste das Fahrzeug aus einem der Verbindungskorridore hervor, Katherine am Steuer. Dicht hinter ihr kam Wolruf her, mit leichten, raumgreifenden Sätzen, bei denen sie alle vier Gliedmaßen einsetzte.

Mitten auf dem Platz holte Wolruf soweit auf, daß sie die Hand ausstrecken und Katherine von hinten am Arm packen konnte. Der Wagen scherte plötzlich aus, so daß die Fremde loslassen mußte. Doch das Ausscheren ging in ein Rutschen über, das damit endete, daß der Wagen seitwärts gegen den Formsteinsockel eines Baumkastens prallte. Sogleich war Wolruf heran und stürzte sich auf Katherine. Die Luft war erfüllt von ihren überzeugend entsetzten Schreien: »Das Biest bringt mich um!« und dem unheilvollen Knurren des Fremdwesens.

Als der Elektrokarren ins Schleudern kam, eilte Anazon dem Ausgang zu, und einer der X-50 begann sich zu erheben. Doch als der Wachrobot sah, daß Anazon reagierte, setzte er sich wieder. Derec war augenblicklich klar, daß die Instruktionen der Wächter so stark formuliert waren, daß schon die Erwartung, Anazon werde sich um die Notsituation nach dem Ersten Gesetz kümmern, die anderen ihrer Verantwortung enthob. Nur wenn Anazon versagte, würden sie handeln.

Der Augenblick drohte ihm zu entgleiten. »Roboter — helft

dieser Frau«, sagte Derec gebieterisch und trat vor. »Sie erleidet Schaden. Sie könnte getötet werden.«

Einer der X-50 regte sich ein wenig. »Anazon wird sie beschützen —«

»Das Geschöpf, das sie angegriffen hat, ist stark und schnell. Anazon wird nicht verhindern können, daß sie verletzt wird. Geht! Helft ihr! Jetzt!«

Die Wächter standen einer nach dem anderen auf und bewegten sich stockend in Richtung Ausgang. Dann, als die widerstreitenden Positronenpotentiale ein neues Gleichgewicht erreicht hatten, zögerten sie. Noch wenige Schritte, dann würde Anazon Katherine und Wolruf erreicht haben, und die Vorstellung würde vorbei sein, ein Fehlschlag.

In diesem Moment stieß Katherine einen markerschütternden Schrei aus, den selbst Derec für echt hielt, und die Wachroboter setzten sich aufs neue in Bewegung. Derec wartete nicht länger. Er riß das Objekt vom Tisch, drehte sich um und rannte in entgegengesetzter Richtung davon, indem er über ein Instrumentenpult hinwegsetzte und durchs Fenster sprang.

Mit klopfendem Herzen floh Derec vom Platz in einen leeren Korridor. Er hörte die Motoren des Wagens aufheulen, aber er blickte nicht zurück. Er konnte sich nicht leisten, sich Gedanken um Katherine und Wolruf zu machen. Er glaubte, den metronomartigen Laufschritt eines Robots zu hören, aber er blickte nicht zurück. Auch wenn er verfolgt würde, konnte das Wissen darum seine Beine nicht veranlassen, noch schneller zu laufen.

Er wollte nichts weiter, als ungehindert die dunklen Sektionen erreichen. Er konnte an nichts weiter denken als an den Fluchtweg und den Treffpunkt, den er ausgewählt hatte. Er rannte, bis ihm die Brust weh tat und seine Beine wie Blei waren, bis jeder Atemzug Schmerzen bedeutete, bis ihn die Finsternis verschluckte und ihn vor denen verbarg, die ihn zu finden versuchten.

# Kapitel 19

# Der Schlüssel zum Perihel

Derec kauerte in rabenscharzer Finsternis in einem Winkel des Raums und wartete. Er wußte nicht zu sagen, wie lange er dort schon allein war, nur daß es ihm wie eine Ewigkeit vorkam. Er hielt mit beiden Händen das Objekt fest und saß da, starr und schweigend.

Dann, ohne Vorwarnung, war er nicht mehr allein. Weil auf dem Korridor draußen die gleiche Dunkelheit herrschte wie drinnen im Raum, konnte Derec das Öffnen der Tür nicht sehen. Aber er hörte, wie sie zurückglitt, und raschelnde Schritte, als jemand hereinkam. Sein Herz begann schneller zu schlagen, und seine Nerven spannten sich an.

»Derec?«

Er seufzte, und die Anspannung fiel von ihm ab. Es war Katherines Stimme. »Hier«, sagte er. »In der Ecke.«

Sie schaltete mit dem Daumen ihre Lampe ein und richtete sie auf ihn, und die glatte Oberfläche des Objekts in seinen Händen reflektierte den Lichtstrahl und leuchtete sie und Wolruf an. »Du hast's geschafft!« jubelte sie. »Laß sehen!«

Derec legte schützend die Arme über den Gegenstand. »Nein. Komm mir nicht zu nahe.«

»Was soll das? Was ist mit dir?« wollte Katherine wissen. »Wir haben's geschafft. Wir haben's gekriegt.«

»In der Tat. Und jetzt ist es an der Zeit, zu beichten«, sagte Derec und richtete sich an der Wand auf. »Ich hatte einige Gelegenheit, hier zu sitzen und über alles nachzudenken. Es ist erstaunlich, wie sehr Angst die Gedanken ordnet.«

»Wovon redest du?« fragte Katherine.

Er schwenkte den Schlüssel über seinem Kopf. »Ganz einfach. Wer von euch wird jetzt aufhören, die Dumme zu spielen und mir verraten, was das hier wirklich ist?«

Katherine starrte ihn an. »Wenn du damit sagen willst, ich hätte dich die ganze Zeit hingehalten . . .«

»Etwa nicht?« unterbrach Derec. »Du und Wolruf, ihr beide. Ich bin's leid, im dunkeln zu tappen, immer einen

Schritt hinterher. Ich will alles wissen, was du weißt. Eher gebe ich das Ding den Robotern wieder, als es zu behalten und nicht zu wissen, worum es sich handelt.«

»Derec, ich weiß nicht mehr, als ich dir bereits erzählt habe«, sagte Katherine flehend und trat vor.

Derec versteifte sich und packte den Gegenstand noch fester. »Wag's nicht. Rede.«

Katherine zog sich zurück. »Derec, ich will nicht mit dir streiten. Aber das ist verrückt. Wir sind ein Team. Ich habe keine Geheimnisse vor dir. Ich hatte von dem Ding nie gehört, hatte es nie gesehen, bevor Aranimas mich danach gefragt hat. Ich konnte ihm nichts sagen, und er mir auch nicht.«

Sie drehte sich um und sah in den Halbschatten zu Wolruf hinüber. »Wolruf dagegen war Aranimas' Hauptadjutant. Und als die Robot den Schlüssel aus dem Raumschiff entfernt haben, hat sie das Wagnis für wert befunden, ihnen zu folgen und herauszufinden, wo man es hinbrachte. Was hast du dazu zu sagen, Wolruf?«

»Ich hatte Hungerrr. Ich dachte, 'ss gibt dort Essen.«

»So? Wie lange hattest du denn gehungert? Nicht sechs Wochen. Drei Tage, mehr nicht. Reicht das etwa, dich zu den Robotern hinauszutreiben und das Risiko einzugehen, daß sie dich einfangen? Und das nach allem, was du von Robotern hältst.«

»Wenn hierrr jemand Geheimnisse hat, dann du, Derec«, sagte Wolruf herausfordernd. »Der Schlüssel iss' auf dem Asteroiden gefunden worden, auf dem du angeblich schiffbrüchig wurrrdest. Warum hast du dich dorrrthin gewandt, wenn du auf der Flucht warst? Weil du gewußt hast, daß er ssich dort befindet? Vielleicht, weil du ihn sselber dortgelassen hattest und ihn wiederrrholen wolltest?«

Plötzlich ging im Raum das Licht an. Der einzige, der dabei nicht zusammenzuckte, war Derec; er hatte damit gerechnet. »Die Roboter suchen nach uns«, sagte er. »Sie haben die Sektion in Betrieb genommen, möglicherweise die ganze Station. Sie können die lebenserhaltenden Systeme einsetzen, um festzustellen, wo Licht benutzt wird, wo der Sauerstoffbedarf steigt.«

»Wir können hier nicht bleiben«, sagte Katherine schlicht. »Wir müssen weg. Wir müssen den Schlüssel verstecken, ehe sie uns finden.«

Derec schüttelte den Kopf. »Falsch. Wenn nicht eine von euch jetzt gleich zu reden anfängt, werde ich hier warten, bis die Roboter auftauchen, und ihnen das Ding übergeben«, sagte er mit ruhiger Gelassenheit. »Ihr habt die Wahl.«

»Wenn du es ihnen überläßt, kriegen wir es nie wieder«, sagte Katherine wütend.

»Darauf kannst du dich wohl verlassen«, sagte Derec unbeeindruckt.

Sie wandte sich an Wolruf. »Falls du was weißt, sagst du es ihm besser augenblicklich, sonst ist der Schlüssel verloren«, befahl sie. »Wenn du noch lange wartest, kommen wir hier nie weg.«

Mit Entsetzen im Blick wich Wolruf einen Schritt zurück. »Ihr nehmt ihn und laßt mich allein, und ich komm' nie mehr heim«, sagte sie verzweifelt.

»Das wird nicht passieren«, beteuerte Katherine. »Wir lassen dich nicht im Stich.«

»Das hab' ich dir doch versprochen«, sagte Derec. »Das war ernst gemeint.«

»Sag's ihm«, hakte Katherine nach. »Sag's uns.«

Wolrufs unsteter Blick blieb erst auf Katherine, dann auf Derecs Gesicht haften. »Iss' einer der Schlüssel zum Perihel«, sagte sie schließlich.

»Perihel? Was ist das?« fragte Katherine.

»Iss' angeblich der Ort, der allen anderen Orten im Univerrrsum am nächsten iss«, erklärte Wolruf. »Du hast den Schlüssel zu dem Rrraum ganz in der Mitte. Mit dem Schlüssel müßtest du über 'ss Perihel überall hinreisen können.«

Derec schüttelte ungläubig den Kopf. »Eine Art Materietransmitter?«

»Nein«, sagte Wolruf. »Iss der Schlüssel, der die Tür zum Perihel aufschließt.«

Katherine, die momentan ihren Ärger vergessen hatte, sah Derec an. »Könnte das etwas sein, was nach dem gleichen Prinzip funktioniert wie der Sprung?«

»In so einem Format?« fragte er skeptisch. An Wolruf

gewandt fügte er hinzu: »Du sagtest, einer der Schlüssel. Wie viele gibt es?«

»Den Geschichten nach, die Aranimas gehört hat, ssieben.«

»Was für Geschichten? Wo hat er die gehört?«

»'ss gab drei Schiffe, bevor die da kam«, sagte Wolruf und zeigte auf Katherine. »Aranimas hat von den Menschen an Bord vieles errrfahren, ehe er ihnen sso weh getan hat, daß sie gestorben sind. Eure Sprache gelernt. Viele Geschichten gehört.«

Katherine blickte Derec an. »Ich habe von einem Schlüssel zum Perihel noch nie was gehört. Das müssen Siedlerschiffe gewesen sein.«

»Möglich — sonst wäre Aranimas früher auf Roboter gestoßen«. Derec drehte sich nach Wolruf um. »Woher stammten die Schlüssel?«

Wolruf zog die Lefzen hoch, eine Geste, die einem Achselzucken entsprach. »Aranimas konnte nicht mal erfahren, wo die Geschichten herrrstammten.«

Derec wandte sich erneut dem Schlüssel zu und drehte ihn hin und her. »Wie funktioniert er? Wo ist die Steuerung?«

»Aranimas konnte nurrr einen Schalter finden«, sagte Wolruf. »Drrrück nacheinander auf die Ecken. Dann errrscheint ein Knopf.«

»Nacheinander im Uhrzeigersinn oder gegen die Uhr? Wo soll ich anfangen? Auf welcher Seite?«

»Iss egal«, sagte Wolruf. »Wie du willst. Der Knopf errrscheint immer in der letzten Ecke, die du berührst, immer auf der Vorderseite. Wenn du dann nichts unternimmst, verrrschwindet der Knopf wieder.«

»Und wenn man den Knopf drückt, ist man im Perihel?« fragte Katherine.

»Nein«, sagte Wolruf bekümmert. »Sso ssollt'ss sein, denk ich. Iss es aber nicht. Der Schlüssel funktioniert nicht.«

»Du hast es versucht? Mit Aranimas?«

»Viele Male.«

Derec blickte auf das schimmernde Metallteil, das in seinen Händen ruhte. Seine Oberfläche war spiegelglatt und nahtlos. Nirgendwo ein Hinweis auf einen verborgenen Schalter. Als er die obere rechte Ecke mit Daumen und Zeigefinger preßte, spürte er kein Nachgeben, keinerlei Anzeichen, daß er etwas bewirkt hatte.

Doch als Derec auf die vierte Ecke drückte, spürte sein Daumen Gegendruck. Ein Abschnitt der Ecke, drei Zentimeter im Quadrat, schob sich langsam heraus, dem Aussehen nach ein Knopf, der darauf wartete, gedrückt zu werden. Gleichzeitig aber wirkte er wie ein unveränderlicher Teil des Ganzen, als wäre die silbrige Oberfläche eine Art metallischer Membran.

Katherine sah zu Wolruf hinüber. »Wenn er nicht funktioniert, wieso warst du dann so erpicht, ihn wiederzubekommen?«

»Vielleicht kann Wolruf ihn rrreparieren«, lautete die bekümmerte Antwort. »Iss jetzt der einzige Weg, heimzukommen.«

Da hörten sie draußen auf dem Korridor eine Stimme rufen: »Derec — Katherine — kommen Sie heraus. Derec — Katherine — Sie brauchen sich nicht zu verstecken.«

Wolruf ging in Kauerstellung und brach in gutturales Jammergeschrei aus. »Ruhig!« zischte Katherine der Fremden zu, dann wandte sie sich an Derec. »Tu was«, drängte sie.

»Was denn?« fuhr Derec sie an. »Dieser Raum hat nur einen Ausgang.«

In diesem Moment glitt die Tür auf und lenkte Derec von Kathereine ab. Er erspähte einen goldenen Robot, der die Türöffnung ausfüllte und über die Schwelle trat. Dann versperrte Katherine ihm plötzlich die Sicht. Sie war nähergekommen und griff soeben mit entschlossenem Gesicht nach dem Schlüssel.

Derecs erster Gedanke war, daß sie den Schlüssel an sich nehmen und damit wegrennen wollte. Es blieb ihm nicht genug Zeit, den schimmernden Gegenstand vor ihr in Sicherheit zu bringen. Er hatte nur Zeit, fester zuzupacken.

Zu spät wurde ihm klar, daß Katherine nie die Absicht gehabt hatten, den Schlüssel zu nehmen. Ihre Hände schlossen sich fest über den seinen, so daß er nicht mehr loslassen konnte. Ihr Daumen drückte den kleinen quadratischen Knopf herunter, zurück in das Gehäuse des Schlüssels.

»Nein!« schrie Wolruf.

»Warte —« begann Derec zu sagen.

Doch es gab nichts und niemanden, der das Geschehen hätte aufhalten können — nicht Derec, nicht der Robot, nicht einmal Katherine. Es erfolgte eine lautlose Farbexplosion, die tief in Derecs Augen stach und alles Sehen auslöschte. Und als das Licht sich zu Grau abschwächte und er sein Sehvermögen wiederhatte, waren Wolruf, der Robot und der Raum verschwunden.

Sie stellten fest, daß sie noch genauso dastanden wie zuvor, die Hände um den Schlüssel gelegt, im Zentrum eines winzigen Orts inmitten eines unermeßlich großen Raums. Es gab nichts, was sie daran gehindert hätte, in weite Fernen zu sehen, nur daß es nichts zu sehen gab.

Sie waren von sanftem, grauem Licht umgeben, das auf das Auge wirkte wie ein Summen auf das Ohr. In der Luft hing der muffige, staubige Geruch eines Hauses, das den Sommer über leergestanden hat. Bis auf ihre eigenen beklommenen Atemzüge herrschte Stille.

Sie klammerten sich aneinander und an den Schlüssel und versuchten, ihre plötzliche Verlegung in diese unwirkliche Wirklichkeit zu verstehen und zu akzeptieren. Dies war ein Ort, der nirgends im Weltraum sein konnte. Sie befanden sich irgendwo außerhalb, dorthin verbracht von der verblüffenden Macht des kleinen silbrigen Kastens. Dieser Raum kannte keine Zeit, kein Leben.

»Das Perihel«, flüsterte Katherine.

»Wolruf hat gesagt, es sei der Ort, der allen anderen am nächsten liegt«, sagte Derec. »Mir kommt er vor, als sei er am weitesten entfernt.«

Katherine wandte den Kopf und sah sich um. »Wo ist sie?«

»In der Rockliffe-Station, denke ich. Zurückgeblieben.«

»Warum hat der Schlüssel sie nicht auch mitgenommen?«

»Vielleicht aus dem gleichen Grund, warum er bei ihr nicht funktioniert hat«, sagte Derec. »Vielleicht, weil sie zu weit von uns weg war. Vielleicht muß man ihn berühren, oder jemanden berühren, der ihn berührt. Ich weiß es nicht. Aber wir müssen zurück und sie holen.«

»Aber die Roboter . . .«

Derec schüttelte den Kopf. »Das war Alpha. Du hast nicht hingesehen. Es war Alpha.«

»Das wußte ich nicht«, flüsterte Katherine. »Drück ihn nochmals. Kehren wir zurück.«

»Woher wissen wir, daß wir auch wirklich zurückkehren?«

»Ich hab an Flucht gedacht, als ich draufgedrückt habe. Denk an Rückkehr.«

Wortlos gehorchte Derec. Wie zuvor erschien der Schlüssel. Wieder erfolgten ein Farbblitz und einige Sekunden der Anpassung. Dann teilte ihnen ihr wiederkehrendes Sehvermögen etwas mit, das nicht sein durfte, nicht sein konnte. Sie waren nicht mehr im Perihel, aber auch nicht in der Rockliffe-Station.

Sie standen in hellem Sonnenlicht auf der Spitze eines großen pyramidenförmigen Turms und blickten herab auf eine noch größere Stadt, die sich unter ihnen ausbreitete. Der Turm, auf dem sie sich befanden, war anderthalbmal so hoch wie alle übrigen Gebäude im Umkreis. Sie fühlten sich wie auf dem Gipfel der Welt, als blickten sie aus einem Adlerhorst herab.

»Was soll das?« zischte Katherine. »Wo hast du uns hingeschickt?«

Derec starrte ungläubig auf die Türme, die quadratischen und die spitzen Gebäude, die sich vom Fuß der Pyramide bis an den Horizont erstreckten. »Ich weiß nicht«, sagte er heiser. »Gedacht hab ich an die Rockliffe-Station.«

Sie ließ den Schlüssel los und klammerte sich fest an seinen Arm. »Sind wir auf der Erde?« fragte sie, als finde sie diese Aussicht beängstigend.

Derec blickte gen Westen auf die tiefstehende Sonnenscheibe. »Nein«, sagte er. »Der Stern ist zu weiß und zu klein.« Aber er wußte, warum sie gefragt hatte. Keine Spacerwelt besaß eine so große Stadt. Nur auf der Erde hatte man je Städtebau in dieser Größenordnung praktiziert, und dort waren die Städte riesengroß, in sich abgeschlossen und hauptsächlich unterirdisch angelegt. »Du kennst dich also nicht aus?«

»Ich hab so was noch nie gesehen«, flüsterte sie. »Ist das Wolrufs Heimatwelt? Oder die von Aranimas?«

»Ich weiß nicht«, sagte Derec. »Aber das ließe sich leicht feststellen.«

»Wie denn?«

»Indem wir da runtergehen.« Er zeigte auf die Weite der Stadt unter ihnen.

»Nein«, sagte sie schaudernd. »Schick uns zurück.«

Derec merkte, daß er den Schlüssel immer noch mit gefühllosen Händen umklammert hielt. »Ich weiß nicht, ob ich das schaffe«, sagte er.

»Versuch's«, drängte sie. »Oder laß mich versuchen.«

»Wir werden's versuchen«, willigte er ein.

Mit einem Bild der grauen Leere des Perihels im Kopf zauberte Derec den Steuerknopf hervor und drückte ihn. Diesmal passierte gar nicht. »Seine Funktion verschlingt sicher viel Energie. Vielleicht muß er sich wieder aufladen — oder aufgeladen werden«, sagte er. »Wie auch immer, es sieht aus, als müßten wir zumindest eine Weile hierbleiben.«

»Ich will da nicht runter«, sagte Katherine. »Es wird bald dunkel. Bleiben wir bis zum Morgen hier und versuchen es dann noch mal mit dem Schlüssel.«

In der Tat war die Sonne dem Horizont um den Bruchteil eines Grades nähergekommen, wodurch der bereits lange Schatten des Turms auf der darunterliegenden Stadt noch länger wurde. »Hast du denn keine Angst, im Schlaf über den Rand zu fallen?« erkundigte sich Derec. Es gab um die abgeflachte Spitze der Pyramide weder Geländer noch Fußmauer.

»Ich glaube nicht, daß ich hier schlafen könnte«, bemerkte sie nüchtern.

Während die Sonne dem Horizont entgegensank, kam eine Brise auf, die ihnen Haare und Kleidung zauste. Sie wehte keine Gerüche heran, die Derec bekannt waren. Für eine Welt, in der es so offensichtlich vor Leben wimmelte, trug sie überhaupt bemerkenswert wenig Gerüche mit sich.

Unter ihnen belebte sich die Stadt mit Licht — Licht, das von den Mauern der Gebäude herabfloß, Licht, das in den Straßen Pfützen bildete. In diesen Straßen befanden sich weitere Lichter in rastloser Bewegung, was Derec an die Geschäftigkeit eines Bienenstockes oder einer Ameisenkolonie erinnerte.

Emotional zu mitgenommen, um sich zu ängstigen, sagten sie kaum etwas. Katherine zog sich in sich zurück, saß in Lotusposition in der Mitte des gefliesten Rechtecks. Derec schlenderte am Rand entlang, sah sich um und versuchte, die Struktur zu ergründen, nach der die Stadt gebaut war.

Als die Sterne hervorkamen, beobachtete er sie genau, wider alle Hoffnung hoffend, ihre Konstellationen zu erkennen. Da gab es einen roten Stern, hell wie ein Planet, möglicherweise Beteigeuze, und einen grellen, weißen, der Sirius hätte sein können.

Doch genauso gut konnte es sich um jeweils einen von tausend anderen namentlich oder nur als Nummer bekannten Sternen handeln. Ohne ein Spektrometer, um jedem der Verdächtigen die optischen Fingerabdrücke abzunehmen, und einen astrographischen Katalog, um Übereinstimmungen nachzuschlagen, ließ sich das nicht feststellen.

»Erinnerst du dich, wie auf Aurora die Sterne aussehen?« rief er Katherine zu, die in sich versunken auf der anderen Seite der Fläche saß.

»Das hab' ich nie gewußt«, gestand sie. »Hat mich nicht interessiert.«

Er gab auf, ging hinüber und setzte sich vor sie hin. Sie rieb sich zerstreut durch den Ärmel ihrer Fliegerjacke den rechten Bizeps.

»Hast du Probleme mit dem Kreislauf?«

»Das ist es nicht, was mir zu schaffen macht«, sagte sie, schob den Ärmel hoch und zeigte ihm eine violette, halbmondförmige Quetschwunde.

»Nicht übel.«

»Mein überzeugendster Schrei«, sagte sie mit einem kläglichen Lächeln.

»Wolruf?«

»Sie hat sich hinreißen lassen und mich gebissen. Sie ist nicht so harmlos, wie sie uns weismachen wollte.«

»Alles Lebendige weiß sich zu verteidigen«, sagte er, dann fügte er nachdenklich hinzu: »Ich frage mich, wie's ihr ergangen ist.«

»Ich versteh' nicht, wieso du sie gern hattest.«

»Sie ist ein Opfer — eine Gefangene — wie wir.«

»Es fällt mir schwer, sie aus dieser Warte zu sehen.«

Derec seufzte. »Kommt jetzt wohl nicht mehr drauf an. Ich hab sie wieder mal im Stich gelassen.«

Hierauf verstummte das Gespräch. »Ich versteh' auch nicht, wieso Alpha uns gefolgt ist«, sagte Katherine schließlich. »Er kann doch nicht auch frei rumgelaufen sein wie Wolruf, seit wir auf die Station gekommen sind? Und uns gesucht haben?«

»Bloß einer von Jacobsons Tricks«, sagte Derec. »Er wußte, daß wir den Robot wiederhaben wollen. Wüßtest du einen besseren Köder, um uns hervorzulocken?«

Wieder schwiegen sie eine Weile, saßen dicht beieinander, jedoch ohne sich zu berühren. »Dein Vorname ist David«, sagte sie unvermittelt.

Den Namen zu hören brachte keine plötzlichen Erkenntnisse, und aus Erfahrung geborene Vorsicht hielt ihn davon ab, Dankbarkeit zu empfinden. »Warum sagst du mir das jetzt?«

»Damit ich aufhören kann, jedesmal mentale Gymnastik zu betreiben, wenn ich mich mit dir unterhalten will. Weil ich dachte, es interessiert dich.«

»Und weil wir nicht wissen, was uns passieren wird?«

»An so was denke ich nicht«, sagte sie. »Es widerstrebt mir, so was zu glauben.«

»Ich hätt's wissen müssen«, sagte Derec mit einem angedeuteten Lächeln. »Hast du vor, mir mehr als nur einen Krümel vorzuwerfen? Wie kommt es, daß du mich kennst? Wo haben wir uns kennengelernt?«

Sie wandte ihm das Gesicht zu. »Du warst Ingenieursmaat auf einem Handelsschiff der Siedler — *Daniel O'Neill*, so hieß es wohl«, sagte sie. »Kommt dir das bekannt vor?«

»Nein«, sagte er unglücklich. »Was kanst du mir sonst noch sagen?«

Sie zögerte. »Ich fürchte, ich kenn dich nicht so gut, wie ich dir vorgemacht habe. Wir sind uns auf dem Raumhafen über den Weg gelaufen.«

»Wenn ich ein Siedlerknecht bin und du zu den Oberen

Zehntausend der Spacer gehörst . . .« »Dein Kapitän hatte bei der Landung Schwierigkeiten mit dem Zoll, und der Weiterflug war wegen mechanischer Probleme verschoben. Wir saßen in der gleichen Wartezone. Wir haben uns eine Weile unterhalten.«

Sie zögerte, dann fügte sie hinzu: »Du warst komisch. Du hast mich zum Lachen gebracht.«

»Hab ich von meiner Familie erzählt — meinem Zuhause . . .«

»Du erinnerst dich an gar nichts, oder? Wie du mich kennengelernt hast — die *O'Neill* . . .«

»Nein.«

»Tut mir leid.« Wieder zögerte sie. »Trotzdem dachte ich, es wär dir lieber, Bescheid zu wissen.«

»Noch lieber wär mir, mich zu erinnern«, sagte er und schwieg einen Moment lang. »Na ja, derzeit scheint es ohnehin nicht so drauf anzukommen. Ich weiß überhaupt nichts über diesen David. Über Derec weiß ich zumindest ein bißchen. Ich denke, ich werde vorerst Derec bleiben.«

»Ich hab dir nicht alles erzählt«, sagte sie. »Ich hab dir nicht von . . .«

»Laß es«, sagte er. »Wenn mir mein Name nichts sagt, wird's mir mit anderem genauso gehen. Heb dir den Rest auf. Dann kannst du mir jeweils sagen, ob ich mich erinnere oder mir alles nur einbilde.«

»Ich weiß, dein Gedächtnis wird wiederkommen. Es muß wiederkommen.«

Er nickte abwesend, nahm ihre Worte zur Kenntnis, ohne sie zu akzeptieren. »Falls du versuchen möchtest, zu schlafen, werde ich Wache stehen und aufpassen, daß du nicht unruhig wirst und zu schlafwandeln versuchst.«

Sie schüttelte den Kopf und sagte: »Ich kann ohne Kissen nicht schlafen.«

Derec legte sich lang auf den Rücken und klopfte mit der rechten Hand auf seine linke Schulter. »Ich hätte da ein unbesetztes Kissen verfügbar, kostenlos.«

Er rechnete damit, daß sie das Angebot ablehnen würde. Doch sie kroch wortlos zu ihm herüber und schmiegte sich an seine linke Seite, den Kopf auf seinen Arm gebettet. Nachdem sie die Augen geschlossen hatte, schien sie beinahe augenblicklich einzuschlafen.

Sie hatten es beide bequem, und, so unschuldig diese Umarmung auch sein mochte, ihre Nähe hatte etwas Angenehmes. Vermutlich liegt das nur daran, daß sie grade mal nichts sagt, dachte Derec. Er lag da, sah zu den Sternen auf und lauschte ihren langsamen, friedlichen Atemzügen, bis ihm die Lider so schwer wurden, daß er sie nicht mehr aufhalten konnte.

David Derec, dachte er, kurz bevor der Schlaf ihn überkam. Wär *das* schön, wieder zwei Namen zu haben . . .

## Kapitel 20

## Morgen auf der Spitze

Sie erwachten völlig durchgefroren, und die ersten Strahlen der aufgehenden Sonne trugen wenig dazu bei, sie zu wärmen. Trotz der Kälte wich Katherine rasch vor ihm zurück, als mache sie der direkte Kontakt verlegen.

»Probieren wir den Schlüssel aus«, sagte sie nervös und stand auf.

Derec setzte sich auf. »Kein Hallo? Kein Guten Morgen?« sagte er grinsend. Aber er griff nach dem Schlüssel, der in Reichweite auf einer Bodenfliese lag.

»Komm schon«, sagte sie ungeduldig. »Ich hatte einen bösen Traum, dessen Erfüllung ich so schnell wie möglich ausschließen möchte.«

»Was denn?«

»Ich saß hier oben mit dir zusammen fest.«

Lächelnd stand er auf und streckte ihr den Schlüssel hin. »Willst du ihm die Ehre erweisen?«

Sie wickelte rasch die Aktivierung ab, dann blickte sie auf und sah Derec in die Augen. »Fertig?« fragte sie.

»Worauf konzentrieren wir uns? Perihel oder Station?«

»Erst das Perihel. Muß, glaub ich, so sein.«

Er neigte zustimmend den Kopf. »Bin soweit.«

Sie rammte den Daumen auf den Knopf, als könne die Heftigkeit, mit der sie ihn niederdrückte, ihre Rückkehr beschleunigen. Licht explodierte vor ihren Netzhäuten, das Sonnenlicht verschwand, und sie befanden sich aufs neue in der grauen Welt des Perihel.

»Jetzt die Station?« fragte Derec.

»Wie wär's mit Aurora?« fragte sie, und ihre Augen leuchteten vor Erregung. »Wolruf hat gesagt, wir kämen damit überall hin. Warum sollten wir uns noch mal in Gefahr begeben?«

»Nein«, sagte Derec. »Erst gehen wir Wolruf holen. Das bin ich ihr schuldig.«

»Ich will da nicht noch mal hin«, sagte Katherine besorgt. »Wir werden den Schlüssel erst nach Stunden wieder zur Flucht benutzen können. Bis dahin haben sie uns hinter Schloß und Riegel, und ihn ebenfalls, und wir werden nichts für Wolruf getan haben. Auf Aurora könnten wir Hilfe holen — ein Schiff besorgen und sie dann holen.«

»Wie?«

»Ich hab Freunde auf Aurora . . .«

»Sind das diejenigen, die dein Konto aufgelöst haben?«

Sie zuckte bei der Erwähnung zusammen, blieb jedoch ungerührt. »Mehr Freunde als auf der Rockliffe-Station.«

»Du wirst die Steuerung übernehmen müssen. Ich hab kein ausreichend klares Bild von Aurora im Kopf.«

»Aber gern. Halt dich fest«, sagte sie und löste wieder den Schlüssel aus.

Auf Stichwort verschwand das Perihel, doch es war nicht die liebliche Landschaft Auroras, die an seine Stelle trat. Es dauerte nur einen Augenblick, bis Derec klar war, daß sie auf die Turmspitze über der geheimnisvollen Riesenstadt zurückgekehrt waren.

Einen Herzschlag später war die Erkenntnis auch zu Katherine vorgedrungen. »Mist!« fluchte sie, warf die Hände hoch und strebte mit einer Heftigkeit, die Derec beunruhigte, zum Rand. »Was ist bloß schiefgegangen?«

Derec sah an ihr vorbei auf die näheren Bauten der Stadt.

»Schwer zu sagen, da wir nicht wissen, was vorgeht, wenn er richtig funktioniert«, sagte er. »Offenbar gehört doch mehr zur Bedienung des Schlüssels, als an den Bestimmungsort zu denken.«

»Aber wieso kommen wir dann hierher, an einen Ort, den keiner von uns kennt?«

»Ich weiß nicht«, sagte Derec. »Aber es könnte schlimmer sein.«

»Inwiefern?« sagte sie, wandte sich ihm zu und stemmte die Fäuste in die Hüften.

»Na, überleg doch mal«, sagte er und trat näher. »Wo wir auch sein mögen, wir sind weit weg von der Rockliffe-Station, und die Umstände unserer Flucht machen eine Verfolgung nicht einfach. Das bedeutet, daß wir auf einen Schlag Jacobson, Anazons Roboter und die Piraten los sind. Und als kleine Zugabe haben wir den Schlüssel mitgenommen.«

»Den wir nicht richtig zum Funktionieren bringen. Wir haben Alpha verloren, wir wissen nicht, wo wir sind, wir haben kein Schiff, kein Geld, kein Essen, nichts als die Kleider, die wir am Leib tragen, und diesen nutzlosen Schlüssel.« Ihr Anfall von Selbstmitleid hätte nicht wirkungsvoller sein können, wenn sie zuletzt noch mit dem Fuß aufgestampft wäre.

»Ich hab nicht behauptet, es sei alles gut. Ich hab nur gemeint, es könnte schlimmer sein.« Er ging in die Hocke, nahm den Schlüssel rastlos von einer Hand in die andere und starrte ihn an. »Ich kann kaum glauben, was dieses Ding leistet. Daß ein Gerät dieser Größe Materie nicht nur drei Meter, sondern drei Lichtjahre weit transportieren kann, ist eine phantastische technische Leistung — das grenzt an Zauberei. Ich kann dir gar nicht sagen, wie gern ich ihn auseinandernehmen und nachsehen würde, wie er funktioniert. Und endlich verstehe ich auch, warum jedermann ihn haben will. Nicht verstehen kann ich nur, warum ihn jemand zu verstecken versucht hat.«

»Was meinst du damit?«

Er blickte auf. »Wolruf hat mir davon erzählt. Der Asteroid, auf dem ich aufgewacht bin — er war künstlich. Jemand hatte ihn als endgültiges Versteck für dies hier vorgesehen.«

Katherine begriff rasch, was das zu bedeuten hatte. »So als wäre er gefährlich, nicht bloß leistungsfähig.«

»Genau.«

»Ja — denk nur, was ein Terrorist oder Attentäter damit anstellen könnte. Oder ein Heer, in dem jeder Soldat einen besitzt. Vor allem ein Heer von Fremdwesen.«

»Es wäre unmöglich, sich vor ihnen zu schützen«, sagte Derec und starrte erneut den Schlüssel an. »Der Besitz dieses Dings lädt uns eine Menge Verantwortung auf. Möglicherweise mehr, als ich zu tragen bereit bin.«

»Dich drückt wohl bereits der Schuh.«

Derec nickte. »Außerdem weiß ich immer noch nicht, wieso ich in die Sache verwickelt sein muß.« Er blickte zu ihr hoch. »Ich nehme an, du glaubst, daß die Kapsel von der *Daniel O'Neill* stammt, daß ich in einem Notfall abgestoßen wurde.«

»Das ist die naheliegendste Erklärung.«

»Kann sein. Aber weißt du, da gibt es eine Ungereimtheit. Warum fand Monitor 5 es so wichtig, mir den Schlüssel zu übergeben? Mir, der ich den Robotern bis dahin nur eine Last war? Er hat so was gesagt wie: ›Ich habe den Schlüssel gefunden, Derec. Du mußt ihn nehmen.‹ Wie erklärst du dir das?«

Sie machte eine hilflose Handbewegung. »Gar nicht.«

Derec stand auf und ging zu ihr hinüber an den Rand der Plattform. »Und dieser Ort«, sagte er und wies mit ausgebreiteten Armen auf die umgebende Stadt. »Sieh ihn dir an. Ein herrlicher Anblick. Läßt er dir nicht auch das Herz aufgehen? Kannst du die einigende Vision spüren, die Art und Weise, wie alles sich nahtlos zusammenfügt? Sieh dir die Giebel mit den Mansardenfenstern an — wunderschön! Sieh nur, wie die fünf gleichseitigen pythagoräischen Körper als Strukturelemente genutzt werden, um die Konzentration . . .«

Als er sich gen Norden wandte, hielt er inne. »Komisch«, sagte er verwundert. »Ich hätte schwören können, daß dort gestern abend eine Gruppierung aus drei Ikosaedern direkt am Boulevard gestanden hat.«

»Ikosaeder?«

»Der komplexeste gleichseitige Körper — zwanzig Dreiecksflächen.« Er schüttelte den Kopf. »Ich muß mich irren.

Vielleicht hab ich letzte Nacht von diesem Ort geträumt. Jedenfalls freue ich mich beinahe darauf, da runterzugehen. Wenn es uns gestern abend gelungen wäre, zur Rockliffe-Station zurückzukehren, oder heute morgen nach Aurora, hätte ich das Gefühl gehabt, daß man mich um die Gelegenheit betrogen hat, alles auszukundschaften.«

»Hast du dir die Mühe gemacht, zur Kenntnis zu nehmen, daß diese Stadt nicht nur eine Ansammlung von Gebäuden ist?« erkundigte sie sich verdrießlich.

»Was meinst du damit?«

Sie zeigte über den Rand hinab auf die kleinen Gestalten, die sich durch die Straßen bewegten. »Wenn du da runtergehst, wirst du dich mit den Geschöpfen auseinandersetzen müssen, die diese Stadt gebaut haben. Es macht dir wohl Spaß, dir vorzustellen, daß hunderttausend Monster wie Aranimas hinter dir her sind? Wir sind unbefugt hier eingedrungen, wie du weißt. Uneingeladen.«

Derec verschränkte die Arme vor der Brust und blickte über die Stadt hinaus bis an den Horizont. »Ich würde sagen, eine Stadt dieser Größe hat eher eine Million oder noch mehr Einwohner. Aber sie werden nicht wie Aranimas sein — übrigens auch nicht wie Wolruf.«

»Wieso bist du dir da so sicher?«

»Erstens, weil Wolruf mir von ihrer und der Eraniwelt erzählt hat und ihre Beschreibung hierauf nicht paßt . . .«

»Sie könnte durchaus gelogen haben.«

»Stimmt. Aber du sagtest, du hättest dieses Ziel nicht ausgesucht, und ich weiß, daß ich es auch nicht getan habe. Somit war es der Schlüssel, der entschieden hat, uns hierherzubringen.«

»Und?«

»Und — der Schlüssel wurde nicht von Aranimas' Volk geschaffen, auch nicht von Wolrufs Volk. Wenn ja, hätten die beiden gewußt, wie man damit umgeht. Vermutlich hätte es sie sogar erheblich weniger Mühe gekostet, einen herzustellen, als sie aufgewandt haben, um diesen hier zu finden«, erwiderte Derec. »Warum sollte er uns also auf eine ihrer Heimatwelten bringen?«

»Vielleicht hatten sie raus, wie man das Ziel einstellt«, gab sie zu bedenken.

»Vielleicht. Oder vielleicht wurden der Schlüssel so konstruiert, daß er an einen bestimmten Ort zurückkehrt, wenn er von Uneingeweihten aktiviert wird — als Methode, ihn zurückzubekommen, wenn sie in falsche Hände gerät.«

»Demnach wären die Geschöpfe dort unten . . .«

». . . möglicherweise nicht nur die Erbauer der Stadt, sondern auch die Schöpfer des Schlüssels«, setzte Derec fort. »Und das könnte bedeuten, daß wir doch eingeladen sind.«

Sie blickte mit zusammengekniffenen Augen zu ihm herüber. »Du wirst da runtergehen, ob ich mitkomme oder nicht, wie?«

»Ja. Ich laß dir den Schlüssel da, wenn du willst.«

»Ich dachte, wir seien ein Team.«

»Sind wir's noch?« fragte er und hob eine Augenbraue. »Ist dir nicht mehr daran gelegen?«

»Ich weiß nicht, ob wir dasselbe wollen«, erwiderte er bedächtig. »Du willst nach Aurora zurück. Ich will etwas unternehmen, um Wolruf zu helfen — und dann die Sache mit der *Daniel O'Neill* aufklären.«

»Beides verlangt, daß du diesen Planeten verläßt«, wandte sie ein. »Unsere Interessen decken sich wenigstens insofern.«

»So ist es in der Tat«, gab Derec zu. »Na gut. Wir sind nach wie vor ein Team.«

»Wenigstens so lange, bis wir uns, auf welchem Weg auch immer, ein Raumschiff beschafft haben.«

»Oder bis wir raushaben, wie man den Schlüssel zum Perihel bedient, je nachdem«, ergänzte er.

»Oder bis Aranimas wutschnaubend erscheint und uns als Antriebsmasse benutzt«, meinte Katherine grinsend. Wieder spähte sie über den Rand. »Oder bis wir bei dem Versuch draufgehen, von hier runterzukommen. Ob wir sie wohl bewegen könnten, zu uns raufzukommen?«

Katherines Befürchtungen waren berechtigt. Der einzige Weg, die Plattform zu verlassen, schien darin zu bestehen, eine der Pyramidenwände hinabzuklettern, die steiler, der Vertikalen viel näher waren, als die der Inka- und Maya-Tempel der Erdantike, denen der Turm ansonsten glich. Es gab allerdings noch einen wesentlichen Unterschied: in die Seiten waren keine breiten formellen Treppenaufgänge eingelassen.

Statt dessen verlief in der Mitte einer jeden Plastbetonwand ein regelmäßiges Lochmuster nach unten, ein Muster, das sich bis zum Boden fortzusetzen schien. Die Löcher waren weiter als die Spanne von Derecs Hand, zwanzig Zentimeter tief und so angeordnet, daß sie Händen und Füßen bequem Halt gewährten.

»Ich kann mir nicht vorstellen, wie jemand auf den Gedanken kommen sollte, hier heraufzuklettern — hier gibt es nur eine schöne Aussicht«, sagte Derec nach einigem Überlegen zu Katherine. »Und wenn die Aussicht ihnen wichtig wäre, hätten sie durch die Mitte des Turms einen Aufzug bauen können.«

Dennoch waren die Löcher in gewisser Hinsicht besser als eine Treppe. Wenn sie sich, um besser Halt zu finden, mit beiden Händen und Füßen gegen die Turmwand stemmten, war es unmöglich in die Ferne oder die Tiefe zu blicken, so daß keine Höhenangst aufkommen konnte.

»Bis wir unten sind, wird dir alles weh tun«, sagte Derec zu Katherine.

»Meine Medipumpe ist noch zu achtzig Prozent geladen, und mir geht's gut. Außerdem, hat dir nie jemand erzählt, daß Frauen ausdauernder sind als Männer?« neckte sie. »Hören wir zu reden auf und machen uns auf den Weg.«

Das schwierigste Unterfangen war, sich über den Rand vorzuwagen und nach der ersten Fußstütze zu tasten. Derec machte, den Schlüssel unter den Taillenbund gesteckt, den Anfang. Gleich darauf war Katherine neben ihm, wesentlich fester in die Ränder jener Löcher verkrallt, die sie zum Festhalten benutzte.

»Es fällt mir nicht leicht, das Thema anzuschneiden, aber ich frage mich, was für eine Sorte von Wesen diese Löcher als angemessenen Halt betrachtet haben mag«, sagte Katherine atemlos.

»Fliegende Schlangen«, sagte Derec mit todernstem Gesicht. »Einen Meter lang, mit drei Reihen scharfer Zähne. Kein Grund zur Beunruhigung.«

»Wie rücksichtsvoll du doch bist«, entgegnete sie mürrisch und machte sich auf den Weg nach unten.

»Keine Ursache«, meinte er lächelnd und folgte ihr.

Falls er je angenommen hatte, Katherine werde sich übervorsichtig die Wand hinabtasten, ihm den Vortritt lassen und sich seiner Führung unterwerfen, sollten ihn schon die ersten paar Minuten eines Besseren belehren. Katherine — Kate — war gelenkig und waghalsig und vor allem schnell. Innerhalb von zehn Minuten hatten sie ein Viertel des Weges hinter sich. Da er darauf achten mußte, sich nicht zu hastig zu bewegen, damit er den Schlüssel nicht verlor, konnte Derec kaum mithalten.

»He, Genossin«, rief er nach unten. »Auszeit für eine kurze Besprechung.«

»Ich dachte, du hättest längst Auszeit genommen, so langsam, wie du vorankommst«, konterte sie. Aber sie hielt an und wartete dennoch auf ihn. »Was ist los?« erkundigte sie sich, als er aufgeholt hatte.

»Eine Idee bezüglich des Schlüssels. Wollen wir ihn wirklich mit runternehmen, ohne zu wissen, wo wir reintappen?«

Sie runzelte die Stirn. »Das hieße, ein Risiko eingehen, nicht wahr? Wenn wir wüßten, wie man ihn bedient, würde ich sagen, behalt' ihn. Wir könnten ihn immer zur Flucht benutzen, wenn wir in der Klemme sind . . .«

»Wenn wir wüßten, wie man ihn bedient, müßten wir das alles nicht auf uns nehmen«, sagte Derec.

»Du willst ihn hierlassen, in einem der Löcher?«

»Daran hatte ich gedacht. Der Schlüssel ist schwer genug und die Löcher sind ausreichend tief, so daß er nicht rausfallen kann.«

»Der Gedanke, mich von ihm zu trennen, gefällt mir nicht.« erklärte Katherine besorgt. »Er ist eine der zwei Möglichkeiten, hier wegzukommen, soweit wir wissen vielleicht sogar die bessere.«

»Mir gefällt der Gedanke, gewaltsam von ihm getrennt zu werden, noch weniger«, sagte Derec. »Was meinst du?«

Sie nickte widerwillig. »Hast recht. Verstecken wir ihn.«

Auf Katherines ausdrücklichen Wunsch ließen sie den Schlüssel gleich an Ort und Stelle zurück, in dem am weitesten links gelegenen Loch des Musters.

»Der Aufstieg wird schwieriger als der Weg nach unten«, warnte Derec, als sie sich wieder auf den Weg machten.

»Für die anderen auch«, sagte sie.

Von seiner Bürde befreit, konnte Derec besser Schritt halten, und der Rest ihres Abstiegs wurde zu einem inoffiziellen Wettrennen. Doch dieses Rennen endete verfrüht, als Katherine, die einen Blick über die Schulter warf, um zu sehen, wie weit sie noch zu klettern hatten, etwas zu Gesicht bekam, das sie veranlaßte, sich wieder an den Aufstieg zu machen.

»Empfangskomitee«, zischte sie, streckte die Hand aus und zupfte Derec am Ärmel.

Indem er mit der Rechten losließ, drehte Derec den Oberkörper und blickte hinab. Auf dem Boden, einhundert Meter unter ihren Füßen, hatte sich ein Dutzend Gestalten im Halbkreis aufgestellt. Alle zwölf Gesichter waren nach oben gerichtet und erwiderten seinen Blick.

Langsam machte sich auf Derecs Gesicht ein fröhliches Grinsen breit. »Aber sieh doch, wer dem Komitee angehört«, jubelte er. »Das sind Roboter!«

Katherine warf einen zweiten verstohlenen Blick nach unten. »In Anbetracht der jüngsten Ereignisse wüßte ich nicht, wieso das gute Neuigkeiten sein sollen«, sagte sie.

»Es bedeutet, daß dies eine Spacerwelt sein muß . . .«

»Rockliffe war eine Spacerstation«, sagte sie.

». . . was wiederum bedeutet, daß von jetzt an unser größtes Problem die Bürokratie sein wird.«

»Du Optimist.«

»Wirst schon sehen«, sagte er und machte sich wieder an den Abstieg.

Die einzige Antwort darauf kam von einem der unten wartenden Robot. »Bitte bewegen Sie sich langsam und mit allergrößter Vorsicht«, rief er ihnen zu. »Den Kompaßturm zu besteigen ist ein gefährliches Unterfangen.«

# Kapitel 21

# Robot City

Darauf bedacht, das Zusammentreffen zu beschleunigen, ließ Derec die letzten paar Schritte aus, stieß sich statt dessen ab und sprang mit einem Satz auf den Boden. Während Katherine noch hinter ihm herabkletterte, wandte er sich den Robotern zu.

Mehrere von ihnen waren bereits aufgebrochen. Derec nahm an, daß es sich um medizinische Spezialisten handelte, die für den Fall eines Sturzes dabeigewesen waren, und um einige Monteure, die die Wand hätten ersteigen können, um ihnen zu helfen. Da ihre Fähigkeiten nicht mehr gefragt waren, wandten sie sich sofort anderen Aufgaben zu.

Die verbliebenen Roboter sahen einander ähnlich, waren jedoch nicht identisch — Variationen eines Themas. Einer trug ein scheinbar nutzloses blau emaillieres Teil über dem rechten Ohr, ein zweiter einen leuchtend grünen optischen Sucher, ein dritter Sensordraht, um den Schädel gewickelt wie ein Stirnband.

»Wie lautet dein Name?« fragte Derec einen von ihnen.

Der Robot trat vor. »Ich bin M-3323.«

»Gut, M-3323, bring mich — uns — zum Stadtverwalter.«

»Die Stadt hat in ihrer gegenwärtigen Verfassung keinen Verwalter«, erwiderte der Robot. »Wie lautet Ihr Name, bitte?«

»Derec«, sagte er, »David Derec. Aber . . .«

»Und ich bin Katherine Burgess«, meldete Kate sich und trat vor. »Weißt du, wir müssen nicht unbedingt mit dem Spitzenmann reden, wir ihr ihn auch betitelt — Stadtverwalter, König, Präsident, Gott. Wir brauchen einen Ort, wo wir unseren hygienischen Bedürfnissen nachkommen können — mit Dusche und Toilette. Während ihr euch darum kümmert, könntet ihr ein Treffen für uns mit jemandem arrangieren, der uns bei unseren anderen Problemen hilft. Wäre das machbar?«

»Ja, Katherine«, sagte M-3323. »Man trifft bereits die nötigen Vorkehrungen. Wenn Sie mir folgen wollen, werde ich Sie zu den entsprechenden Einrichtungen führen.«

Glücklicherweise lag das Haus, zu dem man sie brachte, weniger als eine Minute Fußweg entfernt. Es schmiegte sich zwischen zwei mächtige sechsseitige Türme wie ein Kind, das sich in den Rockschößen der Mutter verbirgt. Die Innenausstattung war überraschend neu und unbenutzt, als habe man das Haus nicht nur nie bewohnt, sondern auch noch nie betreten.

Doch es enthielt alles, was sie brauchten, darunter zwei Waschräume, die über einen Raum mit einer futonartigen Schlafplattform zu erreichen waren. Die drei Roboter, die sie hineinbegleitet hatten, warteten unten, wodurch ihnen noch mehr Freizügigkeit zuteil wurde.

»So«, sagte Katherine, als sie nach zwanzig Minuten aus ihrem Waschraum trat. »Seh ich jetzt präsentabler aus?«

Derec erhob sich vom Rand der Plattform. »Du bist ausgesprochen ansehnlich.«

»Ein altmodischer Ausdruck«, sagte sie, offensichtlich entzückt. »Hast schon du eine Ahnung, wo wir sind?«

»Nicht die mindeste«, gestand Derec.

»Aber wir sind doch auf dem Weg raus«, sagte sie irgendwie ängstlich. »Man wird mich nach Hause lassen. Du wirst dein Zuhause wiederfinden.«

Er zeigte ihr, daß er die Daumen drückte.

»Du hast mir versprochen, daß wir mit nicht mehr zu rechnen haben als mit Bürokratie«, sagte sie warnend.

»Das war eine Prophezeiung, kein Versprechen.«

»Stehst du noch zu deiner Voraussage?«

»Klar«, sagte Derec. »Fangen wir an, uns durchzuwühlen.«

M-3323 führte sie aus dem Haus und auf dem gleichen Weg zurück, den sie gekommen waren, die Straße entlang zum großen Zentralturm. Eine merkwürdige kleine Prozession war das — zwei Roboter im Gleichschritt voran — M-3323, der wie eine wachsame Gouvernante zwischen Derec und

Katherine ging — ein weiteres Paar Roboter, das einige Schritte hinter ihnen blieb.

Waren die zusätzlichen Roboter Eskorte, Leibwächter oder Gefangenenwärter? Die beiden, die ihnen folgten, machten Derec am meisten Sorgen. Noch ehe sie einen halben Häuserblock weit gegangen waren, warf er einen Blick über die Schulter, um zu kontrollieren, was sie die ganze Zeit taten. Was er hinter den Robotern sah — oder, genauer gesagt, nicht sah —, machte ihn stutzig. Das Haus, das sie soeben verlassen hatten, war nicht mehr da. Die Lücke zwischen den flankierenden Türmen hatte sich geschlossen.

Er schüttelte den Kopf und schalt sich einen Dummkopf. Es muß am Blickwinkel liegen, sagte er sich. Das Haus ist weiter nach hinten versetzt, als dir klar war. Es ist da, zwischen den Türmen. Du kannst es bloß nicht sehen. Dann erinnerte er sich der Ansammlung von Ikosaedern, die er von der Pyramidenspitze aus entdeckt und dann nicht mehr entdeckt hatte.

»Entschuldige mich«, sagte er zu Katherine und M-3323. »Bin gleich wieder da.«

Er rannte die Straße entlang zurück, bis er das Haus eigentlich wieder hätte sehen müssen, dann ging er langsam weiter. Er traute seinen Augen kaum. Das Haus *war* fort. Die beiden Türme rahmten nun einen offenen Innenhof ein.

Er sah sich verzweifelt um, bereit zu glauben, daß er falsch abgebogen, einer Illusion zum Opfer gefallen war. Das Haus war genau so gewesen, wie Katherine es verlangt hatte, und so bequem zu erreichen. Könnte es sein, daß sie es nur für uns gebaut und dann wieder abgerissen haben?

Ein verrückter Gedanke, mit dem er sich gegenwärtig nicht befassen wollte. Bedarfsgerechte Architektur — eine Modularstruktur, die ganze Gebäude wie Baukastensteine herumschob oder sie aus Grundelementen zusammensetzte — was für eine Gesellschaft war das? Wie konnten in einer Stadt wie dieser Menschen leben?

Bewußt riß er sich vom Anblick des leeren Innenhofs los und stellte fest, daß zwei der Geleitroboter zwei Schritte hinter ihm standen.

»Sind Sie hier fertig, Sir?« fragte der eine höflich.

Er schnaubte: »Ja, ich bin fertig.«

Er schaffte es nicht, den Ausdruck der Besorgnis von seinem Gesicht zu verbannen, als er sich zu den anderen gesellte.

»Gibt es ein Problem, David Derec?« fragte M-3323.

»Allerdings. Was ist aus dem Haus geworden, in dem wir gerade waren?«

»Verzeihung. Hatten Sie noch andere Bedürfnisse, die Sie zuvor nicht benannt haben? Oder haben Sie weitere persönliche Bedürfnisse?«

»Ich hab' das Bedürfnis nach einer logischen Antwort. Wo ist das Haus?«

»Diese Einrichtung wurde wieder dem Inventar zugeführt.«

»Demnach bilde ich mir nicht nur ein, daß es verschwunden ist — ihr habt es für uns dort hingebracht und aufgeräumt, nachdem wir fertig waren.«

»Da, David Derec.«

»Macht ihr das hier immer so?«

»Alle materiellen Resourcen werden mit äußerster Effizienz genutzt.«

»Ich nehme an, das heißt Ja. Verrückt.« Derec schüttelte den Kopf.

»Aber es macht uns nichts aus«, sagte Katherine.

»Nein«, stimmte Derec zu. »Vergessen wir's also, und kommen wir zum nächsten Punkt.«

Sie marschierten, bis sie am Kreuzungspunkt mehrerer Straßen auf einen großen Platz gelangten. In der Mitte des Platzes stand ein etwa fünfzehn Stockwerke hohes weißes Tetraeder. Ihre Begleiter führten sie zu einem Eingang an der rechten Wand.

»M-3323 . . .«

»Ja, David Derec?«

»Wird dieser Teil der Stadt ausschließlich von Robotern benutzt? Ich habe auf dem Herweg keinen Menschen gesehen.«

»Ja, Derec.«

»Dacht ich's mir doch. Und wo *sind* all die Leute?«

»Ich weiß nicht, Sir«, sagte M-3323. »Bitte hier entlang.« Er führte sie durch eine Empfangshalle, die ebenfalls ein Tetraeder darstellte, und einen Korridor entlang. Vor der dritten Tür machte der Robot kehrt und blieb stehen. »Hier hinein, bite.«

»Mit wem sind wir verabredet?« fragte Katherine und verhielt in der offenen Tür.

»Mit Rydberg und Euler«, erwiderte M-3323. »Sie warten im hinteren Büro auf sie.«

*Rydberg* — *Euler* — Derec mühte sich mit dem vertrauen Klang dieser Namen ab, während der Katherine zunächst durch eine, dann noch eine Tür folgte. *Wo hab ich die bloß schon gehört . . .*

Gedankenversunken, den Blick gesenkt, betrat er das hintere Büro. Als er hochsah, erlebte er einen Schock. Der spartanische Raum enthielt drei geradlehnige Stühle, ein viertelkreisförmiges Arbeitspult mit einem komplizierten Hypervisionscomputerterminal und zwei blauhäutige Roboter mit silbern geschlitzten optischen Sensoren.

*Das kann nicht sein* — Ein Schauder durchlief Derec, während er diese Roboter anstarrte, die Klons der Überwacher auf dem Asteroiden waren. *Da besteht ein Zusammenhang. Ich verstehe das nicht* — »Kate . . .« setzte er an.

In diesem Augenblick trat der Robot zur Linken vor. »Ich bin Rydberg.«

»Ich bin Euler«, sagte der andere Robot.

»Ich fürchte, da liegt ein Irrtum vor«, sagte Katherine. »Wir wollen mit Menschen sprechen.«

»Es liegt kein Irrtum vor. Wir sind die auf Ihren Fall angesetzten Repräsentanten«, sagte Eueler.

»Kate, da stimmt was nicht«, krächzte Derec.

Katherine spitzte die Lippen und faßte einen Entschluß. »Wenn sie es so handhaben wollen, mir soll's recht sein.« Sie wandte sich an Euler. »Wir müssen uns um Flüge nach Aurora und Nexon kümmern — da willst du doch hin, nicht wahr, Derec? Und um vorübergehende Unterkunft.«

»Ich fürchte, das ist nicht möglich«, sagte Euler mit einem ernsten Kopfschütteln.

»Was?« rief Katherine aus. »Wieso nicht?«

»Freund Euler hat sich unklar ausgedrückt«, sagte Rydberg.

»Es ist durchaus möglich, hier wegzukommen. Doch es gibt da ein Problem. Ein Mensch wurde getötet . . .«

»Was hat das mit uns zu tun?« fragte Derec.

»Es wäre eine undenkbare Verletzung der Robotgesetze, wenn ein Robot einem Menschen Schaden zufügen würde«, sagte Rydberg. »Ich bin nicht einmal in der Lage, den Gedanken zu formulieren, ohne Qualen zu erleiden.«

»Natürlich war das kein Robot«, sagte Derec ungeduldig. »Ist doch offensichtlich, daß ein Mensch es getan hat.«

Euler sagte: »Abgesehen von Ihnen gibt es hier keine Menschen.«

»Unser Begleiter hat so was schon angedeutet«, sagte Derec. »Aber daß sie hier nichts zu suchen haben, bedeutet nicht, daß sie nicht trotzdem aus einem anderen Sektor herübergekommen sind. Jemand, der Morde begeht, macht sich nicht allzu viele Gedanken über gültige Reisepapiere oder was es auch sein mag, das ihr hier benutzt.«

»Dürfte ich das richtigstellen«, warf Rydberg ein. »Freund Euler wollte damit sagen, daß es in dieser Stadt keine anderen Menschen gibt.«

»Dann eben aus einer anderen Stadt . . .« begann Katherine.

»Es gibt keine anderen Städte auf diesem Planeten.«

»Was sagst du da? Wo sind wir?« fragte sie barsch.

»Ich bedaure, diesen Planeten oder den dazugehörigen Stern nicht benennen zu dürfen«, sagte Rydberg. »Aber wir, die wir hier leben, nennen diesen Ort Robot City.«

»Hier gibt es nur Roboter?« fragte Derec, den eine unangenehme Ahnung plagte.

»Von Ihnen abgesehen, trifft das zu«, sagte Euler.

Katherine bekam den Mund nicht mehr zu. »Niemand in der ganzen Stadt — sie muß fünfzig Hektar groß sein . . .«

»Zweihundertundfünf«, korrigierte Euler.

Derec mischte sich ein. »Wo sind die Bewohner? Die Erbauer? Wo sind sie geblieben?«

Rydberg legte leicht den Kopf schief. »Wir sind die Bewohner und die Erbauer, Freund Derec«, sagte er leichthin.

Das war die Antwort, die er erwartet hatte, aber gegen die Schlußfolgerungen sträubte er sich noch. »Wo sind Eure Besitzer?« hakte Derec nach. »Wo sind die Leute, denen ihr Rechenschaft ablegt?«

»Ihre Frage beruht auf einer fälschlichen Annahme«, erwiderte Euler. »Robot City ist eine freie und autonome Gemeinschaft.«

»Das kann nicht sein«, protestierte er. »Möglich, daß derzeit keine Menschen hier sind. Möglich, daß ihr gegenwärtig keinen Kontakt mit ihnen habt. Aber sie müssen euch hierhergebracht oder -geschickt haben. Ihr müßt nach wie vor ihren Direktiven folgen.«

»Nein, Freund Derec. Wir funktionieren selbstdirektiv«, sagte Euler. »Aber wir sind bezüglich der Menschen keineswegs unwissend. Wir verfügen über eine riesige Bibliothek von Buchfilmen von Menschen und über sie. Und wir haben unsere Verantwortung akzeptiert, die Menschen vor Schaden zu bewahren.«

»Ich hoffe, Sie verstehen, Freund Derec, warum wir verpflichtet sind, ihre Abreise zu verzögern«, sagte Rydberg. »Dies ist unsere erste Begegnung mit dem Tod. Wir brauchen Ihre Hilfe, um zu verstehen, wie es dazu kommen konnte, zu verstehen, wie sich das Erlebnis des Todes in unsere Studie der Humanistikgesetze integrieren läßt.«

»Die Gesetze der Humanik? Was ist denn das?« fragte Katherine verblüfft.

»Das menschliche Gegenstück zu den Robotgesetzen — die Leitprinzipien, welche menschliches Verhalten bestimmen.«

Euler fuhrt fort: »Gegenwärtig sind die Gesetze der Humanik ein theoretisches Konstrukt. Wir bemühen uns um die Feststellung, ob solche Gesetze existieren, und wenn ja, worin sie bestehen. Dieser Vorfall hat das Forschungsprojekt in eine Krise gestürzt. Sie müssen uns helfen. Ich versichere Ihnen, man wird Ihnen jeden nur möglichen Komfort bieten.«

Während Euler sprach, war Katherine Derec immer näher gerückt und stand nun dicht neben ihm. »Das ist doch Wahnsinn«, sagte sie leise. »Eine Stadt voller Roboter, und niemand da, der sie überwacht? Die Forschung am Menschen betreiben, als seien wir eine Art Kuriosität?«

Und in eben diesem Moment hörte Derec auf, gegen die Wahrheit anzukämpfen, und nahm sie in sich auf: *Die Gemeinschaft auf dem Asteroiden und die große Stadt um ihn herum waren Produkte desselben Geistes. Ergebnis desselben Plans. Er war überhaupt nicht entkommen.*

Aber wenigstens hatte er endlich begriffen, warum — warum ihm der Schlüssel übergeben worden war und warum der sie hierhergebracht hatte. Denn der letzte, der ihn berührt hatte, war Monitor 5 gewesen, ein hochentwickelter Robot, der sich verzweifelt bemüht hatte, ihn zu retten. Da er wußte, um was es sich handelte und was dieses Etwas leisten konnte, war dem Robot gar nichts anderes übriggeblieben, als ihm den Gegenstand zu überreichen — der auf ein bekanntermaßen sicheres Ziel, eine Lichtjahre entfernte Schwesterkolonie von Robotern, programmiert war.

»Pssst«, sagte er zu Katherine, dann blickte er die Roboter an. »Könntet ihr uns einen Augenblick entschuldigen. Wir haben was zu bereden.«

»Gewiß, Freund Derec«, entgegnete Euler. »Wir werden . . .«

»Bleibt da. Wir gehen«, sagte Derec, nahm Katherine bei der Hand und geleitete sie zur Tür hinaus.

»Wohin gehen wir?« fragte sie atemlos, während er sie ein dutzend Meter den Korridor entlangführte. »Sie werden uns verfolgen.«

Er blieb auf der Stelle stehen und ließ ihre Hand los. »Wir gehen nirgendwo hin. Ich zumindest nicht. Ich wollte wirklich unter vier Augen mit dir reden.«

»Was meinst du damit, du gehst nirgendwo hin?«

»Ich werde bleiben«, erklärte er. »Obwohl ich ihnen das nicht verraten werde. Ich werde anbieten, dazubleiben und mit ihnen zu kooperieren, unter der Bedingung, daß sie für dich einen Flug arrangieren. Sie brauchen uns nicht alle beide.«

»Nein!« sagte sie mit Nachdruck. »Das mußt du nicht. Sie haben kein Recht, uns festzuhalten. Sie müssen uns beide ziehen lassen. Sie sind Roboter, oder etwa nicht? Sie müssen uns helfen.«

»Sicher, sie sind Roboter. Aber nicht wie jene, die du

gewohnt bist. Ich glaube nicht, daß sie deiner Definition ihrer Pflichten zustimmen würden«, sagte Derec kopfschüttelnd. »Aber darauf kommt es nicht an. Ich bleibe nicht nur, um sie zu beschwichtigen oder sie dazu zu bewegen, daß sie dich gehen lassen. Ich bleibe, weil ich es so will.«

»Weil du willst! Wieso das?«

Derec zeigte ein schmallippiges Lächeln. »Ich hab angefangen, mir zu überlegen, wie mir zumute wäre, wenn sie tun würden, was wir verlangt haben, und uns in ein Schiff nach Aurora oder sonstwohin setzen würden. Wie mir zumute wäre, wenn ich nie mehr über den Schlüssel herausfinden würde . . .«

»Wir könnten ihn mitnehmen.«

». . . nie herausfinden könnte, wo sich dieser Planet befindet und warum die Roboter hier sind — nie Wolruf holen oder feststellen könnte, wie es ihr ergangen ist. Ich hab' darüber nachgedacht und gemerkt, daß ich nicht einfach fortkann. Es stimmt, daß ich nicht weiß, wer ich bin. Dennoch weiß ich, daß ich so nicht sein will.«

Es folgte nachdenkliches Schweigen, das Derec schließlich brach. »Gehen wir als Freunde auseinander?«

Sie sah hoch, und ihre Blicke trafen sich. »Nein«, sagte sie kopfschüttelnd. »Wenn du bleibst, bleib ich auch.«

Nun war die Reihe an ihm, Einspruch zu erheben. »Das mußt du nicht. Das sind meine Motive, nicht deine. Dies ist eine gefahrlose Welt. Ich komme allein zurecht.«

»Du lehnst meine Gesellschaft ab?«

Er zuckte die Achseln. »Wir kommen gut miteinander aus.«

»Versuchst du mir etwa weiszumachen, daß ein Mädchen mit so was nicht umgehen kann, sich nicht den Kopf darüber zerbrechen sollte?«

»Natürlich nicht.«

»Also geht es in Ordnung, wenn ich bleibe, weil ich will?«

Derec gab auf. »Klar.«

»Dann laß uns gehen und Euler und Rydberg Bescheid sagen.«

»Nach Ihnen«, sagte er und verneigte sich mit gezierter Geste.

Katherine lächelte zufrieden und ging voraus zum Büro.

Als sich die Tür öffnete, drehte sie sich noch einmal um und sagte flüsternd über die Schulter hinweg: »Sag mir nur eines — ab wann verläuft unser Leben wieder normal?«

Derec lachte laut, was die Roboter sehr überraschte. »Möglicherweise nie, Katherine«, sagte er. »Wieso beschwerst du dich? Du hast schließlich behauptet, dein Leben sei langweilig, oder etwa nicht?«

»Langeweile ist nicht so übel«, sagte sie verschmitzt. »Langeweile hat ihre guten Seiten.«

In sich hinein lachend suchte Derec sich einen Stuhl aus und ließ sich darauf nieder, als habe er vor, eine Weile dortzubleiben. »Wir werden euch so gut wie möglich helfen«, sagte er zu Rydberg. »Erzähl uns die Geschichte. Wer sind die Verdächtigen?«

Die leidenschaftslose Antwort des Robots wischte so gründlich das Lächeln von ihren Gesichtern, als sei es nie dagewesen. Wie der bittere Nachgeschmack eines süßen Getränks nahm es ihnen jedes Vergnügen, das sie zuvor empfunden hatten.

»Ja, David Derec«, sagte Rydberg.»Es gibt zwei Verdächtige. Sie selbst — und Katherine Burgess. Wir sind äußerst gespannt, zu erfahren, wer von Ihnen die Tat begangen hat, und warum.«

# Anhang

## DATENBANK

DEREC: Als er mit Gedächtnisschwund im Innern einer Massey-Rettungskapsel auf einem hauptsächlich aus Eis bestehenden Asteroiden erwacht, sind ihm seine Vergangenheit und Identität ein völliges Rätsel. Seine Intelligenz ist von der Amnesie nicht betroffen, und er weiß eine Menge über Robotik. Er nimmt den Namen an, den er auf seiner Kleidung vorfindet, offenbar der Name des Herstellers.

ARANIMAS: Wie alle Erani ist er ehrgeizig, aggressiv, erfinderisch und raffgierig. Die Erani sind in ihrem Sonnensystem die dominante Rasse und behandeln alle übrigen als Sklaven und unterlegene Geschöpfe, einschließlich der Menschen, denen sie erst vor kurzem begegnet sind.

Aranimas ist das jüngste Mitglied eines der größten, mächtigsten Erani-Clans, die zu Handelshäusern zusammengefaßt sind. Er verfügt über eine der hervorstechendsten Eigenschaften seiner Gattung: Er ist ein technisches Genie. Er hat den Hyperantrieb erfunden, der sein zusammengestückeltes Megaschiff bewegt. Nach Art der Erani hat er anderen Erani-Clans seine Erfindung nicht zugute kommen lassen, nicht einmal dem eigenen. Er hat sie für sich behalten, in der Hoffnung, dadurch sein Handelshaus zu bereichern und das eigene Prestige zu mehren. Aranimas ist außerdem ein begnadeter Astronom. Seine Erfindung eines besonders leistungsfähigen Teleskops hat ihm geholfen, den Asteroiden zu entdecken, wo er Derec antraf.

Vom Körperbau her sind die Erani hochgewachsen und schlank, mit blasser, haarloser Haut. Ihre Augen sind groß, seitlich in den Kopf eingelassen und in der Lage, unabhängig voneinander zu funktionieren wie die eines Chamäleons. Ihre Stimmen sind schrill, und wenn sie galaktische Standardsprache sprechen, rollen sie das ›R‹.

LASTEN›KULI‹-ROBOT: Es gibt verschiedene Kategorien von Hilfsrobotern innerhalb der Asteroidenkolonie. Es sind simple Lastenträger, große, geräderte Roboter, die vorn mit einer Ladeplattform und gegliederten Ladearmen ausgestattet sind. Ihre Intelligenz ist begrenzt und nichtpositronisch.

SERVOVERSTÄRKTER ARBEITSANZUG: Hierbei handelt es sich um ein abgeschlossenes, vor Ort reparierbares Exoskelett für Menschen, die unter lebensfeindlichen Bedingungen arbeiten müssen. Der Anzug verfügt über hochleistungsfähige Arbeitslampen und einen Sender, der mit einer Rundumantenne ausgestattet ist. Die lebenserhaltenden Systeme des Anzugs sind vollcomputerisiert, unter anderem mit Computern zur Sofortdiagnose von Fehlfunktionen und solchen für Behelfsreparaturen.

Die Bezeichnung ergibt sich aus der Tatsache, daß der Anzug die Bewegungen des Arbeiters umsetzt. Einerseits verstärken die Anzüge menschliche Kraft um ein Vielfaches, andererseits sind sie enorm flexibel. In fest schließenden Taschen am Oberschenkel des Anzugs sind zusätzliche ›Hände‹ untergebracht, die ans Ende seiner Armfortsätze angeschlossen werden können. Die Standard-›Hände‹ sind Vielzweckgreifer, aber der Anzug ist darüber hinaus unter anderem mit beleuchteten Mikromanipulatoren für Feinarbeiten in der Dunkelheit ausgerüstet, sowie mit Laserpunktschweißern.

DIE SCHLÜSSEL ZUM PERIHEL: Die Schlüssel sind Transportgeräte, die den Benutzer ins Perihel befördern, jenen Ort, der allen anderen im Universum am nächsten ist. Die Schlüssel sind metallen silbrig, spiegelglatt und nahtlos. Man nimmt sie in Betrieb, indem man nacheinander auf die vier Ecken drückt, woraufhin in der zuletzt berührten Ecke ein Bedienungsknopf erscheint. Richtig eingesetzt, versetzt der Schlüssel den Benutzer zunächst ins Perihel, dann ans Ziel seiner Wahl.

Statt auf eine bestimmte Spezies vorprogrammiert zu sein, werden die Schlüssel vor der ersten Benutzung ›initialisiert‹ und funktionieren daraufhin nur für diesen Typ von Organismus, obwohl es möglich ist, den Schlüssel nachträglich auf ›nicht-initialisierten‹ Status ›umzustellen‹. Die Schlüssel können von jeder Spezies, auch von Robotern, benutzt werden, daher brauchen Roboter keine ›robotspezifischen‹ Schlüssel.

ATEMGERÄT: Diese Masken sind aus grauem Plastik hergestellt und so konstruiert, daß sie über das mittlere Drittel des Gesichts passen wie eine Wickelsonnenbrille. Die Zuleitungen des Atemgeräts sind hohle elastische Schläuche, die im Nacken zusammenführen. Eine flexible Gasleitung führt vom Nacken zur Patrone, die klein genug ist, um sie am Oberarm zu befestigen. Der untere Rand dieses Maskentyps schließt nicht mit der Oberlippe ihres Trägers ab, wodurch eine unvollständige Versiegelung entsteht, die der Außenatmosphäre erlaubt, sich mit dem durch die Patronen zugeführten reinen Sauerstoff zu mischen. Diese Konstruktionsweise reduziert nicht nur den Umfang der Patrone, sondern erhält dem Benutzer auch seinen Geruchsinn.

RETTUNGSKAPSEL VOM TYP MASSEY G-85: Hierbei handelt es sich um ein in sich geschlossenes Rettungskapselsystem von begrenzter Funktionsdauer, das mit einem positronischen ›Gefährten‹ ausgerüstet ist. G-85 bietet dem Gestrandeten ein komplettes lebenserhaltendes System, Nahrung, Wasser, Sauerstoff, einen Sichtschirm und Unterhaltungsmöglichkeiten. Der positronische Gefährte ist darauf programmiert, als Therapeut zu fungieren und für den Raumschiffbrüchigen die beste Überlebenschance sicherzustellen, bis hin zur medikamentösen Ruhigstellung.

Massey-Rettungskapseln sind nicht mit Sichtluken versehen. Statt dessen besitzen sie Haftpacks, auf einer Scheibe angeordnete Sensoren, die in der Lage sind, über die Außenfläche der glatten Hülle des Raumfahrzeugs zu gleiten. Die G-85 verfügt nicht über ein vollständiges Wiederaufbereitungssystem, und ihre Vorräte sind auf ungefähr zwei Wochen begrenzt. Darüber hinaus sind sie mit Leitstrahlen ausgerüstet, die ununterbrochen den Standort der Kapsel durchgeben. Rettungskapseln der Firma Massey stellen auf den meisten großen Handelsschiffen das wichtigste Sicherheitssystem dar und entsprechen dem früher gebräuchlichen Rettungsboot.

MONITOR 5: Überwachungsroboter sind wahre Wunder einfachen und eleganten Designs. Sie bestehen aus flexiblen, chemisch neutralen, anorganischen zwölfflächigen Strukturteilen, die zu gezielter Neuanordnung (Morphallaxie) fähig sind. Die Strukturteile enthalten kilometerlange Leitungen und Programmierungen auf Megabyte-Niveau. Mit den richtigen Befehlscodes kann die äußere Erscheinung dieser Roboter unbegrenzt umgestaltet werden.

Überwachungsroboter sind eine unendliche Vielfalt spezialisierter Formen in einer einzigen generalisierten Grundeinheit. Ihre Haut ist metallisch blaßblau. Die Überwacher, denen Derec begegnet, lassen die übliche rote Leuchtmarkierung vermissen, die die Blickrichtung der visuellen Sensoren des Robots anzeigt. Wie alle Roboter sind sie außerstande, die Drei Gesetze der Robotik zu verletzen.

ALPHA: Dieser Robot wird in Aranimas' Schiff von Derec aus geborgenen Teilen rekonstruiert. Seine grundlegende Datenbibliothek ist in fünf austauschbaren Speicherwürfeln im Brustraum untergebracht.

Sein umfangreiches positronisches Gedächtnis ist ausschließlich für das Geschäft des Erfahrungslernens reserviert. Seine künstliche Intelligenz ist erweiterungsfähig und flexibel. Das positronische Gehirn selbst ist eine dreipfündige Masse aus Platiniridium, in der die fundamentalen handlungsbestimmenden Positronenpotentiale entstehen, die kurzfristigen Potentiale, die seine Gedanken und Entscheidungen darstellen, sowie die dauerhaften Bahnen, die Gelerntes repräsentieren.

Wie Derec leidet Alpha unter Gedächtnisschwund, obwohl in seinem Fall das Gedächtnis bei seiner Zerstörung mitgelöscht wurde. Da es sich im wesentlichen um eine Neukonstruktion handelt, wurde das Gedächtnis reprogrammiert. Alphas neuer Arm stammt von einem Überwachungsrobot und ist aus dem gleichen unendlich verformbaren Material aufgebaut, aus dem alle Überwacher bestehen.

# Michael P. Kube-McDowell

wuchs in Camden, New Jersey, auf. Er besuchte als National Merit Stipendiat die Michigan State University, besitzt einen Magistergrad als Lehrer für naturwissenschaftliche Fächer und wurde 1985 von der ›White House Commission on Presidential Scholars‹ für seine Lehrtätigkeit ausgezeichnet. Kube-McDowells Erzählungen sind in Magazinen wie *Analog, Isaac Asimov's Science Fiction Magazine, Amazing Stories, The Twilight Zone* und *Magazine of Fantasy and Science fiction* erschienen, außerdem in diversen in den USA und Europa veröffentlichten Anthologien. Drei seiner Geschichten wurden als Episoden der Fernsehserie ›Tales from the Darkside‹ adaptiert. Er ist Autor einer hochgelobten zukunftshistorischen Trilogie, die aus den Romanen *Emprise, Enigma* und *Empery* besteht.